ANTON

MW01485188

La Dama
in Grigio

Nicolina
Oddo

Se noi, ombre, vi abbiamo scontentato,
pensate allora - e tutto è accomodato -
che avete qui soltanto sonnecchiato
mentre queste visioni sono apparse.
Ed il tema, ozioso e vano,
che non più d'un sogno è stato,
signori, vi prego, non venga biasimato.

(W. Shakespeare, *Sogno di una notte
di mezza estate*)

1

L'alito era la cosa peggiore.

Joanne cercava disperatamente di non inalare il respiro emanato dal suo spasimante, ma più lei si allontanava più lui si accostava, cercando di mettersi di fronte al suo viso.

La mano dell'uomo aveva afferrato saldamente la sua, quasi artigliandola con le dita sottili e fredde che, pur essendo anche sudaticce, non le lasciavano scampo.

Joanne era intrappolata fra il divanetto in chintz e l'ammiratore inginocchiato, sentendosi sul punto di scoppiare in una risata isterica o in un pianto dirotto, ben sapendo però che per buona creanza non avrebbe potuto fare né l'una né l'altra cosa.

Nemmeno nel suo peggiore incubo si sarebbe immaginata di finire in quella posizione assurda, ad ascoltare la proposta di matrimonio di Jeremy Meddows, socio in affari di suo padre e più anziano di lei di almeno vent'anni.

"Mia cara, adorata Joanne, vi ho vista crescere, vi ho guardata divenire ogni giorno più bella e ora che avete raggiunto la maggiore età non ho più alcuno scrupolo a dichiararvi i miei più ardenti sentimenti e la devozione che da tempo nutro per voi…"

Stava veramente dicendo quelle sciocchezze? si chiese la giovane donna. E davvero pensava che lei ci credesse?

"Ho già avuto il consenso da vostro padre, che si è

mostrato più che lieto della mia intenzione di sposarvi il prima possibile. Ditemi, mia amata, che è anche vostro desiderio e farete di me l'uomo più felice della terra."

La pausa che seguì quelle parole le instillò il dubbio che Mr. Meddows stesse aspettando una sua risposta.

La faccia allungata dell'uomo si fece ancor più vicina e Joanne notò con maggiore chiarezza le rughe che la solcavano, l'aspetto cespuglioso delle sopracciglia grigie e la somiglianza delle labbra pallide e sottili a bucce di limone secche.

La giovane ebbe l'impressione che la voce non potesse uscire dalla sua bocca riarsa e dovette deglutire più volte, cercando disperatamente la frase giusta per rispondere all'affettata richiesta di matrimonio.

"Ecco, signore" cominciò timidamente, con un fil di voce, "io vi sono molto grata per l'onore che mi fate con… con sentimenti così nobili, ma sono dolente nel vedermi costretta a rifiutare la vostra proposta. Non mi sento ancora pronta per il matrimonio e credo che la nostra differenza d'età sia un ostacolo alla felicità di entrambi."

Non fece in tempo a gioire per la propria diplomazia che Jeremy le scoppiò a ridere in faccia, vanificando ogni suo tentativo di sfuggire alle emissioni fetide della sua bocca.

"Sciocchezze, ragazza mia!" esclamò con un tono molto meno adorante del precedente. "Non fate tanto la preziosa e accettate. Vostro padre ha già cominciato a stilare il contratto di nozze e ho pronta una dispensa per sposarvi entro un mese. La cosa, in pratica, è già fatta. Pensavo lo sapeste."

Joanne spalancò gli occhi, sconcertata da quella affermazione.

"Già fatta?"

Jeremy alzò le spalle ossute. "Marcus non ve lo ha detto?"

No, suo padre si era guardato bene dall'anticiparle

qualcosa, sapendo che Joanne avrebbe fatto di tutto per evitare quella sgradita proposta.

La giovane si alzò di scatto dal divanetto, urtando senza molta grazia l'uomo ancora inginocchiato, il quale, nel limite del possibile, si affrettò a ergersi in piedi.

"Dubito che senza il mio consenso si possa considerare già fatto un fidanzamento. Tanto più che, come voi stesso avete osservato, ho raggiunto la maggiore età. E non intendo in alcun modo accettarvi, signore. Né ora né mai!"

Detto questo, con voce sempre più incrinata, Joanne fuggì dal salottino, dove il suo anziano pretendente rimase, immobile e a bocca aperta.

Nella mente della ragazza riecheggiava solo un continuo "o mio Dio", durante il frettoloso tragitto lungo il corridoio, sulle scale, sul ballatoio e infine nella sua stanza da letto, l'unico luogo in cui poteva rifugiarsi. Lì, era certa, Jeremy non avrebbe osato seguirla.

Con la schiena appoggiata alla porta chiusa, Joanne cercò di calmare il battito accelerato del cuore.

La sua prima proposta di matrimonio. Da parte della persona che più la disgustava al mondo. Le veniva quasi da vomitare, anche a causa del fiato irrespirabile dell'uomo.

Come poteva suo padre acconsentire a un'unione tanto grottesca? Forse non aveva capito bene…

Mancava così poco alla Stagione. Quelle settimane dovevano essere le più belle della sua vita, invece si era trovata nella situazione più assurda e sgradevole che potesse pensare. Soprattutto, Joanne non riusciva a capacitarsi dell'assenso del padre, che pure era titolato e non aveva mai fatto mistero di disprezzare il socio, un semplice borghese arricchito. Invece, adesso pareva addirittura favorevole a legare il proprio nome a quello di Meddows. Sacrificando la propria figlia.

Ma perché?

***

Lo studio del padre di Joanne, Lord Hemsworth, era una stanza poco accogliente, per quanto il mobilio fosse pregiato e di ottima fattura. Il locale si trovava nella parte più antica della casa, nella quale le finestre erano simili a piccole feritoie e davano poca luce agli ambienti e i muri, di spessa pietra, mantenevano costantemente l'aria fresca e umida, nonostante il camino accesso tutto l'anno.

A Lord Hemsworth piaceva, tuttavia, quella stanza più di ogni altra della casa, perché seduto dietro la mastodontica scrivania, in quell'ambiente opprimente, dava l'impressione di essere un grande signore del passato, un fiero e nobile possidente. E come tale si comportava, sperando di mettere in soggezione chiunque venisse ricevuto nel suo studio.

Per questo motivo Joanne non fu particolarmente lieta quando, circa un'ora dopo la disastrosa proposta di matrimonio, il maggiordomo la raggiunse nel suo rifugio per comunicarle che Lord Hemsworth la stava aspettando per parlarle.

La giovane si sforzò di rilassarsi, ma temeva il peggio da quel colloquio.

Nello specchio ovale della toeletta le apparve un'immagine sconvolta. I capelli scuri e lievemente crespi erano sfuggiti alle forcine e le ricadevano scomposti attorno al viso, che aveva assunto un pallore spettrale. Con gesti frettolosi sciolse le chiome, facendole ricadere sulle spalle, e le raccolse in un semplice nodo alla nuca. Si pizzicò le gote per riprendere colore e lisciò l'abito che

nella fuga precipitosa, e nel successivo tuffo sul letto, si era stropicciato.

Non che Joanne avesse assunto l'aspetto della Lady che era, ma aveva ottenuto un risultato quanto più somigliante possibile a una persona: suo padre non avrebbe ammesso nulla di meno, e non era il caso di peggiorare ciò che si prospettava come il rimprovero più brutto della sua vita.

Quando entrò nello studio le sembrò ancora più buio del solito. C'era un candeliere acceso sulla scrivania, ma a parte quello la stanza era in penombra.

Dietro il pesante mobile in radica la sagoma di suo padre incombeva minacciosa. Era un uomo dalla figura tarchiata, sempre vestito secondo la moda di qualche anno prima, con giacche colorate e pantaloni al ginocchio. La parrucca bianca che sormontava il capo rotondo gli dava l'aspetto di un giudice arcigno e anche lo sguardo, torvo e rabbuiato, aggiungeva ulteriore gravità all'insieme.

Joanne fece involontariamente un passo indietro, rannicchiandosi nelle spalle, quando la voce dell'uomo tuonò nell'aria.

"Entra e chiudi la porta!" le ordinò, ma non attese che lei eseguisse l'ordine prima di proseguire. "Che diavolo hai nella testa, ragazza?" gridò, sollevandosi dalla poltrona rosso d'ira. Era indubbio a cosa si riferisse.

Joanne, per la seconda volta in poche ore, sentì la gola riarsa. Poi ripensò al fiato fetido di Mr. Meddows e la risposta le sorse spontanea.

"Non avrete davvero pensato che potessi accettare quell'uomo come marito!" sbottò sollevando il mento.

"Non solo l'ho pensato, ma lo farai" ritorse Lord Hemsworth, passando a un tono quasi inudibile, come il sibilo di un serpente. "Hai sempre saputo che il tuo dovere è quello di contrarre un buon matrimonio per il bene della famiglia e questa è un'opportunità perfetta e inaspettata."

Joanne non riusciva a credere a quelle parole.

"Ci ho messo parecchio a rabbonire Jerry e a convincerlo a lasciarti un po' di tempo. Era molto turbato per la tua reazione, cosa di cui ti scuserai appena possibile" proseguì suo padre, la voce vibrante d'ira.

Joanne ebbe un brivido, metà per il freddo della stanza e metà per il pensiero di rivedere in privato lo sgradito pretendente.

Il padre, stupendola, le rivolse un sorriso e le si avvicinò per metterle un braccio intorno alle spalle. Hemsworth era sempre stato avaro di gesti d'affetto e quello, in particolare, diede a Joanne la sensazione di essere più in trappola che protetta.

Spingendola gentilmente la condusse accanto al camino in cui covavano le braci di un fuoco quasi spento.

"Vedi, figliola, tu sai quanto è importante la compagnia navale per le entrate della nostra famiglia e, senza il contributo di Jeremy, non sarebbe quella che è ora. Un tuo matrimonio con lui avrebbe la stessa importanza per gli Hemsworth di un legame con qualche giovane titolato. Anzi, maggiore, perché ci assicurerebbe il supporto costante del suo cospicuo patrimonio. Se tuo fratello entrerà in politica come gli ho detto, ci sarà bisogno di entrate ancora maggiori per sostenerlo. Dovrà vivere a Londra, mantenere un certo tenore di vita… che come sai, non è esattamente alla nostra portata."

Joanne ascoltava quel lungo discorso domandandosi dove esattamente iniziasse il suo ruolo. Il suo dovere. Suo padre voleva sacrificare lei per la carriera di George?

Perché non trovare una moglie ricca a lui, allora?

Ma la risposta era logica: George non aveva alcuna intenzione di assoggettarsi alla volontà del padre e stava tirando per le lunghe gli studi, proprio per ritardare il ritorno a casa e alle sue responsabilità.

La giovane per un istante provò una fitta d'invidia, ma subito se ne pentì. Suo fratello era tutto per lei, l'unico motivo per cui non era crollata dopo la morte della madre, quando lui era ancora bambino. Lo aveva cresciuto con immenso affetto e, se George era sfuggito alla vita opprimente di casa Hemsworth, era stato grazie a lei, che lo aveva sempre spronato a inseguire i propri sogni.

La voce di Lord Hemsworth la riportò bruscamente alla realtà. "I vantaggi economici della tua unione con Jeremy Meddows sono molto chiari. Tu avresti una vita da signora, con un minimo sacrificio."

Joanne lo guardò stranita. Suo padre aveva appena detto che passare la vita con un essere disgustoso era un piccolo sacrificio in confronto a case, abiti, carrozze?

"Lo sapete bene quanto quell'uomo mi sia odioso!" proruppe. "La mia risposta è no. Non potete costringermi e Mr. Meddows dovrà accettare la mia decisione. Suppongo che abbia già ben chiara la mia posizione."

Lord Hemsworth riprese un'espressione torva. "Oh, sì. Ho faticato non poco a convincerlo che il tuo atteggiamento è dettato dall'inesperienza e che deve solo pazientare un po'. Ma tu lo sposerai."

Joanne trattenne a stento le lacrime. Suo padre aveva in mente qualcosa e lei aveva imparato a temere quei suoi atteggiamenti di calma apparente. Significavano che si stava preparando a colpire. Ma questa volta era lei ad avere una carta ancora da giocare.

"Riparliamone dopo la Stagione. Se a Londra non troverò un partito altrettanto adeguato, vedrò di ripensare a questa proposta. È la mia prima Stagione, dopotutto, non potete ancora sapere se posso guadagnarmi la stima di qualcuno più adatto a me… almeno per età." Lo guardò speranzosa, tuttavia il volto del barone non mutò minimamente.

"Non ci sarà nessuna Stagione, Joanne. Ritengo che tu abbia già ricevuto la migliore proposta possibile e non intendo spendere un solo centesimo per agghindarti e mantenerti nella capitale a feste e balli."

La giovane si sentì mancare la terra sotto ai piedi. Aveva sognato per così tanti anni quel momento e ora il suo unico desiderio veniva deluso per sempre. Lord Hemsworth aveva rimandato il debutto della figlia con così tante scuse che Joanne aveva quasi perso le speranze e, proprio ora che i bauli erano quasi pronti, ecco arrivare quel fulmine.

"Non potete!" esalò, col cuore gonfio.

Lord Hemsworth sorrise con aria disinvolta, come se non avesse fatto alcun caso al dolore della figlia. "Posso, mia cara. Anzi, devo. La tua Stagione era già, prima di questa provvidenziale proposta, un peso eccessivo per le nostre finanze. Userò con maggiore profitto quei soldi. Sai di non essere una gran bellezza, francamente nutrivo molti dubbi sul tuo successo in società."

Joanne comprese il significato della parola disperazione. La Stagione era la sua occasione per fuggire da Hemsworth Manor. Ora sapeva che non ci sarebbe mai riuscita. Tuttavia, qualcosa in lei scattò, un moto di ribellione che le fece ingoiare le lacrime e reagire con fermezza.

"In ogni caso" disse lentamente, "non sposerò Mr. Meddows. Potete rinchiudermi in camera, togliermi anche cibo e acqua, ma non cederò."

Lord Hemsworth non perse il suo sardonico sorriso. "Mi aspettavo questa risposta. Ti conosco abbastanza, sai? Sei mia figlia, in fondo. Il mio errore è stato permetterti di tenere che tenessi troppo la testa nei libri, ti sei fatta un'idea del tutto sbagliata del mondo e della vita. È mio dovere correggere questo errore. Visto che i tuoi bagagli sono comunque già pronti, non farò altro che cambiare la tua meta, andrai in Cornovaglia da tua zia, e ci resterai finché non avrai messo giudizio."

La giovane donna rimase impietrita. In Cornovaglia viveva l'unica sorella di sua madre, di cui aveva solo un vago ricordo. Ma ne conosceva bene la sorte: Lord Hemsworth aveva vietato alla moglie di intrattenere qualsiasi rapporto con lei, rea di aver sposato un umile religioso andando contro la volontà della famiglia. Quell'allontanamento poteva significare che anche lei stava per essere bandita?

"Sarà una soluzione temporanea" precisò Lord Hemsworth, indovinando lo sgomento della figlia. "Voglio che tu comprenda appieno il significato di un buon matrimonio come quello che ti viene proposto. La sorella di tua madre ha sfidato tutti e tutto *per amore*" sottolineò con disprezzo la parola, "e ha ottenuto una vedovanza nella povertà e nella solitudine: condividendo per un po' la sua triste esistenza sono sicuro che tornerai a più miti consigli."

"Ma lei…" Joanne scopriva solo in quel momento la morte dello zio, che non aveva neppure conosciuto.

"La lettera che annuncia il tuo arrivo è stata spedita poco fa, con una piccola somma in denaro per il disturbo. So da fonti bene informate che la poveretta è in condizioni di indigenza e qualche volta, per onorare la memoria della tua povera mamma, le ho mandato qualche aiuto."

Dunque era già tutto deciso, ancor prima di quel colloquio. La Stagione era sfumata e Joanne stava per essere spedita da una zia che nemmeno conosceva. Nonostante la confusione che provava, si chiese quale fosse il contenuto della lettera. Un ricatto alla zia? Aiuti economici in cambio di una sua capitolazione alle nozze con Meddows?

"Jeremy è disposto ad aspettare fino alla fine dell'estate" proseguì Lord Hemsworth. "Non che abbia in lista altre donne a cui chiedere la mano, tuttavia ha la sua dignità, anche se è talmente infatuato di te da essere disposto a prenderti anche con una dote quasi ridicola. Non potevo sperare veramente di più e non sarà un tuo capriccio a rovinare tutto." C'era un che di canzonatorio nel tono dell'uomo e Joanne comprese che suo padre vedeva quell'infelice unione come una sorta di regalo del cielo.

Senza incomodi e senza spesa si liberava della figlia e rinsaldava con una parentela l'accordo economico con il ricchissimo socio. Di fronte a quelle ragioni così palesi, qualunque rimostranza di Joanne gli poteva apparire, appunto, solo un capriccio. La sola circostanza positiva era che Mr. Meddows era stato così sprovveduto da aspettare che la giovane compisse la maggiore età, perché se solo si fosse espresso in proposito qualche mese prima, Joanne si sarebbe trovata sposata a forza senza poter fare nulla. Quel piccolo vantaggio, ora, divenne la ragione di tutte le sue speranze: spartire la povertà della zia era preferibile a condividere il letto e la vita con un vecchio maleodorante e Joanne era disposta a fare quella scelta, anche definitivamente.

Quella nuova coscienza la rese determinata a non mostrare cedimenti.

"Terminerò i bagagli al più presto" disse, e con un cenno del capo si congedò.

2

Il viaggio da Westbury a Newquay non fu né rapido né piacevole.

Per l'occasione Lord Hemsworth aveva preparato una vera e propria carovana, facendo accompagnare la figlia in pompa magna da valletti, cameriere e lacchè suddivisi in due carrozze a corteo, in modo che Joanne potesse assaporare tutte le comodità della ricchezza prima di finire in pasto agli stenti della zia.

La sua cameriera personale le aveva confidato fra le lacrime che tutti loro, lei compresa, sarebbero ripartiti per lo Shropshire subito dopo averla affidata alla sua temporanea tutrice.

Era stato dopo quella rivelazione che Joanne aveva cominciato a preoccuparsi seriamente del proprio futuro. Suo padre aveva ordinato che i bauli pronti per Londra non venissero modificati, per cui la giovane sapeva di avere con sé una quantità di abiti sicuramente troppo lussuosi per la vita che avrebbe condotto in Cornovaglia. Ma che cosa l'aspettava realmente laggiù?

Nei giorni precedenti alla partenza aveva cercato di raccogliere più informazioni possibili sulla zia. Aveva saputo quasi tutto dalla governante di Hemsworth Manor, che era stata anche la confidente di sua madre: zia Mary era andata contro ogni volontà della propria famiglia per sposare un giovane pastore, senza parentela alcuna con nobili o titolati, che aveva conosciuto in occasione di un suo soggiorno a Bath e di cui, a quanto pareva, si era perdutamente innamorata, visto che non c'era stato verso di farla rinsavire.

Le era stato ovviamente impedito di frequentarlo e tutto era parso risolto con quell'accorgimento, finché la dissennata giovane non era fuggita di casa, con la connivenza di una cameriera, e lo aveva raggiunto a Newquay, dove egli si era nel frattempo trasferito, per prendere le redini di una minuscola parrocchia.

Lo scandalo aveva colpito la famiglia materna e, di riflesso, anche quella di Lord Hemsworth, da poco sposato con la madre di Joanne. La povera Mary era stata diseredata, ripudiata e quant'altro, e non era stata riammessa dai parenti neppure quando, rimasta vedova e senza figli, si era trovata in difficoltà, perché la parrocchia e le poche rendite a essa legate erano passate al nuovo pastore.

Joanne era venuta a sapere che sua madre, in punto di morte, aveva raccomandato al marito di provvedere alla sua sventurata sorella, e Lord Hemsworth aveva mantenuto la promessa inviando, di tanto in tanto, un piccolo aiuto alla donna, rifiutando tuttavia di leggere le lettere di ringraziamento che Mary gli inviava.

La giovane non poteva smettere di chiedersi per quale motivo suo padre avesse pensato proprio a zia Mary per punirla della disobbedienza. Forse sperava che la donna, maltrattata e umiliata per tutti quegli anni, riservasse a Joanne un trattamento sgradevole, che avrebbe aggiunto altri motivi di pentimento per la ragazza.

E Joanne, in effetti, temeva che la zia non avrebbe gradito affatto l'onere di una nipote da mantenere, se davvero si trovava in così totale indigenza.

Ogni miglio, ogni tappa che l'avvicinavano al luogo

dove avrebbe vissuto accrescevano la sua angoscia. Il tempo sempre incerto e piovoso che aveva fatto da sottofondo a quel viaggio non era certo stato d'aiuto, soprattutto quando, di locanda in locanda, i racconti sui briganti presenti nei boschi si erano fatti sempre più cruenti e spaventosi. Quei boschi, che magari sotto i raggi di un luminoso sole sarebbero parsi gradevoli, apparivano tetri e ostili sotto la pioggia battente e sotto il cielo plumbeo del primo autunno. Le carrozze procedevano a rilento sulle strade fangose e più di una volta il convoglio si era dovuto fermare per liberare le ruote di una o dell'altra vettura dal pantano.

Nonostante le paure, però, in nessuna occasione furono attaccati da briganti o da bestie feroci. Di questo, almeno, Joanne cercò di gioire, quando le fu annunciato che ormai dalla meta mancavano poche miglia. Le ultime che la separavano dal suo destino.

Newquay era un villaggio immerso nella foresta, uguale a tanti altri che avevano attraversato nei giorni precedenti. Piccole case chiare si affacciavano sulle vie coi loro piccoli giardini, i tetti scuri e spioventi e le finestre dipinte di bianco. Tutte uguali, incorniciavano le strade come i denti di un perfetto sorriso.

Joanne osservava distrattamente il rapido susseguirsi di abitazioni, finché la sua attenzione non fu attratta dall'ampliarsi improvviso del panorama e dalla comparsa dell'oceano, una distesa di piombo liquido sotto un cielo basso e carico di pioggia.

Joanne non era preparata a quella vista, per lei del tutto nuova, e non poté trattenere un gridolino meravigliato, subito seguito da esclamazioni entusiaste della sua cameriera, emozionata ancor più di lei di fronte a un simile spettacolo.

"La casa di vostra zia sarà sul mare?" domandò la ragazza, speranzosa.

Anche Joanne dovette convenire che la povertà sarebbe stata mitigata da quella spettacolare visione di acqua e cielo, ma con un sospiro accennò di no con la testa.

"So che mio padre ha voluto che deviassimo per New-quay, ma il villaggio della zia è a qualche miglio da qui, nell'entroterra. Dubito che godremo di una visuale simile, in mezzo ad alberi e campi." Deglutì, prima di correggersi. "Per lo meno, io. Sono contenta che non ti toccherà condividere il mio esilio."

La domestica scoppiò nell'ennesimo pianto. Joanne la lasciò sfogare senza riuscire a dire altro che qualche parola, anche lei sentiva la gola stretta in un nodo. Per creare un diversivo tentò di convincere il cocchiere a fermarsi per permetterle di avvicinarsi alla spiaggia che stavano costeggiando, ma l'uomo le rispose di avere ordine di proseguire senza sosta alcuna.

Joanne chinò il capo, cercando di ingioiare le lacrime. Il messaggio di suo padre era chiaro: avrai tutto questo se sposerai Meddows. Ricordava vagamente che il suo pretendente, fra gli altri possedimenti, aveva anche alcune ville sulla costa, in diverse località dove si trovavano le sedi della compagnia navale. Quella breve gita sul lungomare serviva a rammentare a Joanne il motivo per cui si trovava in viaggio, nel caso improbabile in cui se ne fosse scordata.

Per quanto la piccola carovana necessitasse una sosta e i cavalli avessero bisogno di riposo, le carrozze proseguirono inesorabili verso l'interno, di nuovo inghiottite dalla foresta.

Quelle poche miglia furono le peggiori per tutti, perché il viaggio si svolse su stradine talmente strette che, se solo avessero incrociato qualcuno a cavallo, sarebbero stati in difficoltà. Qualche rara fattoria era l'unico segno di vita umana, per il resto incontrarono solo alberi fitti che a malapena cedevano lo spazio all'angusto sentiero.

Poi, quando Joanne aveva già cominciato a pensare che non esistesse alcun villaggio in mezzo a quella vegetazione selvaggia, si aprirono ai lati della strada alcuni campi, sui quali brucavano tranquille delle greggi di pecore e, poco più oltre, una manciata di case di sasso dall'apparenza dimessa.

Il cocchiere superò anche il piccolo borgo e condusse la carrozza senza indugi, costeggiando un muro in pietra che sembrava sorto dal nulla.

Joanne, incuriosita, cercò di capire che cosa contenesse quella recinzione e con sorpresa scoprì che si trattava di una sontuosa villa, il cui parco si affacciava a ridosso della strada. Lo stile era secentesco, piuttosto austero nell'insieme, ma doveva essere abitata perché il giardino all'ingresso aveva un aspetto molto curato.

"Mi chiedo chi viva in un posto così isolato" commentò la cameriera, altrettanto colpita. "Se uno può permettersi una casa del genere, perché non scegliere anche un luogo piacevole?"

Joanne sorrise. "Magari i proprietari amano i boschi!" *E odiano la gente*, aggiunse fra sé, mentre un pensiero le attraversava la mente: forse la parrocchia dove aveva vissuto sua zia era proprio quella del maniero.

Un brivido di anticipazione la percorse: di lì a poco la carrozza si sarebbe fermata davanti a un tugurio, una capanna che non stava neppure in un centro abitato.

Come a confermare quel presentimento, il cocchiere rallentò l'andatura, per poi fermarsi in un piccolo spiazzo pietroso, in fondo al quale, circondata dal verde, appariva una minuscola chiesa attorniata da un pugno di casette. Tutti gli edifici, dimessi ma ben tenuti, erano costruiti nella bruna pietra locale. Ognuno era circondato da un fazzoletto di giardino, ben visibile oltre la bassa recinzione in legno che delimitava ciascuna proprietà.

Joanne non si mosse, ma scambiò uno sguardo carico di apprensione con la sua compagna.

Erano arrivati. Ma dov'era il tugurio della zia?

Un istante dopo uno dei lacchè aprì la portiera, inondando l'abitacolo della luce del meriggio.

Joanne socchiuse gli occhi per ripararsi dal primo raggio di sole che vedeva da giorni.

"Dove siamo?" domandò, scendendo a fatica, intorpidita dalle lunghe ore di viaggio.

"Quella è la cappella di Trerice, signorina. Dovremo chiedere qui informazioni per Trerice cottage, dove vive Mrs. Taylor" le rispose dalla cassetta il cocchiere. Bofonchiando e tossendo, l'uomo scese e con passi affaticati si diresse verso una piccola abitazione, entrò dal cancelletto e bussò vigorosamente alla porta.

Joanne osservava trepidante. Non sapeva neppure lei che cosa temeva, ma aveva l'impressione di non riuscire a respirare, nell'attesa che qualcuno aprisse quella porta. Dopo un'attesa che le parve eterna, dall'uscio si affacciò una donna di mezza età, coi capelli grigi che sfuggivano alla cuffietta. Era di bassa statura e piuttosto rotondetta, ricordava un personaggio delle fiabe.

Joanne la vide confabulare con il cocchiere, ma un'improvvisa folata di vento le impedì di ascoltare quello che i due stavano dicendo. Quando poi la donna seguì il cocchiere alla carrozza, Joanne sentì il cuore battere all'impazzata. Non poteva essere…

La donna si rivolse a lei con un sorriso così cordiale

che le illuminò il volto, quasi ringiovanendola. La fitta rete di rughe che lo solcava le conferiva un'aria simpatica, che ricordò a Joanne quella di una fata buona.

"Mia cara" esordì, con una voce sottile e melodiosa. "Sei davvero il ritratto di tua madre!"

Zia Mary era davanti a lei, ma non aveva affatto l'aspetto di una disperata nullatenente. La giovane non riuscì a spiccicare parola e, confusa, lasciò che la donnetta le prendesse le mani e la baciasse sulle guance.

"Mi dicono che il tuo seguito si fermerà giusto il tempo di scaricare le tue cose e abbeverare i cavalli, poi ripartirà per Newquay. Lascia che chiami il pastore Miller e sua moglie, che si occuperanno di loro, e poi sarò tutta tua."

Come in sogno, Joanne vide la pimpante zia raggiungere con passo svelto e agile, a dispetto della mole, la chiesetta e sparire nel cortile che la affiancava. Da lì ricomparve poco dopo, accompagnata da una schiera di ragazzini di tutte le età, seguiti da una coppia sorridente.

Nel giro di un attimo fu il caos. I piccoli circondarono Joanne tempestandola di domande, i più grandi aiutarono a scaricare i bagagli, il pastore e sua moglie trascinarono il seguito di Joanne verso il cortiletto, dove, dissero, avrebbero potuto riposarsi dal viaggio. I cavalli furono staccati dai basti e condotti a una fontana dai due ragazzi maggiori.

Joanne e la zia si ritrovarono sole nello spiazzo in poco più di dieci minuti.

"Bene, mia cara nipote" cominciò la zia prendendola a braccetto, "ora ti preparo un buon tè, poi avremo tutto il tempo per salutare i tuoi accompagnatori e parlare un po'. Immagino che ti aspettassi una capanna e una vedova in gramaglie…"

Joanne arrossì. Il quadro che si era fatta era anche peggiore, ma non osava dirlo.

La sua espressione scatenò un'allegra risata della zia.

"Immagino che tuo padre non abbia mai letto le mie lettere, altrimenti avrebbe saputo che la mia condizione non era così terribile. Almeno, non abbastanza da dover dipendere dai suoi scarsi aiuti!"

Visto che Joanne sembrava aver perso l'uso della parola, la donna scosse il capo divertita e la condusse senza aggiungere altro all'interno del cottage.

Non era certo una dimora lussuosa, ma Joanne notò subito l'aspetto accogliente della casa.

Le pareti erano candide, imbiancate di fresco, rallegrate da quadri a tinte vivaci che ritraevano i boschi, la grande villa, greggi al pascolo e mazzi di fiori. Ce n'erano dappertutto, nel corridoio, lungo la scala che portava al piano superiore, nel salottino in cui la zia la condusse. Quest'ultima era una stanza confortevole, arredata sulle tinte dell'azzurro e illuminata da una grande finestra che guardava a sud, catturando tutta la luce possibile.

Joanne si sedette su un divanetto in chintz bianco e blu, che dimostrava parecchi anni di servizio, e cercò di rilassarsi mentre la zia, nella stanza attigua, sicuramente la cucina, armeggiava rumorosamente con tegami e pentole.

"Ci metto solo un attimo" le gridò la donna, "poi ti accompagno nella tua stanza. Su una cosa tuo padre ha ragione: non mi posso permettere servitù, però non ne sento affatto la mancanza. Temo che per te non sarà altrettanto facile farci l'abitudine, ma qui, se non altro, non c'è bisogno di cambiarsi d'abito ogni minuto…"

Joanne si rendeva conto di comportarsi in maniera pessima, ma per quanto cercasse qualcosa da dire non riusciva ad aprire bocca.

La zia ricomparve con un vassoio carico, che depose sul tavolino accanto a Joanne.

Anche il servizio da tè della zia aveva visto tempi migliori: la doratura del bordo era sbiadita e uno dei piattini mostrava una sottile crepa; Joanne riconobbe la stessa fattura di uno dei servizi che aveva visto in casa propria, uno dei preferiti di sua madre.

Zia Mary servì impeccabilmente il tè, come una Lady consumata a ricevere. Aveva le mani logorate dai lavori ma compiva ogni gesto con infinita grazia. Anche la bevanda era perfetta e accompagnata da deliziosi *scones* ancora tiepidi.

La giovane si trovò quasi a divorare quasi i pasticcini, scoprendo improvvisamente d'avere una gran fame. In effetti il lungo viaggio l'aveva sfiancata, ma non abbastanza da toglierle la sensazione di irrealtà che provava trovandosi, ora, in quel salottino accanto alla sconosciuta zia.

"Ho preparato una camera per te al piano di sopra. Visto che vivo sola avrai per lo meno un po' di spazio per stare tranquilla. Immagino che tu abbia bisogno di riposo e di pace, dopo quanto è accaduto."

Joanne sentì la gola stretta e posò il piatto coi pasticcini rimasti.

"Posso chiedervi… zia" cominciò a fatica, "in che termini mio padre vi ha comunicato la mia visita?"

La donna sollevo un sopracciglio. "Oh, i peggiori possibili!" esclamò allegramente. "La visione della realtà di Lord Hemsworth è un tantino distorta, se posso esprimere la mia opinione."

Joanne spalancò gli occhi. Che cosa voleva dire?

Mary proseguì solo dopo aver sorseggiato con calma il suo tè. "Devo dire che la sua lettera all'inizio mi ha lasciata molto perplessa. Il tuo strano genitore ha pensato a me per convincerti a sposare l'ottimo partito che tu ti sei ostinata a rifiutare. A me! Non lo trovi estremamente spassoso?"

La giovane non trovava niente di divertente in tutta quella faccenda, ma non lo disse.

"Questo ottimo partito, accennava nella lettera, ha come unica pecca un'età che potrebbe fare di lui tuo nonno, ma il suo ingente patrimonio rende trascurabile questo particolare. È corretto?"

"Sì. Anzi… no. È un uomo ripugnante. Non solo per l'età. E io non intendo…" la frase di Joanne fu interrotta dalla zia.

"Lo so. Nessuna donna sana di mente accetterebbe una proposta simile, a meno che non si trovasse alle strette per problemi di denaro. Perdona la mia franchezza, ma… avete difficoltà così gravi?"

Joanne esitò. "Non quanto asserisce mio padre. Basterebbe che lui vivesse in modo meno dispendioso e si occupasse meglio della casa" si sentiva in colpa, perché non aveva mai espresso a nessuno quel giudizio che da tempo serbava nell'animo, ma era esacerbata, stanca e bisognosa di sfogarsi. In qualche modo, la zia la faceva sentire al sicuro, come mai le era capitato se non, qualche volta, con George. Realizzò che, pur essendo anziana e di costituzione diversa, in lei rivedeva molto di quella madre che tanto le mancava.

Erano lo sguardo, di un azzurro cristallino, il sorriso e la gestualità che le riportavano alla mente Lady Hemsworth.

La nostalgia la travolse come un'onda impetuosa, insieme alla certezza che, se sua madre fosse stata viva, tutto sarebbe stato diverso.

La mano della zia coprì la sua e quegli occhi chiari, acuti come una lama, la fissarono carichi di comprensione.

"Coraggio, bambina" le disse, forse indovinando i suoi pensieri. "Qui sei fra amici, Trerice è un buon posto dove fermarsi per chiarirsi le idee e di certo nessuno ti farà pressioni come tuo padre si aspetta... e non soffrirai la fame, come tuo padre crede!"

Joanne le sorrise grata, ma una domanda le sorse alle labbra. Si trattenne appena in tempo, temendo di essere indiscreta, ma la zia ancora una volta dimostrò di essere un'ottima osservatrice.

"Ti stai chiedendo come mai non sono ridotta in miseria, vero?"

La ragazza arrossì, ma annuì ricambiando il sorriso di Mary.

"Sono una donna che lavora" le spiegò con orgoglio. "Alla morte di mio marito, che Dio lo abbia in gloria, ho rischiato davvero di cadere in miseria. Se non è accaduto è stato solo per il buon cuore del signore di Trerice, Sir Russel, che mi ha lasciato rimanere nella mia casa, costruendo per i Miller una dimora più grande e adatta a una famiglia (e quanto è stata necessaria!) e mi ha offerto un compenso per occuparmi della scuola." Mary cominciò a raccogliere le stoviglie. "Durante la settimana insegno ai ragazzini di Kestle Mill, il villaggio qui vicino, e la domenica, dopo la funzione, a un gruppo di adulti. Saper leggere e fare di conto è importante, anche per i contadini, e Sir Russel ha messo molte energie in questo progetto."

"Un vero signore" convenne Joanne.

Continuando a chiacchierare raccontando della scuola e dei suoi alunni, la zia la condusse fino alla stanza che le aveva preparato. Era una cameretta linda e semplice, che conteneva solo un letto, una toeletta e uno sgabello, ma la cui vista dava sul giardino di Trerice Manor. La villa si intravedeva fra gli alberi, ma era quasi del tutto coperta alla visuale.

Delicate tende di pizzo incorniciavano quel panorama, unico vezzo della spartana stanza, insieme alla coperta del letto, ricamata da una mano molto abile a colori vivaci.

Joanne, dopo aver assicurato alla zia che sarebbe stata benissimo, si trovò sola nella nuova casa, nella nuova stanza, a chiedersi come sarebbe stata quella nuova vita.

Si sedette sul letto, scoprendosi esausta, e senza nemmeno accorgersene si lasciò scivolare sulla morbida coperta, cullata dal canto degli uccelli, e si addormentò.

3

Quando Joanne si svegliò, dalle tende della finestra filtrava la luce rosata del tramonto.

Non si era accorta d'aver dormito così a lungo e profondamente, le era sembrato di chiudere gli occhi solo per pochi minuti, eppure dovevano essere passate almeno due ore dal suo arrivo, se il sole stava già tramontando.

Presa dall'ansia si precipitò al piano di sotto, dove trovò la zia che chiacchierava amabilmente con Sally, la sua cameriera. Joanne tirò un sospiro di sollievo, perché aveva temuto che i suoi accompagnatori se ne fossero andati prima che lei potesse salutarli, poi notò la sacca che conteneva gli effetti personali della domestica, appoggiata sul pavimento dell'ingresso.

Nello stesso momento, Mary e Sally si volsero verso di lei e si alzarono in piedi.

"Hai dormito bene, mia cara?" domandò la zia. "C'è del tè appena preparato, se vuoi unirti a noi."

"Grazie" rispose lei, ancora stordita dal sonno. C'era qualcosa di strano, in quella scena. Era curioso che sua zia prendesse il tè con una domestica, ma non era l'unica cosa che non quadrava, anche se Joanne non riusciva a stabilire che cosa fosse. Mentre si accomodava, si rese conto che Sally aveva il volto teso, un'espressione quasi colpevole. E finalmente, Joanne capì.

"Sono partiti e tu sei rimasta…" mormorò. "Ma perché?"

La zia le diede un buffetto sulla spalla e si dileguò in cucina.

Sally arrossì. "A Westbury non avevo più nulla da fare, senza di voi" borbottò. "Così ho chiesto a vostra zia di poter restare."

Joanne si passò una mano sul viso. "Santo cielo, che cosa ti è venuto in mente? Non credo che mio padre accetterà una disobbedienza simile, rischi di essere licenziata!"

Sally, raddrizzando con orgoglio la schiena, versò alla padroncina una tazza di liquido fumante. "Non credo, visto che mi sono licenziata io. Ho chiesto agli altri di riferire a Lord Hemsworth la mia decisione. Qualunque cosa succeda, in quella casa non c'è più posto per me: avete detto voi stessa che l'unico modo per essere riaccolta nella vostra famiglia sarebbe sposare Mr. Meddows, dunque..." sorrise, "io vi seguirei nella nuova casa, se decideste in questo senso." Accompagnò l'ultima frase con un lieve cenno di diniego col capo, una specie di muto suggerimento che non sfuggì alla giovane signora.

Joanne sospirò. "Non posso chiedere a mia zia di assumerti, sai in che situazione..."

Mary fece capolino dalla cucina, da dove evidentemente aveva ascoltato la conversazione. "Io e Sally abbiamo già un accordo. È vero che non posso permettermi uno stipendio, ma la tua giovane e volenterosa amica ha accettato come unico compenso vitto e alloggio in cambio di un piccolo aiuto in casa. Siamo perfettamente soddisfatte, se anche tu lo sei."

Le due donne la fissarono, in attesa che Joanne rispondesse, ma lei era troppo commossa per poter parlare. L'unica cosa che le riuscì fu di prendere le mani della domestica e stringerle, con gli occhi carichi di lacrime.

Il nodo di solitudine e di paura che tanto a lungo l'aveva attanagliata si sciolse come per incanto. La prospettiva di rimanere con la zia le parve in quel momento la cosa migliore che le fosse mai capitata. Lontano da suo padre, dalla tetraggine della casa in cui era vissuta quasi confinata, in balia delle angherie di un genitore freddo e distante, forse avrebbe avuto l'occasione di essere felice, anche senza gli agi e i vantaggi del rango e del denaro.

Ma, in fin dei conti, Joanne tutti questi aspetti positivi della sua posizione li aveva a malapena conosciuti e le sembravano ben poca cosa rispetto a quello che la vita le stava offrendo ora e a cui, improvvisamente, riuscì a dare un nome: libertà.

Il poco che restava della giornata lo trascorsero a disfare i bagagli. Joanne selezionò solo alcuni dei vestiti che si era portata, per la maggior parte inadatti al luogo, e trasportò con l'aiuto di Sally i restanti bauli nel ripostiglio. L'unico baule che rimase nella stanza era quello dove la giovane donna aveva stipato i propri libri, insieme al materiale per la scrittura.

Il vero rammarico era quello di non aver potuto portare con sé i suoi volumi preferiti, che erano rimasti nella biblioteca paterna. I classici, Shakespeare, Bunyan... le sarebbe mancata molto la possibilità di leggere a suo piacimento, frugando fra gli scaffali.

"Nello studiolo del mio povero marito non ci sono molti libri, a dire il vero" disse la zia, quando, durante la cena, Joanne le chiese se in casa vi fosse una biblioteca.

Le tre donne erano sedute attorno a un tavolino rotondo che occupava il centro della cucina, apparecchiato con le stesse stoviglie floreali a cui apparteneva il servizio da tè. Per quanto il locale fosse di modeste dimensioni, era accogliente e trasmetteva un senso di calore, grazie a mille particolari che lo decoravano, dalla tovaglia ricamata ai piatti appesi alle pareti, dipinti con panorami del luogo.

Ogni ambiente, in quella casa, dava l'impressione di essere curato con molto amore, di essere vissuto, e questo a Joanne piaceva molto più dei marmi che aveva lasciato nella casa paterna, dove aveva sempre sentito un senso d'estraneità.

"Di solito quando James aveva bisogno di consultare qualche testo andava a Trerice Manor, dove aveva libero accesso alla biblioteca, per questo non ha mai avuto la necessità di comprare molti libri" proseguì Mary. "Possiamo chiedere a Sir Russel qualche volume in prestito, se vuoi."

Joanne abbassò lo sguardo sul piatto, avvilita. Quello che lei amava era passare ore fra gli scaffali, a caccia di qualche tesoro, ma non sapeva come spiegarlo. C'erano, in effetti, diverse cose che avrebbe dovuto dire alla zia, ma ancora non trovava il modo giusto di affrontare l'argomento. Sperava che, col passare dei giorni, le sarebbe venuto più facile comunicare con Mary, perché l'istinto le diceva che di lei si sarebbe potuta fidare.

Anche Sally, l'unica persona a parte dei suoi segreti, pareva suggerirle silenziosamente di confidare alla zia ciò che la tormentava.

Ma Joanne finì la minestra senza aggiungere altro, a parte i dovuti complimenti per l'ottima cena.

I giorni che seguirono furono una girandola di novità. Joanne dapprima fu travolta dalla famiglia del pastore Miller, che si prodigò in tutti i modi possibili per farla sentire parte della piccola comunità di Kestle Mill.

A partire dalla gioviale signora, che raramente chiudeva la bocca per prendere fiato, fino al più piccolo della

numerosa nidiata di bambini, tutti avevano inviti e pro-
poste per riempire le giornate di Joanne. Le fecero visi-
tare i dintorni, la presentarono alla gente del villaggio,
la condussero nell'unico negozio del paese a frugare fra
la merce, che comprendeva qualunque prodotto dalla
carne essiccata ai nastri per i cappelli, la portarono in
escursione nei boschi e a vedere i pascoli.

Al tramonto del sole la giovane era così stanca da finire
a fatica la cena.

Una delle ragazze, durante una passeggiata, si era lasciata sfuggire che tutta quell'attenzione derivava da una
precisa richiesta di Mary, che aveva pregato tutti loro di
dedicarsi alla nipote per farla sentire a proprio agio.

I figli del pastore non erano al corrente del motivo per
cui Joanne si trovava ospite della zia, era stato accennato
loro che si trattava di una visita di cortesia, ma la ragazza
capì quasi subito che i signori Miller, invece, erano infor-
mati di ogni cosa.

Non che da parte loro le giungessero domande indi-
screte, tuttavia lo percepiva da una certa curiosità mal-
celata con cui la signora ogni tanto la guardava, specie
quando l'argomento della conversazione cadeva sulla sua
famiglia e sulla casa a Westbury.

Joanne evitava accuratamente di dare informazioni
sulla questione del matrimonio, cambiava argomento,
ma la costante frequentazione fra i Miller e la casa di zia
Mary rendeva sempre più difficile mantenere il riserbo
sui motivi che l'avevano condotta lì.

Essendo la nuova arrivata in uno dei posti più sperduti
d'Inghilterra, Joanne non poteva sperare che l'attenzione nei suoi confronti diminuisse abbastanza in fretta, in
mancanza di qualche evento sufficientemente interessante da sostituire l'interesse verso di lei.

Le prime due settimane trascorsero in un turbine di chiacchiere e inviti, tanto che la giovane donna si ritrovò a considerare quasi una sventura la vicinanza fra la dimora della zia e quella del pastore.

Quando le sembrò di non apparire troppo maleducata cominciò a declinare gli inviti, preferendo di gran lunga le piccole attività domestiche al continuo camminare su terra e terriccio, su foglie ed erbette, e si dedicò insieme a Mary e a Sally a tutti quei lavori che in passato non aveva mai avuto modo di fare, scoprendosi più abile di quanto avesse mai sospettato.

L'autunno stava arrivando a grandi passi, anche in quella zona dove il clima era reso mite dalla vicinanza del mare e, mentre la campagna aveva cominciato a tingersi di caldi colori, l'aria si era fatta via via più pungente.

Da Westbury non erano più arrivate notizie, e Joanne, dal canto suo, aveva deciso di non aver nulla da dire a Lord Hemsworth. Aveva scritto invece al proprio fratello, per comunicargli che stava bene e che non c'era niente di cui preoccuparsi, tuttavia non aveva ancora ricevuto risposta nemmeno da lui.

Non sapeva bene neppure lei che cosa si era aspettata: sperava, in fondo al cuore, che per una volta George anteponesse l'affetto per la sorella ai suoi studi e corresse a vedere come stava. Ma non era successo.

Con le prime piogge d'autunno giunse invece una lettera che destò un certo scalpore nella casa di zia Mary, o meglio, che costrinse Joanne a dare una delle tante spiegazioni che, per un motivo o per l'altro, aveva rimandato a data da destinarsi.

Quella mattina Mary era tornata da una serie di commissioni da Kestle Mill con un'aria particolarmente divertita e, quando aveva trovato Joanne e Sally intente a

rammendare nel salottino, aveva sventolato la missiva sotto al naso delle ragazze.

"La nostra Joanne ha degli amici burloni, a quanto pare" esordì, consegnando il plico alla giovane, che sbirciando il mittente si fece, al contrario, tutta seria. "Il cognome è giusto, ma è indirizzata a un certo Mr. John. Guarda qui: Mr. John Gray. Viene da Londra… possibile che sia uno scherzo di tuo fratello?"

Sally si lasciò sfuggire un gridolino e il lavoro di cucito le cadde dalle mani. La cosa non sfuggì a Mary, che socchiuse gli occhi e fissò la nipote con attenzione.

Joanne strinse le labbra e posò la lettera in grembo.

"Non si tratta di George, zia. Avrei dovuto parlartene prima, ma non ho mai trovato l'occasione giusta… questa lettera è per me, sono io Mr. John."

Mary assunse un'espressione di sorpresa così buffa che la giovane faticò a trattenere un sorriso. Nonostante fosse ormai impossibile tacere la verità, raccontarla restava però terribilmente imbarazzante.

"Questa lettera è del mio editore di Londra. Scrivo per una rivista, il Selective Reader. Già da quattro anni."

Zia Mary si sedette accanto a Sally sul divanetto. La sua aria interrogativa invitò la giovane a proseguire. "Sapendo che una firma femminile non sarebbe stata ben accolta, ho firmato gli articoli con un nome falso. A parte Sally nessuno ne è al corrente… mio padre non mi avrebbe mai permesso di fare una cosa del genere. Quando sono partita ho avvisato l'editore di spedire qui la posta, anche se di solito mi invia solo il compenso, due volte l'anno. Ecco che cos'è questa lettera."

Mary tamburellava con le dita sull'ampio grembiule che indossava. Dalla sua espressione Joanne non poteva indovinare che cosa stesse pensando, ma sapeva, anche senza che la zia proferisse verbo, che le sue azioni erano del tutto sconvenienti e che non poteva certo aspettarsi la sua approvazione.

"Dunque questo editore pensa che tu sia un uomo?" domandò la donna.

Joanne raddrizzò la schiena, cercando di mostrare tutta la dignità che poteva. "Sì, uno scrittore. Piuttosto apprezzato, anche…"

Per un lungo istante calò il silenzio, finché zia Mary non proruppe in una gran risata che fece sobbalzare Sally, ancor più tesa della padroncina.

"Tuo padre aveva ragione, scrivendomi che nelle tue vene scorre il mio stesso sangue ribelle!" esclamò, appena riuscì a calmarsi. "La figlia di Lord Hemsworth si guadagna da vivere sotto mentite spoglie. Sì, credo che ci sia una certa follia in tutto questo, ma a quanto pare ci tieni molto, se per quattro anni sei riuscita a portare avanti questa attività."

Joanne, sollevata dalla reazione della zia, cominciò a raccontare, dapprima timidamente, poi come un fiume che avesse rotto gli argini, tutta l'avventura che l'aveva portata a diventare Mr. Gray per i lettori del Selective Reader.

Tutto era cominciato con una copia della rivista che suo fratello aveva con sé durante una delle sue rare visite a Westbury, sulla quale Joanne aveva letto l'annuncio dell'editore che cercava nuovi autori. Aveva tentato, più per divertimento che per reale convinzione e con sua sorpresa era stata selezionata.

Da allora, aveva inviato un articolo o un racconto ogni mese, in base al prospetto che la redazione le mandava sulle esigenze editoriali. A quanto pareva, la penna di Mr. Gray, che si occupava principalmente del nuovo filone di satira e umorismo, era una delle più apprezzate dai

lettori e Joanne non aveva avuto cuore di interrompere la collaborazione, fiera di saper pubblicati i suoi scritti.

"Da quando sono qui non ho mandato nulla e certamente mi hanno scritto anche per sollecitare l'invio di un nuovo pezzo. Ho bisogno di consultare alcuni libri che non ho potuto portare con me..." concluse la giovane, abbattuta.

La zia annuì, meditabonda. "Andrò a Trerice. Sir Russel non c'è, ma sono certa che il maggiordomo ti permetterà ugualmente di accedere alla biblioteca. Il padrone viene di rado da queste parti e comunque è sempre stato molto disponibile."

Joanne tirò un sospiro di sollievo. Aveva sperato che Mary accogliesse quella strana notizia in modo positivo, ma la sua reazione era andata ben oltre le aspettative. In quei quattro anni aveva messo da parte i soldi ricevuti dal giornale e forse, ora che la sua situazione era cambiata così drasticamente, avrebbero fatto comodo alla sua nuova famiglia.

In quelle poche settimane, in effetti, aveva fatto molti paragoni con la sua vita di prima e aveva dovuto convenire che a Trerice cottage aveva cominciato ad assaporare la vita con un gusto diverso. In poco tempo il pensiero del matrimonio con Mr. Meddows era diventato sempre più lontano, più leggero da sopportare. La convinzione che non avrebbe mai accettato si era invece fatta più solida e Joanne, pur non sapendo ancora che cosa le avrebbe riservato il futuro, aveva compreso che qualunque opzione sarebbe stata preferibile al giogo di un marito che non avrebbe mai potuto amare.

Se fosse stata davvero un uomo, il Mr. Gray che scriveva per la rivista, tutto sarebbe stato più semplice, ma essendo una donna quella situazione, per quanto felice, poteva essere solo momentanea. Senza la protezione di un marito sarebbe stata una reietta e prima o poi avrebbe dovuto accettare un compromesso.

Fino alla proposta di Meddows, la ragazza aveva sempre pensato che sposarsi fosse lo scopo della sua vita, che le velleità letterarie fossero solo una parentesi, per quanto piacevole, ma ora che aveva compreso appieno che cosa suo padre si aspettava da lei, la prospettiva cambiava radicalmente. Non le avrebbe mai cercato un marito capace di renderla felice, ma l'avrebbe barattata come una delle sue merci. Magari, se avesse sospettato quanto la sua vita con zia Mary era gradevole, l'avrebbe riportata a casa, cercando altri metodi più convincenti per farla cedere e, col tempo, ce l'avrebbe anche fatta, se l'avesse privata di ogni libertà.

"Forse potrei usare Mr. Gray per evitare le nozze con Meddows" rifletté Joanne ad alta voce. "Non credo che gli piacerebbe avere una moglie che si finge un uomo per scrivere su un giornale…"

Zia Mary si sporse verso di lei, prendendole una mano. Negli occhi chiari aleggiava un'espressione severa.

"Non provarci. Ti rovinerai con le tue mani" l'ammonì. "Tuo padre lo verrà a sapere immediatamente e non oso pensare a come reagirebbe. Ti costringerebbero semplicemente a chiudere i rapporti con la rivista e finiresti lo stesso con l'anello al dito. La cosa migliore è che io scriva a Lord Hemsworth, dicendogli che stai soffrendo molto ma non intendi cedere. La sua intenzione è lasciarti qui fino alla fine dell'inverno, a meno che tu non decida di accettare Meddows, quindi abbiamo tempo fino ad allora per trovare un piano alternativo. Magari che ti permetta di restare qui, se a te fa piacere."

Joanne abbracciò d'impulso la zia, facendole finire la cuffietta di traverso.

4

Thomas smontò dal cavallo e diede all'animale una pacca sul collo sudato. Era stato un lungo viaggio e come sempre Thunder aveva bruciato le miglia senza il minimo cedimento. Amava il suo frisone, un elegante morello che aveva comprato a Londra tre anni prima, e non se ne separava mai, neppure quando un viaggio in carrozza sarebbe risultato molto più comodo, come in quel caso.

Era appena arrivato dalla capitale, dove di solito risiedeva, e lungo la strada aveva visto molto raramente il sole far capolino fra le nubi, anzi erano state più le giornate di pioggia che quelle soltanto nuvolose; per lo meno cavalcando non aveva dovuto preoccuparsi eccessivamente della fanghiglia che ricopriva gran parte delle strade percorse.

Stanco, infangato, innervosito dalle lunghe ore in sella, non vedeva l'ora di mettersi comodo nella propria dimora e di darsi una ripulita.

Non dovette attendere molto prima che il maggiordomo, Smith, arrivasse trafelato ad accoglierlo, seguito da un paio di servitori che non conosceva, i quali presero in consegna Thunder e sparirono verso le scuderie.

"Non vi aspettavamo così presto" disse Smith, "pensavamo di vedervi non prima di un altro paio di giorni."

"Questo è un problema?" domandò Thomas seccamente.

"Certamente no, milord. Vi diamo il benvenuto, lieti che siate arrivato così presto. Avete fatto buon viaggio?"

"No, per nulla. Ho bisogno di un tè caldo e di un buon bagno" rispose Sir Thomas Russel, dirigendosi con sicurezza verso l'atrio della casa. Appena entrato si tolse il mantello, appesantito dall'umidità, e scosse gli stivali dal fango, incurante di insozzare l'immacolato pavimento marmoreo dell'ingresso.

Con passo deciso si diresse verso la biblioteca, la stanza che preferiva, seguito dal maggiordomo che gli pareva molto più agitato del solito. Col suo metro e ottanta, Thomas sovrastava l'ometto rotondo e leggermente curvo di almeno tre spanne e il suo passo elastico costringeva il domestico a seguirlo quasi di corsa.

Irritato da quella specie di inseguimento, Thomas si fermò di colpo.

"Si può sapere che cosa c'è, Smith? Se non è urgente vorrei prima riposarmi dal viaggio" disse brusco.

Il maggiordomo tossicchiò. "Non esattamente urgente, signore… tuttavia vorrei avvisarvi che nella biblioteca c'è un'ospite e…" Russel sollevò una mano per fermarlo.

"Avete detto a qualcuno del mio arrivo? Eppure ero stato chiaro a riguardo!"

"No, signore!" si affrettò a rispondere il maggiordomo. "Si tratta della nipote di Mrs. Taylor. Naturalmente non le avremmo concesso di venire oggi, se avessimo saputo del vostro arrivo…"

Thomas socchiuse gli occhi e contrasse le labbra in un mezzo sorriso.

"State parlando di Miss Gray, immagino."

Il maggiordomo mascherò come poteva la sorpresa, regalando a Thomas un momento di divertita soddisfazione. "Io so sempre tutto" dichiarò, assumendo l'espres-

sione ieratica di un vecchio saggio. "Anche se non me lo dite voi, come sarebbe vostro dovere. E… posso sapere come mai la signorina si trova in casa mia?"

Smith era sempre più in difficoltà, ma cercava di recuperare il solito aplomb. "Mrs. Taylor ci ha chiesto di permettere alla signorina l'uso della biblioteca e, visto che voi avete lasciato tale libertà alla signora e al suo defunto marito, abbiamo accolto la richiesta. Se mi concedete qualche minuto, avverto Miss Gray del vostro arrivo e la rimando a casa."

"Non ce n'è bisogno, Smith. Fate portare il tè per due, grazie." Senza aggiungere altro entrò nella biblioteca, curioso di vedere l'inaspettata ospite, che era anche il motivo per cui aveva anticipato la propria visita a Trerice.

La biblioteca era una sala di medie dimensioni, con una sola grande finestra rivolta a est. Le pareti, tutte ricoperte da una boiserie che conteneva scaffalature alte al soffitto, erano ricolme di libri, a eccezione di quella opposta alla finestra, nella quale era scavato un camino in pietra. Il centro del locale ospitava alcuni divani in pelle posti a semicerchio, rivolti verso il camino, e lì Thomas rivolse subito lo sguardo, aspettandosi di trovarvi la giovane donna. Ma lei non c'era.

Gli ci volle qualche istante per vedere la figura femminile, accovacciata di fianco al camino acceso, china su un volume e talmente assorbita dalla lettura da non accorgersi del suo ingresso.

Accanto a lei c'era una piccola pila di libri, segno che la ragazza stava consultando i volumi e non solo leggendo per diletto.

Sfruttando la concentrazione di lei, Thomas si permise di esaminarla con curiosità.

Era, nell'insieme, molto aggraziata. Carina, anche se non bella secondo i canoni a cui era abituato. Aveva la pelle leggermente dorata dal sole, messa in risalto dal semplice abito in lana color tortora. Sulle spalle indossava un pesante scialle, talmente grande da poter essere usato come mantello. Il viso, chino sul libro, era illuminato dalla luce rosata e tremula del fuoco, che ne ombreggiava i tratti delicati e regolari, le labbra piene, le gote arrotondate.

Portava i capelli bruni raccolti in una treccia che ricadeva sulla spalla, toccando quasi il pavimento.

Thomas non poteva vederne gli occhi, ma immaginò che fossero scuri come la chioma.

"Spero che i miei libri siano di vostro gradimento" disse a voce alta.

Ebbe la soddisfazione di spaventare la concentrata lettrice, che non l'aveva sentito entrare, e di vederla balzare in piedi come se l'avesse sorpresa in qualcosa di compromettente.

"Buongiorno, Miss Gray" aggiunse con un lieve inchino, accompagnato da un sorriso canzonatorio.

"Oh, buongiorno. I vostri… libri?" domandò lei, con un'espressione tanto meravigliata che Thomas quasi scoppiò a ridere.

"Sì, madame. Sono Thomas Russel, il padrone di casa" si presentò, chiedendosi se tanto stupore dipendesse dal fatto di essere stata sorpresa nella sua biblioteca o dall'aspetto che egli doveva avere, poco consono a un baronetto, dopo la lunga cavalcata.

Joanne, automaticamente, fece una graziosa riverenza. "Perdonate la mia intrusione, ma nessuno mi aveva accennato a un vostro ritorno" si giustificò. "Me ne vado immediatamente."

La giovane raccolse in fretta i libri e Thomas notò che

il viso di lei era cosparso da un imbarazzato rossore. Lo scialle, mentre lei si chinava, le scese di traverso sulla spalla, toccando il pavimento, e Russel, quasi senza pensarci, le si avvicinò per raddrizzarglielo.

"Non c'è bisogno di scappare in questo modo" le disse, molto più gentilmente di quanto avesse intenzione. "Non potevate sapere del mio arrivo oggi. Suppongo conosciate i Miller e il loro spirito di accoglienza: faccio il possibile per evitare di essere *atteso* da loro."

Gli occhi della ragazza per la prima volta si sollevarono verso i suoi, questa volta accesi da una luce divertita. Come Thomas aveva immaginato erano scuri, ma non si era aspettato che la loro vivacità gli togliesse per un attimo il respiro. Era abbastanza vicino per notare le lunghe ciglia che li ombreggiavano e il taglio leggermente orientale, accentuato dal sorriso che ora illuminava il suo viso.

Lo sguardo di lui scese alla bocca di Joanne, alle labbra ben disegnate e ai denti perfetti che, sorridendo, mostrava. Con un gesto brusco ritrasse la mano che ancora indugiava sullo scialle di lei.

"Già, i Miller sono molto accoglienti" replicò la giovane donna, che sembrava non aver fatto caso all'esame a cui l'aveva appena sottoposta. "Tuttavia non intendo disturbarvi, siete appena arrivato e..." la magia di quell'attimo di complicità era già finita e Thomas vide l'espressione della ragazza tornare a chiudersi dietro un velo di imbarazzo.

"Gradirei che rimaneste." Questa volta il tono gli uscì quasi come in un ordine perentorio. Ma che cosa gli stava capitando? Aveva sempre avuto la capacità di rapportarsi al gentil sesso in modo impeccabile, ma quella ragazza, per qualche oscuro motivo, lo rendeva nervoso e impacciato come un ragazzino. Thomas si disse che doveva essere colpa della stanchezza e della situazione strana in cui si trovava, perché in effetti la sua intenzione era incontrare il prima possibile la signorina Joanne Gray, ma non si era certo atteso che accadesse così presto: avrebbe voluto avere almeno il tempo di rendersi presentabile e di prepararsi a discutere con lei con maggiore calma. Invece, quell'incontro era capitato, improvviso come quello con un folletto nei boschi.

Effettivamente, Joanne Gray in qualche modo gli ricordava una magica creatura boschiva, forse per la semplicità del suo abbigliamento, forse per la gestualità così spontanea. In ogni caso, Thomas dovette ammettere che la fanciulla in questione aveva colpito la sua immaginazione più di quanto non volesse.

La risposta alla sua richiesta fu preceduta dall'arrivo tempestivo di una cameriera con il tè e la giovane, notando le due tazze, non poté far altro che accettare.

Russel la seguì con lo sguardo mentre, con aria rassegnata, andava a depositare i libri su un tavolo accanto alla finestra e attese che Joanne si sedesse su uno dei divani prima di farlo a sua volta. Di tutte le frasi che si era preparato lungo la strada, non ne trovò una adatta a cominciare la conversazione.

"Siete ospite di vostra zia" accennò infine, dopo aver sorbito un sorso dalla tazza.

Joanne continuava a guardare in basso, come se la propria gonna fosse la cosa più interessante del mondo. "Sì" gli rispose, come se stesse misurando, a sua volta, le parole. "Siete stato molto generoso con lei, Trerice cottage è molto confortevole."

Thomas la studiò, socchiudendo gli occhi e annotò che la giovane tentava di sviare l'argomento della sua presenza a Kestle Mill. Non poteva essere altrimenti,

visto quello che lui sapeva. Assecondarla sarebbe stato divertente.

"Ho fatto solo il mio dovere. Stimavo molto vostro zio, la sua morte è stata una grave perdita per tutti. Non potevo abbandonare Mrs. Taylor, sapendo che non aveva parenti che provvedessero a lei." La frase colpì il segno, perché Joanne ebbe un lieve fremito ed egli la vide deglutire con fatica. La ragazza probabilmente cominciava a domandarsi quanto sapesse della situazione familiare della zia e sua, tuttavia il gioco si stava facendo interessante e Thomas decise di proseguirlo. Poiché la giovane rimaneva in silenzio, le carte restavano in mano sua.

"E... posso chiedervi quanto durerà la vostra visita?" chiese con tono casuale, ma calcò sull'ultima parola giusto per vedere la reazione di lei.

Joanne, come aveva previsto, a quel punto gli scoccò un'occhiata che somigliava a quella di un topolino davanti al gatto. "Oh... non abbiamo stabilito nulla" replicò, con un'indifferenza che gli parve molto fasulla.

"Trovo lodevole da parte vostra riallacciare i rapporti con vostra zia, una persona davvero meritevole. Sono lieto che vostro padre finalmente abbia deciso di riaccoglierla in famiglia."

Thomas si accorse che la giovane stava sulle spine, sempre più a disagio. Forse stava esagerando, tutto sommato non era corretto da parte sua metterla alle strette in quel modo: a nessuno avrebbe fatto piacere confidare a uno sconosciuto certi affari privati. Visto che Joanne non trovava una risposta adeguata, decise di venirle incontro. Appoggiò la tazza, ancora piena per metà, sul vassoio posto su un tavolino fra i divani e, congiungendo le mani come soleva fare quando stava parlando d'affari, le rivolse un sorriso carico di comprensione.

"Miss Gray, dovete scusarmi se ora mi impiccio dei vostri affari privati, ma mi trovo costretto dalle circostanze" esordì studiando la sua espressione, che divenne interrogativa. "Vedete, di solito in questo periodo preferisco soggiornare a Londra, dove trascorro la Stagione, tuttavia sono stato spinto da alcune lettere che ho ricevuto a cambiare le mie abitudini. La prima mi è stata inviata da vostro padre, Lord Hemsworth, il quale mi ha messo al corrente di un'incresciosa situazione che vi riguarda e per la quale chiede il mio supporto."

Joanne sussultò e arrossì violentemente. "Mio padre vi ha scritto?"

Thomas annuì, trattenendo a stento un sorriso. La fanciulla doveva sentirsi decisamente in trappola. "Non che possa annoverarlo fra le mie amicizie, tuttavia ho avuto varie occasioni di incontrarlo. Ma, sì, ha stupito anche me il suo appello, tanto più che la questione mi è parsa di natura molto personale. Dunque, in base a questa lettera, io mi trovo di fronte una figlia ribelle, ingrata e testarda, che si rifiuta di sposare l'ottimo partito approvato dal padre. È vero?"

"Non…" cominciò lei, stringendo convulsamente il tessuto della gonna fra le dita. "Non sono affari che vi riguardano, signore."

"No, è quello che credo anch'io, ma a quanto pare la vostra famiglia ha deciso altrimenti. In buona sostanza, Lord Hemsworth mi chiede di perorare con voi la sua causa, convincendovi ad accettare la proposta. Ma non è tutto" continuò, prevedendo che la ragazza, a quel punto replicasse con sdegno a quella rivelazione. "Non mi sarei di sicuro messo in viaggio per una cosa del genere. Anzi, avevo già preparato una risposta per vostro padre, per liberarmi da questo sgradito incarico, quando una seconda missiva ha, per così dire, mutato le mie intenzioni."

Joanne aveva l'impressione di star sognando. Quel colloquio era quanto di più strano le fosse mai capitato. Sir Russel era piombato all'improvviso a turbare uno dei più tranquilli e sereni pomeriggi che avesse trascorso a Kestle Mill, apparendo davanti a lei come un guerriero vendicatore appena uscito dalla battaglia. E ora si trovava a bere il tè con lui, mentre scopriva che le manovre di suo padre andavano oltre al suo esilio a casa della zia.

Non aveva ancora fatto in tempo a riprendersi dalla scoperta che il famigerato Sir Russel, tanto decantato dalla zia, non era l'anziano signore che si era immaginata ma un giovane gentiluomo che non doveva essere più di una decina d'anni maggiore di lei. Sentendo Mary parlare di "un buon amico del suo defunto marito" Joanne si era figurata un signore di mezza età, brizzolato e dall'aspetto bonario, non un colosso bruno e virile come l'uomo che aveva davanti.

Gli abiti in disordine, impolverati e infangati, la chioma, leggermente mossa e scomposta, il velo di barba che gli copriva le guance lo facevano somigliare a un filibustiere più che a un dandy londinese o a un signorotto di campagna, ma accrescevano il suo fascino da bel tenebroso. La giovane era rimasta spiazzata, ancor prima che il discorso cadesse su quella lettera che era in grado di rovinare la sua vita anche a Trerice cottage.

Joanne puntò lo sguardo negli occhi dorati di lui, che mantenevano un'espressione indecifrabile.

"La seconda lettera mi è pervenuta da vostro fratello, George Gray, che conosco da parecchio tempo, come voi saprete" proseguiva intanto Sir Russel, provocando in Joanne un nuovo moto di sorpresa. No, suo fratello si era guardato bene dal parlare con lei delle sue amicizie, e di quella in particolare.

Russel dovette indovinare la sua ignoranza a riguardo, perché le spiegò d'aver avuto modo di conoscerlo durante uno dei suoi soggiorni a Oxford, dove si recava per affari un paio di volte l'anno.

"Ebbene, Mr. Gray ha pensato di rivolgersi a me, sapendo che voi sareste venuta a vivere da vostra zia, per chiedermi di fare il possibile per rendere il vostro soggiorno qui accettabile. Secondo vostro fratello, infatti, siete vittima di una inaccettabile intimidazione."

Le rivolse un'occhiata così buffa che Joanne, nonostante tutto, dovette mordersi le labbra per non sorridere. Ma a chi avrebbe dato credito quell'uomo?

Sperava di ricevere una risposta a quel quesito, ma Russel, a quel punto, si stiracchiò pigramente sul divano, evitando di aggiungere altro.

Joanne continuava a sentirsi sotto l'esame del suo sguardo: Russel forse pensava che bastasse quello per capire quale fosse la verità, ed ella lo sostenne fieramente, convinta di non dover certo giustificare con lui la propria condotta.

Russel si mosse con fare conclusivo, battendo i palmi sulle ginocchia. "Bene, milady, se ora volete scusarmi, sento il bisogno di riprendermi dal viaggio. Sarò lieto di proseguire in altre occasioni la nostra interessante conversazione."

Ma quale conversazione? Si disse Joanne, irritata. Aveva risposto sì e no a monosillabi e non aveva nemmeno capito dove volesse arrivare lui, riferendole senza preamboli ciò che sapeva sul suo conto. Lo guardò alzarsi e inchinarsi con eleganza e si maledisse per la propria incapacità di rispondere nel modo giusto, ogni volta che si trovava in difficoltà. Se scrivere le veniva naturale, quando si trattava di rapporti con le persone le ci voleva molto, troppo tempo per riuscire a intrattenere dialoghi

rilassati e finiva sempre col restare silenziosa e col fare la figura della sciocca.

Aggrottò la fronte, arrabbiata con se stessa e con quell'uomo che stava mettendo a dura prova la sua pazienza.

"Comprendo che siate stanco" disse in tono molto meno conciliante delle parole, "ma non mi pare che la nostra conversazione abbia portato a qualcosa."

Russel le sorrise dall'alto della sua imponente statura. "Al contrario, Miss Gray. Siete avvisata che i vostri parenti non si sono dimenticati di voi, che la mia presenza qui è dovuta a voi soltanto, e che avete tutta la mia attenzione."

L'uomo si avviò alla porta e Joanne scattò in piedi, ma ordinò a se stessa di non inseguirlo, come d'istinto stava per fare. "Devo considerarlo un bene o un male?" gli domandò.

Russel si fermò e si volse verso di lei, scoccandole un'occhiata che la fece di nuovo arrossire. "Domanda interessante. Arrivederci, Miss Gray."

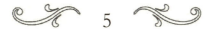

5

Joanne lasciò Trerice Manor con l'animo pesante. Non poteva dire che le notizie riferite da Sir Russel le avessero fatto piacere, soprattutto per quanto riguardava suo padre. La cosa che maggiormente la sconvolgeva era sapere che Lord Hemsworth non si faceva scrupoli a rendere pubblica una questione così delicata e privata, manipolando la verità a suo vantaggio.

E provava un senso di delusione anche per George che, invece di correre in suo soccorso, scriveva a un perfetto sconosciuto di aiutarla, lavandosi le mani del destino della propria sorella.

La giovane percorse a passo svelto la distanza che separava Trerice dal cottage della zia, sempre più turbata. Ciò che la infastidiva più di tutto era che, fra una constatazione e l'altra, nei suoi pensieri si insinuava Sir Russel, distraendola dal resto. No, non era un anziano gentiluomo, e il suo istinto le diceva di tenersi alla larga da lui e da quegli occhi dorati, che sembravano capaci di leggere nell'animo altrui quanto di erigere una barriera impenetrabile ai pensieri che celavano.

Russel era un uomo difficile da interpretare e Joanne non riusciva a capire se in lui avrebbe trovato un nemico o un alleato.

Giunta però nello spiazzo davanti al cottage, i suoi piedi presero da soli la direzione della strada. Non se la sentiva di parlare subito con la zia.

Stretta nell'ampio scialle, Joanne lasciò che il vento ormai freddo le scompigliasse i capelli, strappandoli alla treccia. Il rumore dei passi sul selciato era attutito dalle foglie che tappezzavano il suolo, formando un tappeto dai colori del fuoco e dell'oro, mentre altre foglie cadevano dai rami, mulinando nel vento.

La giovane proseguì, con la sensazione che anche le sue preoccupazioni scivolassero via insieme al turbinio delle foglie e prese la via del ritorno solo quando si rese conto che l'imbrunire era prossimo.

Quando entrò in casa era gelata, ma molto più sollevata, pur senza averne un motivo preciso.

Appena si chiuse la porta alle spalle nel piccolo ingresso, però, fu accolta da una Sally agitata.

"Miss Joanne, ma dove siete stata?" l'apostrofò. "Non eravate alla villa…"

La giovane subito ripiombò nell'ansia. "Sono uscita a passeggiare, che cosa è successo?" domandò allarmata. Sally, tuttavia, cambiò espressione, illuminandosi tutta. Era eccitata da qualcosa di positivo, intuì Joanne con sollievo.

"Dovete sbrigarvi, perché questa sera voi e vostra zia siete attese a cena a Trerice. Il padrone è tornato e vi ha già invitate!"

Joanne tornò a sentirsi in preda all'ansia. Che motivo aveva Sir Russel di rivederla così presto?

Sally insistette per assisterla nei preparativi, costringendola a indossare uno degli abiti da sera che erano rimasti nei bauli e a farsi acconciare da lei.

Mary, nonostante indossasse a sua volta un semplice abito di lana blu, ravvivato soltanto da delicati pizzi ai polsi e sul colletto, insistette a dar man forte alla domestica.

Joanne riuscì faticosamente a mediare per un vestito di seta verde pallido dalla linea morbida e dalla scollatura modesta. Una fusciacca verde scuro arricciava appena la stoffa sotto al seno, come dettava la moda, e lo stesso nastro ornava i polsini, l'orlo del vestito e la stola che lo completava.

Sally decretò che i capelli di Joanne erano troppo ribelli e andavano raccolti, perciò la costrinse a farsi riempire di forcine la testa, intrecciando fra le ciocche un nastro della stessa tinta dell'abito.

Joanne si ritrovò d'improvviso agghindata come la debuttante che non sarebbe mai stata e per un attimo, rimirandosi allo specchio, sentì un nodo stringerle la gola. Non aveva mai pensato di essere bella, ma in quel momento l'immagine riflessa era quella di una giovane graziosa e ben proporzionata. Quasi carina.

"Sei un incanto" commentò la zia, "Londra si perde molto, con la tua assenza."

Joanne incrociò il suo sguardo attraverso lo specchio e vide un'ombra passare sul viso rotondetto della donna, che subito, scuotendo il capo, si allontanò borbottando qualcosa fra sé. Non era difficile immaginare che cosa passasse per la testa alla zia: erano gli stessi cupi pensieri che avevano accompagnato lei dal giorno della disgraziata proposta di Mr. Meddows. Possibile che suo padre la vedesse così sgraziata da non riporre la minima fiducia nella sua Stagione? E come aveva giustificato a Lady Burton, l'amica di sua madre che l'aspettava per farle da chaperon a Londra, il cambiamento di programma?

Joanne avvampò, al pensiero che Lord Hemsworth avesse scritto anche a lei chissà quali cattiverie sul suo conto e si diede della sciocca per non aver pensato prima a quell'eventualità. Era stata così presa dall'incalzare dei fatti che si era completamente scordata di Lady Burton. D'altra parte, quando suo padre aveva acconsentito di mandarla in città, non le aveva mai permesso di contattare di persona la gentildonna, ma era sempre stato lui a mantenere i contatti. Forse Sir Russel, per quanto le costasse dovergli chiedere un favore, conosceva la signora e avrebbe potuto fornirle l'indirizzo per scriverle.

Con quel progetto nella mente, Joanne uscì di casa insieme alla zia, percorse il breve tratto che separava il cottage da Trerice Manor e si preparò ad affrontare la serata.

I due leoni di pietra, guardiani del giardino, accolsero le visitatrici con la loro espressione imperturbabile.

Joanne, la cui fantasia era già vivida senza essere stimolata, nella tetra serata autunnale ebbe l'impressione che la seguissero con lo sguardo, pronti a balzarle addosso.

La zia chiacchierava senza posa, felice dell'invito, ma lei sentiva passo dopo passo accrescere l'inquietudine. Mai, come in quel momento, Trerice le era parsa una dimora così tetra, forse anche perché dopo il tramonto si era avventurata raramente da quelle parti, anche nelle piacevoli serate di fine estate.

Il vento ululava fra gli alberi spogli, muoveva le siepi come se fossero animate di vita propria, tentava di strapparle il mantello che aveva indossato sopra il leggero abito da sera.

All'ingresso non dovettero attendere molto l'arrivo dell'impeccabile Smith, che le introdusse nel salotto dove Sir Russel già le stava aspettando.

La stanza, arredata da lucidissimi mobili in radica e da stoffe in delicate tinte sui toni del pesca, era riscaldata da un camino in marmo dalle forme squadrate, davanti al quale Sir Russel sostava pensieroso.

Se non fosse stato per l'altezza, Joanne avrebbe faticato a riconoscere nell'elegante uomo di spalle quello che aveva incontrato nel pomeriggio. I capelli erano legati in una stretta coda, l'informe mantello infangato e gli abiti da viaggio erano stati sostituiti da un raffinato completo grigio scuro, il cui pantalone aderente sottolineava la perfetta muscolatura dell'uomo. Russel teneva le mani intrecciate dietro la schiena e fissava le fiamme assorto. Joanne non poteva vederne il viso, ma immaginò che gli occhi di lui illuminati dalle fiamme assumessero tinte ramate.

Quando il maggiordomo annunciò il loro arrivo, Thomas si voltò con un sorriso radioso. Joanne, suo malgrado, avvampò, ancor prima di comprendere che tutta quella gioia era rivolta a sua zia e non a lei, perché in due falcate corse incontro a Mary per stringerle le mani e salutarla affettuosamente, come fosse una sua parente.

"Mio caro Thomas!" rise la donna, salutandolo con la stessa familiarità, "volete far nevicare in anticipo, con questa sorpresa... trascurate un po' troppo Trerice, preso come siete dalla vita londinese!"

Sir Russel rise a sua volta per il bonario rimprovero. "Se non vendo questa tenuta è solo per poter godere ogni tanto della vostra compagnia, Mary."

Gli sguardi di entrambi caddero su Joanne, raggiante quello della zia e subito severo quello di lui. Mary si affrettò a presentare la nipote e Sir Russel, con sua sorpresa, finse di vederla per la prima volta, simulando un'affettata cortesia.

Joanne si trovò a inchinarsi e a dover esibire un sorriso di circostanza, mentre nella sua testa si affacciavano nuovi interrogativi. Si stava prendendo gioco di lei? La frase sibillina con cui l'aveva congedata quel pomeriggio le tornò alla mente e, di fronte a quel comportamento incomprensibile, si caricò di nuove, minacciose sfumature.

"Prima di cena vorrei mostrare a Miss Gray la casa, se ci fate l'onore di accompagnarci" disse Thomas rivolto a Mary, dopo un breve scambio di convenevoli, ma lei scosse la testa candida.

"Tutte quelle scale le lascio volentieri a voi giovani" rispose, "a quest'ora è già un miracolo che sia ancora sveglia... credo che per questo breve giro mia nipote possa fare a meno dello chaperon."

Un attimo dopo Sir Russel le stava già porgendo il braccio, da perfetto gentiluomo e Joanne dovette accettare, sapendo benissimo che dietro il sorriso cortese dell'uomo si celava una vaga aria di complicità che sottintendeva al loro incontro pomeridiano. Mentre lasciavano il salotto, infatti, egli le si rivolse a voce alta, in modo che anche Mary sentisse.

"Vorrei cominciare dalla biblioteca. Mi hanno informato del vostro interesse per i libri che contiene."

La giovane lo fulminò con lo sguardo, ma non ottenne altro che un leggero movimento del capo da parte di lui, una specie di canzonatorio assenso che accrebbe la sua irritazione.

Sotto lo sguardo compiaciuto della zia, Joanne dovette accettare il braccio che Sir Russel le porgeva, avvertendo attraverso il morbido tessuto della giacca e l'impalpabile camicia tutta la solidità della sua muscolatura. Appena lasciata la stanza, però, l'atteggiamento affettato del gentiluomo mutò repentinamente e il sorriso di circostanza si torse in una sorta di ghigno, che le fece staccare d'impulso la mano dall'appoggio. Con un gesto egli le indicò la scala che dall'atrio portava ai piani superiori. Joanne sapeva benissimo che la biblioteca si trovava invece al piano terra, quindi Sir Russel aveva inteso solo metterla in imbarazzo.

"Perché vi prendete gioco di me? Avete deciso di cre-

dere a mio padre e questo è il vostro modo per farmelo sapere?" gli chiese corrucciata, cominciando a salire per l'ampio scalone che dominava l'ingresso.

"Tutt'altro, milady" replicò lui, alle sue spalle. "Se devo dar credito a qualcuno, di solito scelgo le persone in cui riporre la mia fiducia e una di queste è vostro fratello. Ho conosciuto vostro padre, ma, perdonatemi, non ne ho avuto una buona impressione."

Joanne lo fissò sbigottita. La luce delle candele che illuminavano la scala giocava sul viso dell'uomo, facendolo apparire una sorta di ammiccante dio della guerra.

"Vorrei mostrarvi la galleria di ritratti e raccontarvi una storia" continuò lui, ignorando lo sguardo di Joanne e impedendole di rispondere. La giovane proseguì lungo la scala in pietra fino al primo piano, dove dal pianerottolo si aprivano i due corridoi, più stretti, che conducevano alle ali della costruzione.

Quei corridoi dovevano essere già abbastanza bui durante il giorno, con l'oscurità della notte le diedero un lieve brivido che Joanne scacciò infastidita. Non aveva mai avuto paura del buio, nemmeno nella tetra casa paterna, non voleva certo cominciare con quella villa così accogliente, tuttavia il disagio non passò. Stranamente, la presenza di Russel, alle sue spalle, le dava una sensazione di sicurezza, la stessa che aveva provato quando aveva posato la mano sul suo braccio, poco prima.

Quell'uomo irradiava una strana energia, come se bastasse la sua sola presenza perché tutto si mettesse a posto, eppure egli, per primo, faceva di tutto per destabilizzarla. Era la prima volta che una persona aveva un effetto simile su Joanne e la giovane non riusciva a capire se fosse o meno una cosa positiva.

"Lo sentite anche voi, vero?"

La voce di lui, appena un sussurro roco molto vicino al suo orecchio, la fece sobbalzare.

"A… cosa vi riferite?" balbettò Joanne turbata da quella domanda e dalla propria reazione al soffio caldo di lui sulla pelle. Per un attimo una vampata di calore l'aveva pervasa, accelerandole il battito del cuore.

Egli le fu subito al fianco, sempre impeccabile e imperturbabile. Con una mano reggeva il candelabro, che regalava uno scarso chiarore al corridoio, e con l'altra indicò avanti a sé. "L'inquietudine di questo luogo. Ammettetelo, vi ho vista rabbrividire, e non fa freddo."

Joanne, stringendosi meglio nello scialle, sorrise. "Non parlerete sul serio! Ora non vorrete raccontarmi una storia di fantasmi…" con tutti i discorsi in sospeso fra loro, quel nuovo argomento le pareva addirittura comico, ma girandosi verso di lui, si accorse di quanto, invece, egli fosse cupo.

"Disgraziatamente sì. Il motivo per cui mi reco raramente a Trerice è proprio l'eccessiva frequenza di eventi spiacevoli. Tuttavia, a quanto pare stanno diventando di gran moda nell'alta società, alcune dame sembrano molto attratte da questi… fenomeni."

"Non io!" rise Joanne, ma non riuscì a impedirsi di scrutare meglio nell'ombra. "E se state cercando di spaventarmi, avete sbagliato tutto!"

"Quindi non avrete paura a frequentare assiduamente Trerice, nei prossimi giorni?"

Joanne smise di ridere. "Di cosa state parlando?"

Russel le porse il braccio. "Non vi allarmate. L'idea è stata di vostro fratello, quindi prima di schiaffeggiarmi ascoltate."

A passo lento, egli imboccò uno dei corridoi, lungo le cui pareti il lume svelava una serie di severi ritratti, visi

d'altri tempi che parevano sorvegliare il luogo e osservare il loro passaggio.

"Secondo George la soluzione al vostro... problema è molto semplice: trovare un marito migliore di quello proposto da vostro padre. Poiché vi è stata negata la possibilità di recarvi a Londra, vostro fratello ha raggruppato un'allegra compagnia che ci raggiungerà qui, abbandonando la capitale nel cuore della Stagione, solo per voi. E per i miei fantasmi, ovviamente."

Joanne si fermò di colpo. "Intendete mettermi all'asta come una mucca?" esclamò indignata, scostando la mano dal braccio di lui.

"Certo che no, tuttavia nelle nostre amicizie esistono alcuni giovani scapoli che potrebbero essere di vostro gradimento. George si è impegnato parecchio, e dovete credermi che non è affatto semplice convincere chi frequenta l'alta società a rinunciare a feste e balli per trascorrere le festività natalizie in un posto come questo. I nostri comuni amici ci raggiungeranno qui, attratti dalla possibilità di incontrare uno dei famosi fantasmi che abitano la casa. Un'occasione unica, visto che qui non invito nessuno, a parte qualche amico per una buona battuta di caccia."

Joanne pensò che quell'uomo fosse decisamente strano. L'aveva trascinata in quell'inquietante corridoio per dirle qualcosa che avrebbe potuto comunicarle anche durante la cena? Sollevando gli occhi ai dipinti, incrociò lo sguardo con una severa matrona dall'aria scontenta. Si rese conto d'avere un'espressione arcigna quasi quanto lei e le labbra le si incresparono in un sorriso. Aveva forse alternative?

Per quanto la indispettisse che George avesse concertato tutto quanto senza prima consultarla, doveva ammettere che si trattava di una buona idea, solo non capiva come

mai Sir Russel avesse accettato di aiutare suo fratello in
un'impresa così complicata, mettendosi a disposizione
per loro. Avrebbe voluto domandarlo, ma egli la preven-
ne, indicandole la via del ritorno verso la scala.

"Tutto dipenderà da voi, milady: dovrete accalappiare
un marito prima che egli trovi il fantasma e se ne corra a
Londra a raccontarlo agli amici. Ce la farete?"

6

Thomas era convinto che la notizia avesse procurato al maggiordomo uno dei più gravi traumi della sua vita.

Trerice era da sempre una dimora tranquilla, con ritmi pacati, nella quale il padrone si recava di rado e accompagnato al massimo da un paio di amici. Scoprire che entro poche settimane sarebbe stata invasa da un nutrito gruppo di ospiti aveva scioccato Smith quanto avrebbe potuto farlo la calata di un'orda di vandali.

L'uomo, tuttavia, non solo non aveva protestato, ma aveva reagito con un'ammirabile calma apparente, degna del miglior diplomatico britannico.

Si era limitato a osservare che sarebbe stato necessario assumere altro personale, almeno temporaneamente, e a scivolare fuori dalla stanza per dare l'annuncio alla servitù.

Da quando era diventato baronetto, Thomas si era ritrovato fra gli altri possedimenti anche quella sperduta villa immersa nelle campagne della Cornovaglia ed era stato tentato di venderla senza nemmeno entrarci. Non aveva mai capito perché suo padre l'avesse comprata, ma quando vi si era recato per la prima volta anche lui era rimasto incantato dalla bellezza del luogo e della casa, un piccolo gioiello racchiuso in uno scrigno di verdi boschi e di campagne ben curate.

Quando poi aveva conosciuto il pastore Taylor e sua moglie, aveva apprezzato ancor di più quei luoghi, nei quali sembrava facile riposare corpo e anima, e Dio solo sapeva quanto quest'ultima ne avesse bisogno.

Thomas, nel confortevole tepore della biblioteca, si versò un bicchiere di brandy e si accomodò sul divano, ripercorrendo con la mente il primo incontro con Joanne che si era svolto proprio lì.

Quella giovane donna dall'aria di maestrina di campagna si era trasformata poche ore dopo in una specie di ninfa boschiva, avvolta in sete verdi come i prati di Trerice. A Londra era abituato a vedere le gentildonne agghindate per le feste, in tripudi di pizzi e piume, le debuttanti che gareggiavano in virginei abiti bianchi e candidi nastri, eppure Joanne, nella semplicità del suo abito, gli era parsa molto più graziosa di tutte loro messe insieme. Un pensiero pericoloso, che Thomas aveva scacciato più volte, fin da quando l'aveva vista per la prima volta.

Ad attrarre la sua attenzione era stata la vivacità del suo sguardo, che contrastava nettamente con l'atteggiamento silenzioso della ragazza. Joanne doveva essere una persona che difficilmente concedeva fiducia al prossimo, ma capace di sorprendere in continuazione una volta che avesse donato la propria amicizia.

Thomas sorseggiò il liquore, cercando di scacciare tutti quei pensieri dedicati alla fanciulla. Aveva deciso da tempo di non indulgere più in questioni di cuore e Joanne lo stava pericolosamente portando sulla strada sbagliata.

Non poteva dimenticare che la sua amicizia con George, il fratello della giovane, era nata proprio a causa di una donna e non era stata un'occasione piacevole.

Mentre il fuoco scoppiettava vivace nel camino, Thomas nel ricordo si sentì avvolgere dal calore di un altro fuoco, spento ormai da anni.

Aveva amato Madeline con tutto l'ardore della gioven-

tù. Lei aveva rappresentato tutto ciò che Thomas sognava in una compagna: bellezza, intelligenza, grazia... l'aveva conosciuta a Oxford, nei cui pressi si trovava una casa di famiglia. Ma Madeline lo aveva deluso crudelmente, scegliendo di sposare un altro uomo, più ricco e titolato di lui. Solo dopo averle donato il proprio cuore Thomas aveva capito che donna fosse, come avesse giocato con i suoi sentimenti nel tentativo di accasarsi col miglior partito possibile. Gli aveva riso in faccia, gettandogli addosso l'amara verità e canzonandolo per il suo sciocco romanticismo.

La delusione lo aveva portato all'alcol e al gioco, riducendolo in poco tempo nell'ombra di se stesso. Era stato George a trovarlo una notte, sul ciglio della strada, ubriaco e coperto di lividi dopo lo scontro con un creditore poco incline al dialogo.

Pur essendo poco più di un ragazzino, George lo aveva raccolto, portato a casa e fatto curare, ma soprattutto lo aveva messo di fronte alla realtà di abbruttimento nella quale stava scivolando. Gli doveva la vita in molti modi e aiutare sua sorella era il minimo che Thomas potesse fare e non sarebbe certo bastato a colmare il debito di gratitudine che aveva verso di lui.

Ma Joanne costituiva una minaccia alla sua ritrovata serenità, trovarle un marito era fondamentale per non ricadere nell'errore di guardarla con ammirazione. Era necessario che la tenesse a distanza, ma nei due incontri precedenti non aveva resistito all'impulso di tormentarla, di sondare le sue reazioni per scoprire se gli era possibile far uscire il fuoco che ardeva nel suo sguardo. Aveva sempre amato le sfide e quella ragazza ne costituiva una deliziosa, tuttavia Thomas doveva ricordare a se stesso che non era per lui. Che nessuna donna, mai più, avrebbe fatto breccia nel suo cuore.

Nei giorni seguenti Thomas evitò accuratamente di incontrare la giovane, ma si premurò di rendere partecipe Mrs. Taylor dei progetti concertati con George, trovando tutta la sua approvazione.

A quanto pareva, anche Joanne stava cercando di e-vitarlo, perché sua zia si lamentò di quanto poco uscisse di casa la ragazza, persino nelle giornate di sole ormai sempre più rare. Anche le incursioni di Joanne alla biblioteca erano state interrotte, perché a detta di Smith, prima del suo arrivo a Trerice, la giovane si presentava quotidianamente e trascorreva ore e ore immersa fra i libri, mentre da quando egli risiedeva nella villa non si era più fatta vedere.

Thomas cercava di rallegrarsi di questo, ma non ci riusciva quanto avrebbe voluto.

Che Trerice fosse infestata di fantasmi o no, quel soggiorno non si delineava gradevole come aveva sperato. In effetti, forse per colpa del maltempo che aveva cominciato a sferzare la campagna, la casa nelle ore notturne si riempiva di sinistri rumori e nelle giornate, fattesi ormai brevi e tetre, ovunque sembravano annidarsi ombre sinistre.

L'arrivo degli ospiti era previsto per metà novembre e mancavano solo due settimane alla data prevista.

Thomas aveva incontrato Joanne solo di sfuggita alla funzione domenicale, sempre circondata dall'affetto e dalla compagnia della famiglia del pastore.

Forse era da loro che si recava a leggere? In fondo anche Miller doveva possedere una discreta quantità di libri.

Nelle rare occasioni in cui si erano visti, Joanne gli aveva riservato una fredda cortesia, accompagnata da occhiate guardinghe, come se lei temesse da parte sua qualche stoccata. Come darle torto, dopo la pessima condotta che aveva tenuto nei confronti della giovane?

Deciso a farsi perdonare e a dare a Joanne una miglior immagine di sé, aveva ripetuto altri inviti a cena a lei e a sua zia, ma Mary si era presentata sola entrambe le volte: la prima, a causa di una forte infreddatura della nipote, la seconda per via di un forte mal di testa della stessa.

Thomas cominciava a sentirsi contrariato, perché aveva l'impressione sempre più netta che la giovane lo evitasse per qualche motivo. Forse il suo atteggiamento l'aveva offesa più di quanto gli fosse parso in un primo momento, tuttavia l'appressarsi dell'arrivo degli ospiti a Trerice rendeva necessario prepararla a scegliere fra loro il futuro marito.

Dopo la seconda serata trascorsa con Mary Taylor nel ricordo del suo defunto marito, Thomas decise che era giunto il momento di recarsi di persona in visita al cottage, con l'ottima scusa di informarsi sulla salute di Joanne.

Mentre la mattinata era stata illuminata da un tiepido sole quasi primaverile, nel primo pomeriggio si erano addensate nubi grevi di pioggia e, quando Thomas era uscito per raggiungere il cottage, le prime gocce gli avevano sferzato il viso. Aveva fatto appena in tempo a bussare alla porta prima che si scatenasse un vero e proprio diluvio.

Se era vero che le temperature non erano fredde come a Londra, era anche vero che quel continuo mutare del tempo era davvero irritante e l'uomo, avvolto nel mantello per ripararsi, si ritrovò quasi fradicio ancor prima che qualcuno gli aprisse.

Fu Joanne in persona che comparve nel vano della porta, scostandosi immediatamente per farlo passare, senza celare il proprio stupore per l'inattesa visita, e anche un certo divertimento dovuto allo stato pietoso in cui Thomas si trovava.

Il mantello era talmente zuppo che quando Joanne porse le mani per prenderlo fece un passo indietro per non bagnarsi il vestito.

"Santo cielo, che cosa fate in giro con questo tempo?" gli domandò, scrollando la stoffa scura e grondante. "Accomodatevi in salotto, vi porto qualcosa per asciugarvi."

Thomas obbedì, sentendosi tremendamente stupido. Si era reso ridicolo, con quell'arrivo eclatante, e provava l'impulso di girare sui tacchi e andarsene, solo che il buon senso gli suggeriva di attendere che per lo meno spiovesse un po'. Felice di intravedere nel salotto il fuoco acceso, accettò l'invito e si accostò al tepore delle fiamme, visto che la pioggia aveva trapassato il mantello, la giacca ed era arrivata alla camicia.

Un attimo dopo Joanne era di nuovo lì, con un telo di lino candido e una coperta.

"Purtroppo mi trovo sola in casa" disse senza guardarlo in volto. "Mia zia è alla scuola e Sally è uscita stamane per alcune commissioni a Kestle Mill. Temo che non rientreranno finché questo temporale non si sarà un po' calmato."

Bene, si disse contrariato Thomas, adesso quella bella visita diventava anche sconveniente. Prese il lino e si asciugò meglio che poteva il viso e i capelli.

"Me ne andrò anch'io appena possibile, ero solo passato per sapere come state e per darvi questo" le comunicò, estraendo da una tasca della giacca una boccetta di acqua di lavanda, un rimedio contro il mal di testa che la sua governante di Londra non mancava mai di fargli avere. Joanne studiò la bottiglietta e sorrise, accennando un ringraziamento.

"Oggi va molto meglio, grazie."

Thomas notò le dita macchiate d'inchiostro, mentre la giovane apriva il flacone e ne annusava il contenuto. Probabilmente Joanne stava scrivendo un diario o qualche lettera, prima che lui arrivasse.

"Mi dispiace aver interrotto le vostre attività" le disse accennando alla mano sporca d'inchiostro.

Joanne seguì il suo sguardo e arrossì, come se l'avesse sorpresa a fare chissà quale marachella. "Nulla d'importante. Gradite un tè?"

L'idea di bere qualcosa di caldo era troppo allettante per rifiutare, tuttavia non gli sfuggì il tentativo di lei di cambiare discorso, passando molto, troppo in fretta da un argomento all'altro, ma fece finta di nulla.

Fuori pioveva così forte da coprire persino lo scoppiettio del fuoco nel camino e s'era fatto così buio da sembrare notte. Joanne sbirciava fuori dalla finestra con aria ansiosa, forse era preoccupata per la zia e la domestica in giro con quell'uragano.

"Appena sarò a casa manderò la carrozza al villaggio, se Sally non sarà di ritorno. Sono certo che vostra zia, invece, sia al riparo nella canonica" la rassicurò.

Per un attimo i loro sguardi si incontrarono. Fu una frazione di secondo, ma a Thomas parve di essere improvvisamente attraversato da un fulmine. Guardare negli occhi di lei era come tornare a casa dopo un lungo viaggio, gli diede un senso di eccitazione e familiarità che lo sconvolse. Solo quando si trovò avvinto da quelle pupille, rese ancora più scure dalla penombra, si rese conto di quanto, in quelle settimane, gli fosse mancato confrontarsi col loro fuoco, con la loro profondità misteriosa.

Anche Joanne doveva aver provato qualcosa di simile, perché invece di rispondergli ebbe un fremito e fuggì letteralmente in cucina, dove subito la sentì affaccendarsi nella preparazione del tè.

Nemmeno con Madeline gli era mai capitata una cosa simile, e Thomas deglutì cercando di riprendere il controllo del proprio corpo, che aveva reagito a quel momento incredibile in modo imbarazzante. Era già abbastanza disdicevole trovarsi da solo con una giovane donna, ora doveva persino fare i conti con la propria incauta reazione alla presenza di lei. L'ultima cosa che desiderava era cacciarsi ulteriormente nei guai e si rimproverò fra sé per essersi messo in una situazione del genere.

Non gli rimase altro che camminare davanti al camino, cercando di calmarsi e di asciugare gli abiti resi ancora più aderenti dall'acqua, ma quando Joanne rientrò con tazze e teiera, la sensazione che qualcosa fosse scattato fra loro divenne palpabile. Lo lesse negli occhi di lei, che evitavano i suoi, nel lieve tremore delle mani quando posò sul tavolino il vassoio e versò il liquido ambrato nelle tazze. Soprattutto, quando gli porse la sua facendo tintinnare vistosamente il piattino.

Per quanto Joanne fosse alta, egli la sovrastava di parecchio e, quando la giovane nel sollevare la tazzina quasi ne rovesciò il contenuto, d'impulso si chinò verso di lei per evitare che si versasse. Fu un altro errore, perché si ritrovò le sottili dita fra le mani, il viso a un soffio dal suo. I riccioli castani incorniciavano le gote arrossate, le labbra di lei si socchiusero per la sorpresa; resistere all'impulso di posare le proprie su quel bocciolo roseo e invitante era pressoché impossibile, ma Thomas, recuperando l'ultimo barlume di lucidità, si schiarì la voce e con gentilezza le sottrasse la tazza dalle mani.

"Vi ringrazio" disse, cercando di usare la maggior impassibilità che gli riusciva. "Sono piuttosto infreddolito."

Joanne quasi balzò indietro, cosa di cui le fu grato. Anche lei cercava di darsi un contegno, ma era chiaro che le riusciva difficile quanto a lui.

"Sedetevi" lo invitò, prendendo posto sulla poltroncina preferita dalla zia.

Thomas sorrise. "Meglio di no, se non volete essere costretta a strizzare il divano" scherzò.

Solo in quel momento Joanne parve accorgersi di quanto fosse bagnato e sollevò le sopracciglia. "Perdonatemi, vi avevo portato una coperta ma poi…" strinse le labbra, come se volesse trattenere il seguito della frase. Sempre più imbarazzata, concentrò l'attenzione sulla propria tazza. "Dovreste togliervi almeno la giacca e metterla davanti al fuoco. Rischiate di ammalarvi con quei vestiti bagnati."

***

Joanne trattenne il fiato. Le sembrava di essere in una situazione irreale quanto un sogno. Pur nella sua inesperienza in fatto di uomini, aveva riconosciuto il lampo di desiderio che aveva attraversato lo sguardo di Sir Russel, la muta risposta al suo stesso turbamento quando, poco prima, i loro occhi si erano incrociati.

Incapace di rallentare il battito del proprio cuore, era scappata via da quell'uomo e dal suo fascino, non riuscendo a trovare un'altra soluzione. Mentre preparava il tè c'era mancato poco che facesse a pezzi il servizio in porcellana, perché le sue mani erano diventate come di burro, e subito dopo aveva rischiato di rovesciargli tutto addosso, per colpa di quella dannata emozione che non voleva passare.

Se lui non avesse avuto la prontezza di fermare la tazza avrebbe combinato un disastro, ma il disastro c'era stato lo stesso, vista la figuraccia che aveva fatto rimanendo ferma e muta quando lui le aveva sfiorato le dita.

Joanne non sapeva più dove guardare. Le sembrava che il contatto con le mani di lui, grandi e leggermente nodose, le avesse lasciato un segno rovente sulla pelle.

Come aveva potuto suggerirgli di togliersi la giacca?

Era sempre stata più brava a scrivere che a interagire con le persone, ma in quel frangente aveva superato se stessa in stupidità. Un gentiluomo non si sarebbe mai tolto la giacca in presenza di una signora, proporgli di liberarsene suonava quasi come un invito da seduttrice, e pure impacciata. O forse la sua fantasia stava galoppando troppo?

Come minimo, dopo quella richiesta, Sir Russel sarebbe fuggito, preferendo la pioggia alla sua goffaggine, e Joanne si aspettava qualunque risposta, eccetto il ringraziamento quasi sussurrato che invece ottenne mentre egli si sfilava l'indumento bagnato e lo sistemava vicino al camino.

Non avrebbe voluto alzare lo sguardo, ma non riuscì a impedirselo e rimase incantata a guardarlo. Il fisico scattante era messo in risalto dalla camicia di stoffa sottile e dai pantaloni aderenti; i capelli scuri, ancora umidi e spettinati, gli davano un'aria quasi piratesca. Eppure quanta eleganza c'era in ogni movimento, persino quando stendeva la giacca verso le fiamme e si avvolgeva nella coperta... per fortuna, egli non si accorse del suo interesse per quelle operazioni e si limitò a sorriderle appena, quando finalmente si sedette sul divano di fronte a lei.

Solo allora Joanne si rese pienamente conto di trovarsi in casa sola con lui, mentre fuori dal confortevole riparo imperversava la tempesta. Stranamente, questa coscienza

le fece scorrere il sangue più veloce nelle vene, le diede un senso di vertigine che, lungi dal farle ritornare un sano senso del pudore, la inebriò.

Stava succedendo di nuovo. Il silenzio fra loro si caricava di qualcosa di indefinibile, qualcosa che la faceva sentire terribilmente bene e nel contempo malissimo.

"Fra due settimane arriveranno i miei ospiti a Trerice. Sarete felice di rivedere vostro fratello" disse Sir Russel, rompendo quella strana magia.

Joanne si sentiva la gola riarsa e dovette bere un sorso di tè prima di rispondere.

"Quanti saranno?"

"Non lo so ancora con esattezza. L'invito è stato esteso a una decina di persone, ma lo saprò al loro arrivo. Certo il maltempo non ci viene in soccorso."

Eccoli, pensò Joanne, erano tornati due estranei che parlavano di futili argomenti. Come doveva essere fin dall'inizio e come non era stato. Che cosa erano stati, allora? Non riusciva a darsi una risposta.

"Altro tè?"

Sir Russel le rispose con un cenno di diniego. "Miss Gray, il motivo della mia visita non era soltanto informarmi sulla vostra salute" le disse con un tono grave che la colpì. "Vorrei anche parlarvi dei gentiluomini che ho invitato qui, per aiutarvi a fare… una scelta."

Come una doccia fredda, quelle parole la riportarono alla realtà, rammentandole Jeremy, il piano di suo fratello George per aiutarla, l'imbarazzante necessità di trovare un marito per sfuggire al volere paterno, il ruolo che Sir Russel aveva assunto in tutta quella faccenda. Solo che questa volta alla solita angoscia si aggiunse una strana, inesplicabile delusione che Joanne rifiutò di analizzare.

"Non dovevate disturbarvi" replicò mesta. "Più che

scegliere, temo che dovrò accettare la prima proposta che mi verrà fatta, ammesso che io desti interesse in qualcuno dei vostri amici."

Thomas si sporse in avanti, con aria interrogativa. "Ero convinto che foste qui proprio perché avete rifiutato una proposta non di vostro gradimento. Ora mi dite che per voi non fa differenza?"

Nonostante tutto, Joanne scoppiò in una risata amara, ripensando all'uomo che aveva rifiutato. Questa volta, però, guardò Thomas dritto negli occhi, quasi a sfidarlo. "Fa differenza trovarmi sposata con un uomo più vecchio di mio padre che desta in me costante ribrezzo da quando l'ho conosciuto. Rifiutarlo non è stato un capriccio, milord. È questo che avete pensato?"

Thomas la fissò annichilito. "È questa la proposta vantaggiosa di cui mi ha scritto vostro padre?"

Joanne annuì, le labbra piegate in un sorriso triste. "Vantaggiosa per la mia famiglia, visto che il gentiluomo in questione è disposto a sposarmi anche senza dote. Ma per quanto io comprenda le difficoltà di mio padre non riesco neppure a pensare di dividere la mia vita con quell'uomo."

Thomas assunse un'aria ancora più interrogativa. "Vostro padre non ha alcuna difficoltà economica, per quale motivo dovrebbe rifiutarvi una dote?"

La magia che li aveva avvinti era stata spazzata via dalla sensazione di disagio che Joanne provò per quella affermazione. Era lei, adesso, a non capire.

Vide il volto di Sir Russel aggrottarsi, mentre proseguiva. "Lord Hemsworth trascorre molto tempo a Londra, dove a quanto mi risulta vive senza privarsi di nulla e vostro fratello riceve un appannaggio di tutto rispetto. Per quale motivo pensate che ci siano difficoltà finanziarie?"

La giovane avvertì un nodo alla gola. Rispondere a quella domanda significava confidare fatti privati a quello che era, a tutti gli effetti, un estraneo, ma che stranamente le sembrava la persona più vicina che avesse mai avuto. Poteva fidarsi davvero di Sir Russel o confidarsi con lui sarebbe stato un errore?

La sua preoccupazione sembrava sincera, tuttavia dar voce a ciò che Joanne aveva nel cuore aveva tante, troppe implicazioni. Voleva dire permettere a un perfetto sconosciuto di conoscere particolari che una giovane di buona famiglia non avrebbe dovuto riferire sul proprio tenore di vita, per mantenere almeno l'apparenza, ma voleva anche dire prendersi, per una volta, il lusso di alleggerire l'animo da uno dei tanti pesi che lo gravavano e che fino ad allora non era riuscita a condividere nemmeno con la zia. Complice l'intimità surreale della situazione, Joanne si trovò a parlare, timorosa di scoprire dove avrebbero portato quelle confidenze.

"A Westbury non viviamo affatto nel lusso. D'inverno, quando mio padre è a Londra, riusciamo a malapena a riscaldare due stanze, perciò mangio in cucina con la servitù. Ho dovuto fare parecchi sacrifici per avere qualche abito nuovo in vista della Stagione, che poi mi è stata, come sapete, negata. Mio padre mi ha sempre detto di dover vivere in economia per poter permettere a George, terminati gli studi, di entrare in politica."

Sir Russel si alzò in piedi, lasciando la coperta sul divano. Sembrava contrariato al punto che Joanne quasi si spaventò.

"Non posso esserne sicuro, ma credo che siate stata ingannata e non ne comprendo il motivo. Potrebbe essere che vostro padre a Londra viva al di sopra delle sue possibilità... ci sono, in effetti, molti Pari che dispongono solo delle rendite ricavate dalle loro tenute, ma Lord

Hemsworth dispone di numerose altre entrate. Se ne vanta spesso, quindi non comprendo perché voi dobbiate vivere in tali ristrettezze."

"Mr. Meddows, l'uomo che dovrei sposare, è suo socio in affari. È lui che gestisce la compagnia navale. Sì, so che mio padre ha diverse attività, ma non ho mai avuto accesso ai conti. Io dispongo di una piccola cifra per il mantenimento della casa e per le mie necessità."

Una piccola cifra integrata con miei guadagni come giornalista, aggiunse mentalmente Joanne. Era capitato più di una volta di dover attingere a quel piccolo gruzzolo che la giovane stava cercando di mettere da parte. Quel lavoro era risultato una manna anche adesso, dopo il mutamento delle sue sorti: nelle ultime settimane aveva chiesto e ottenuto dal direttore della rivista di aumentare il numero di articoli, per poter contribuire alle spese di casa. Stava giusto lavorando a un pezzo, quando Russel era arrivato, e Sally era andata a spedire un manoscritto da poco terminato all'editore.

Ormai cominciava a essere a corto di argomenti, dopo aver concluso la serie di articoli dedicati ai classici. La piccola biblioteca della zia, nella quale aveva trovato copie di Omero e Virgilio, le aveva fornito materiale sufficiente per un buon numero di pezzi.

"Vostro padre, comunque, non avrebbe avuto alcuna difficoltà a farvi avere la vostra Stagione. Oltre a disporre di una comoda casa, ha anche le conoscenze necessarie per introdurvi nella migliore società. Vi sarebbe occorso poco per trovare da sola un buon numero di spasimanti."

Joanne rise dolcemente. "Ne dubito. Non sono né una bellezza né una dama di spirito. Tuttavia avrei tanto voluto vedere Londra e partecipare a qualche evento mondano."

"Che scarsa opinione avete di voi stessa!" esclamò Thomas. "O vi aspettate solo che io smentisca con galanteria la vostra affermazione?"

La giovane spalancò gli occhi, arrossendo. "Certo che no! Non mi aspetto da voi alcun complimento, specie insincero. Non sono abituata a riceverne nemmeno per i miei scarsi meriti, figuriamoci per quelli che non possiedo."

***

Thomas, in piedi dietro al divano, la fissò per un lungo istante. Le ciglia adombravano gli occhi bassi, l'espressione mortificata della ragazza gli pareva del tutto sincera. Qualunque altra giovane londinese avrebbe risposto al suo salace commento con un motteggio o con affettata offesa, la reazione di Joanne lo aveva preso in contropiede. Era davvero convinta di non essere graziosa e di sembrare sciocca? Il suo atteggiamento taciturno non poteva essere scambiato nemmeno per sbaglio per scarso spirito, non con quegli occhi che sembravano conoscere ogni più profondo segreto di chi osava affrontarli.

Ma dirle una cosa del genere significava cadere in una trappola dalla quale Thomas aveva scelto di salvarsi. Non avrebbe mai più ceduto ai moti del cuore, neppure per restituire fiducia a una giovane che, in quel momento, gli sembrava più vulnerabile che mai. Dirle che lui la vedeva bella, che aveva intuito quale fuoco si celasse dietro i suoi silenzi equivaleva a lasciare più che uno spiraglio all'attrazione che provava per lei.

"Avrete modo di mostrare tutti i vostri meriti al giovane che riuscirà a guardare dentro di voi" le disse, cercando di mascherare il disagio che provava. "E riceverete tutti i complimenti che desiderate."

Joanne annuì, alzando per un breve attimo lo sguardo su di lui. Thomas le sorrise, ma rivolse subito l'attenzione verso la finestra, non riuscendo a sopportare l'emozione suscitata da quelle scure profondità, improvvisamente tristi. Possibile che Joanne avesse desiderato, anche solo di sfuggita, che fosse proprio lui a dirle parole galanti? Scacciò in fretta quel pensiero, cambiando argomento.

"Comincia a spiovere" disse, "immagino sia ora che vi lasci alle vostre occupazioni."

Senza aspettare risposta afferrò la giacca ancora umida, appena intiepidita dal focolare, e se la infilò. Anche Joanne si alzò per aiutarlo a indossare l'indumento.

Accettare il suo aiuto gli parve così naturale, così confidenziale da esaltarlo e insieme spaventarlo.

"Perdonatemi" disse lei, accorgendosi di aver compiuto un gesto troppo intimo, "quando mio fratello è a casa lo aiuto spesso a prepararsi…"

"Ora devo proprio andare" rispose lui bruscamente, cercando con gli occhi il mantello. L'indumento era nell'ingresso, appeso a un gancio, e aveva creato una piccola pozza d'acqua sul pavimento. Si avviarono entrambi verso la porta, senza sapere bene cosa dirsi.

Thomas studiò il mantello che Joanne aveva staccato dal gancio e decise di appoggiarlo sul braccio, invece che indossarlo. Si rese conto d'avere un aspetto singolare, con addosso la giacca sgualcita e bagnata, i capelli scomposti e quel cencio gocciolante, tuttavia la ragazza sembrava così assorta da non farci caso.

"Tornate pure alla mia biblioteca, se lo desiderate" le disse in tono di commiato. "Non mi disturba affatto."

Erano davanti alla porta, già aperta sulla piazzola. Il temporale sembrava svanito com'era comparso e i rossi del tramonto striavano il cielo e si riflettevano come in

frammenti d'uno specchio nelle pozzanghere che si allargavano sul suolo petroso.

"Oh, mi farebbe tanto piacere" esclamò Joanne, illuminandosi. La luce rosea le conferiva ancor di più l'aspetto di una fata dei boschi, mentre la lieve brezza rimasta dopo la tempesta le scompigliava le ciocche ribelli. "Mi sono mancati i vostri libri e il profumo di lillà che riempie quella stanza."

Thomas trasalì. "Lillà?"

Joanne dovette accorgersi del suo disappunto, ma senza comprenderne il motivo. "Credo che la vostra servitù tenti di coprire con qualche essenza l'odore dei libri. Non è gradito a tutti…" soggiunse, incerta.

"Certamente è così" rispose lui in fretta e con un rapido inchino la salutò, quasi correndo via verso Trerice.

Per tutta la strada non fece altro che rimproverarsi per ogni singola parola e ogni singolo pensiero che aveva formulato durante quell'incontro. Aveva agito come uno sciocco ragazzino e non come l'uomo di mondo che in quegli anni aveva cercato di diventare, e tutto per colpa di due occhi ardenti come fiamme. Joanne aveva bisogno di un marito, ma quello non poteva essere lui, il suo ruolo nella vita della giovane donna era solo di passaggio, come lei sarebbe stata di passaggio nella sua. Aveva giurato a se stesso che non avrebbe mai più permesso a nessuna donna di turbare la sua serenità, la sua quiete, il suo cuore. Aveva fatto ogni sforzo per mantenere l'impegno, tuttavia non poteva nascondere che Joanne, con una facilità che lo aveva disarmato, aveva l'immenso potere di far breccia nella corazza che egli aveva eretto intorno alle proprie emozioni.

Quando finalmente si trovò all'ingresso del parco di Trerice, Thomas si rese conto d'aver quasi corso per tutta la strada e di esser affannato. Rallentò il passo e tentò di darsi un contegno.

Le pietre grigie del maniero avevano, nella luce del tramonto, un che di sinistro e neppure la bellezza del giardino, resa vivida dalla pioggia, riusciva a mitigare quell'impressione.

Thomas tornò con la mente all'ultimo scambio di parole con Joanne e al profumo di lillà che la giovane asseriva di sentire in biblioteca. Era capitato anche a lui, qualche volta, di sentirlo. Perché proprio Joanne doveva condividere quell'esperienza, che Thomas non aveva mai raccontato a nessuno temendo di sembrare ridicolo?

Il profumo di lillà era uno dei segreti di Trerice e in pochi avevano avuto l'onore di percepirlo, perché quella casa sceglieva con cura a chi rivelare la propria storia. Erano in pochi gli eletti che, nella lunga storia del maniero, avevano realmente visto o sentito qualcosa fra quelle mura e, a quanto pareva, Joanne era una di questi.

7

Joanne era impegnata nella stesura di un articolo che riguardava le tradizioni scozzesi, che aveva studiato grazie ad alcuni volumi trovati a Trerice, quando, dalla finestrella che dava sul piazzale, la distrassero lo scalpiccio di un cavallo al galoppo, un nitrito impaziente e infine un richiamo rivolto da qualcuno verso gli abitanti della casa.

Quella voce le era nota e cara da troppo tempo per non riconoscere al volo a chi appartenesse e, mentre il suo cuore balzava dalla gioia, la ragazza si precipitò giù dalle scale per accogliere il visitatore.

Joanne si tuffò fra le braccia del giovane gentiluomo appena smontato dalla sella, sotto lo sguardo esterrefatto di zia Mary, che nel mentre si era affacciata alla porta per vedere chi fosse arrivato, seguita a breve da Sally.

"George! Sei proprio tu!" diceva Joanne, lasciando scendere lacrime di gioia mentre si stringeva al fratello, che ricambiava con la stessa commozione l'abbraccio.

George Gray, dal fisico asciutto e longilineo, era alto poco più della sorella. I suoi lineamenti somigliavano a quelli di Joanne, ma erano i colori a essere diversi: lei aveva preso dalla madre le tinte brune, George il caldo biondo e gli occhi cerulei dai Gray.

Joanne, staccandosi appena dall'abbraccio, ne approfittò per studiare il viso del fratello. "Sei dimagrito" decretò, "e quegli orridi favoriti ti fanno sembrare ancor più smunto. Da quando sei così alla moda?"

George, per tutta risposta, scoppiò in una risata e, senza lasciare le redini del cavallo, con l'altro braccio le cinse la vita e si diresse verso le altre due donne, che attendevano all'ingresso del giardino.

Ora che George era lì, Joanne sentiva rinascere la speranza. Il bambino che lei aveva cresciuto era diventato un giovane uomo, elegante nel mantello bordato di velluto, ma con lo stesso sorriso malandrino di quando erano piccoli.

Il ragazzo salutò con calore la zia, come se la conoscesse da sempre, e rivolse un piccolo inchino anche a Sally, la quale, arrossendo per l'inaspettato onore, borbottando qualcosa fuggì in casa.

Joanne avrebbe voluto tempestarlo di domande. Doveva essere appena arrivato, a giudicare dal fango che incrostava le zampe del cavallo e i suoi stivali, dunque era passato da loro prima di raggiungere Trerice. Forse non era il caso di aggredirlo con un interrogatorio dopo un viaggio lungo e faticoso come quello, tuttavia la fanciulla non riuscì a trattenersi e, senza nemmeno dargli tempo di replicare, gli chiese a raffica notizie del viaggio, della sua vita a Oxford, dei suoi studi e, solo quando il fratello la mise a tacere tirandole un orecchio, come facevano da bambini, lei si quietò.

"Avrai tutte le notizie che vuoi non appena mi sarò sistemato a Trerice, Joany" le disse, usando il nomignolo che le aveva affibbiato da piccolo. "Avremo finalmente modo di parlare con calma, abbiamo tante cose da dirci…"

Su quelle ultime, poco soddisfacenti parole si insinuò il trotto di un secondo destriero che si avvicinava. Era il morello di Sir Russel, che Joanne ormai riconosceva

anche solo dal trotto leggero. Thomas, in un raffinato completo da equitazione color ruggine, salutò la comitiva togliendo il cappello.

Forse George era arrivato da solo, altrimenti Sir Russel sarebbe rimasto alla villa a fare gli onori di casa, invece che presentarsi da loro a cavallo, in un'ora del tutto insolita per lui: Joanne lo sapeva bene, perché aveva imparato i suoi orari per evitare di incontrarlo.

La ragazza non poté non notare il compiacimento con cui guardava le effusioni fra lei e George, senza perdere mai quel lampo ironico che gli caratterizzava lo sguardo. Sollevò il mento, fiera di essere legata al proprio fratello e di non essere tanto vanesia da nasconderlo per sciocco perbenismo.

"Joany" cominciò George dopo aver scambiato un'occhiata di intesa con Russel, "Abbiamo un problema a Trerice e temo che dovrai darci tu una mano."

Joanne guardò prima il fratello e poi Thomas, che continuava a mantenere quell'odioso, imperturbabile e cortese sorriso.

"Purtroppo gli amici che hanno accettato di seguirmi qui in Cornovaglia sono meno del previsto. A Londra il tempo è peggiorato, la Stagione è al culmine e alcuni di loro hanno cambiato idea." George parlava a lei, ma spesso guardava la zia, come se fosse a Mary che doveva chiedere aiuto. "Il problema è sorto quando una delle signore all'ultimo momento ci ha comunicato di essere indisposta, lasciandoci in una situazione imbarazzante."

"Ciò che George sta cercando di spiegarvi è che Miss Amelia Lewis si trova a essere l'unica dama del gruppo. Ha viaggiato insieme al fratello, Lord Burnett, ma ora che risiede in casa mia sarebbe preferibile che qualche altra signora dimorasse a Trerice. Gli altri ospiti, infatti, sono solo uomini e non sarebbe appropriato lasciarla senza una compagnia femminile."

"Credo che zia Mary sarà d'accordo ad accompagnarmi più spesso alla villa" rispose Joanne. Dunque, alla fine tutte quelle dame che agognavano la vista di un fantasma si riducevano a una sola. Probabilmente le schiere di corteggiatori promesse si sarebbero trasformate entro pochi istanti in un solo lord, succube dei capricci della sorella. Stava per cadere dalla padella nella brace.

"Avremmo pensato a una soluzione più pratica. Dovresti trasferirti temporaneamente a Trerice, se alla zia non dispiacerà" corresse George. Joanne guardò Mary, sperando che rifiutasse, ma la donna, chinando graziosamente il capo coperto dalla solita cuffietta, rispose di essere pienamente d'accordo.

"Manderò qualcuno a prendere i bagagli di Miss Gray" replicò soddisfatto Thomas. "I miei ospiti si stanno sistemando, quando vorrete raggiungerci sarete la benvenuta."

Joanne sperava che George si fermasse con lei al cottage ma, non appena i due uomini ebbero ottenuto il suo consenso, si congedarono in fretta per terminare la cavalcata che avevano cominciato. A lei non rimase altro che guardarli delusa, mentre insieme lasciavano la piazzola. Erano mesi che non vedeva il fratello e provava una certa gelosia al pensiero che egli preferisse la compagnia di Sir Russel alla sua. Non le aveva nemmeno detto chi fossero gli altri ospiti, ammesso che ve ne fossero davvero. Non le rimaneva che chiedere a Sally di aiutarla a impacchettare le proprie cose e attendere il domestico di Trerice.

Cominciò a pensare di essere vittima di una cospirazione quando Sally, spalleggiata da zia Mary, si mostrò determinata ad accompagnarla alla villa nel ruolo di cameriera personale. A nulla valsero le sue proteste, visto che Sally

aveva smesso da tempo di essere una domestica: secondo le due donne Joanne doveva apparire in tutto e per tutto come una nobildonna, esattamente quello che era.

Visto che il suo destino era stato già deciso da altri, alla ragazza non rimase che sottomettersi alle decisioni altrui, con la magra consolazione che, per lo meno, avrebbe avuto un'amica su cui contare durante il soggiorno a Trerice.

Il mezzo miglio che separava il cottage dalla villa le sembrava una distanza immensa, ora che l'avrebbe allontanata dalla zia e dalle piccole sicurezze che aveva acquisito, tuttavia fu con un sorriso che fece ingresso nell'atrio di Trerice, che ormai conosceva così bene.

Smith l'accolse con una distante cortesia del tutto nuova, priva della familiarità a cui lei era abituata. Anche Sally aveva ripreso le distanze, come quando vivevano a Westbury, ed era tornata l'efficiente cameriera di sempre.

Anche se illuminata da una teoria di lampade che si intervallavano ai ritratti, la galleria che Russel le aveva mostrato la prima sera la mise immediatamente a disagio. Rispetto all'atrio le pareva molto più fredda e, nonostante indossasse ancora il pesante mantello, sentì un improvviso gelo penetrarle fino alle ossa.

Rabbrividendo, commentò scherzosamente che un camino in quel lungo corridoio avrebbe fatto comodo, ma sia Smith che Sally la guardarono con aria interrogativa.

"Nessuno degli altri ospiti si è lamentato, ma posso assicurarvi che la vostra stanza è perfettamente riscaldata" replicò il maggiordomo.

Solo allora Joanne si accorse di essere l'unica, fra tutti, a tremare vistosamente, e si augurò che non fosse l'inizio di una brutta infreddatura.

Per fortuna la sensazione di gelo svanì non appena la giovane mise piede nella stanza che le era stata assegnata. Il camino, in marmo bianco, era già acceso da tempo e la camera era avvolta in un delizioso tepore. Non era un locale di grandi dimensioni, ma aveva una splendida veduta del giardino: Joanne, dalla finestra circondata dai tendaggi sulle tinte del verde, poteva vedere i rami spogli degli alberi e un ampio spazio del cielo plumbeo che sovrastava la campagna. Gli arredi erano eleganti e sobri, e ovunque, dalla tappezzeria alla biancheria da letto, erano sulle sfumature del verde come le tende. La ragazza, che amava particolarmente quel colore, ne fu deliziata.

Joanne fece posare il baule ai piedi del letto, sul soffice tappeto che copriva quasi tutto il pavimento ligneo.

Quando Smith si fu assicurato che tutto fosse in ordine, congedò gli altri domestici e lasciò a sua volta la stanza, dopo aver indicato all'ospite l'orario della cena. Sally avrebbe dormito nelle stanze della servitù all'ultimo piano e, per quanto Joanne fosse dispiaciuta per la sistemazione, non riuscì a convincerla a dividere la camera con lei.

Insieme disfecero i bagagli e scelsero l'abito per la sera. Joanne optò per un vestito che aveva cucito lei stessa con l'aiuto di Sally, formato da due strati: uno di mussola d'un verde chiarissimo e uno di sottilissimo pizzo in una sfumatura appena più scura. La vita alta, stile impero, lo faceva cadere morbido sul davanti mentre dietro, dove si chiudeva con una fila di minuti bottoncini, la stoffa si increspava in un delicato drappeggio.

Sally le arricciò i capelli e glieli fermò con un semplice nastro per lasciarle il viso libero dalle solite ciocche ribelli.

Joanne sapeva bene che il capolavoro artistico della ragazza sarebbe durato giusto il tempo di fare le presentazioni, dopo di che, uno a uno, i suoi indomabili capelli avrebbero ripreso la loro consueta posizione, ma non

volle smorzare l'entusiasmo dell'amica e lasciò la camera sorridente e apparentemente allegra.

Nel salotto dove Sir Russel l'aveva accolta per quella prima sera trovò raccolta la piccola compagnia che trascorreva il tempo in attesa della cena.

Joanne entrò silenziosamente, in preda al timore, ma subito attirò l'attenzione di tutti i presenti.

George stava in piedi accanto al camino, con un braccio appoggiato con indolenza a una delle colonnine della cornice e si limitò a salutarla con un cenno, senza interrompere la conversazione con l'uomo che gli stava di fronte, un giovanotto dai capelli rossi e dai lineamenti delicati che tradivano origini irlandesi.

Fu Sir Russel, invece, ad alzarsi dal divano, dove sedeva accanto a una giovane donna bionda, elegantissima in un abito di seta cremisi, con la quale stava intrattenendo un fitto dialogo. La fanciulla seguì con lo sguardo Sir Russel, con aria smarrita, e solo qualche istante dopo si avvide di Joanne, verso cui il gentiluomo era diretto, e la guardò con curiosità.

"Miss Gray, sono lieto che abbiate accettato l'invito" le disse Thomas con un leggero inchino, a cui Joanne rispose con una riverenza altrettanto studiata. Le sarebbe piaciuto fargli notare che, più di un invito, si era trattato di un ordine o di un complotto, ma si limitò a sorridere e a ringraziare.

Tutti ora erano rivolti verso di loro, in attesa che la ragazza venisse presentata, cosa che Sir Russel fece senza indugio, cominciando dalla gentildonna con cui stava parlando al momento del suo ingresso.

"Lady Amelia Lewis, Miss Joanne Gray" cominciò con tono formale.

Joanne si sottopose all'attento esame della signorina,

che la squadrò da capo a piedi e infine le rivolse un sorriso cortese. "La salvatrice della mia reputazione" commentò la giovane, tendendole la mano guantata. "Vi sono debitrice per la vostra gentilezza."

Joanne minimizzò, cercando di valutare se Amelia costituisse un'amica o una nemica. Dai suoi modi era difficile capirlo, perché la giovane londinese non lasciava trapelare alcuna emozione. Mentre si scambiavano quelle poche parole, gli altri si avvicinarono, George compreso, e Russel proseguì con le presentazioni, indicando per primo un uomo che, all'arrivo di Joanne, era rimasto in disparte insieme a un ufficiale in divisa, con il quale stava parlottando animatamente.

"Questo allampanato giovanotto è Lord Burnett, una delle peggiori disgrazie che affliggono Londra. E che ora affliggeranno per un po' la Cornovaglia" scherzò Thomas. Il giovane, biondo e longilineo come la sorella, si finse scandalizzato.

"Non date retta a questa canaglia, Miss Gray. E chiamatemi William come fanno questi perdigiorno, qui siamo fra amici" disse, sorridendo sotto ai sottili baffi.

Sir Russel scosse il capo, divertito. "E dopo questo tipico esempio di casanova londinese, un coraggioso ufficiale della Corona, il colonnello Alan Hamilton, e infine un giovane virgulto irlandese, Declan O'Donnel, che ha avuto la sfortuna di studiare con vostro fratello."

Il giovanotto irlandese le baciò galantemente la mano e Joanne a ciascuno rispose con un perfetto inchino. Fino all'annuncio della cena la conversazione rimase superficiale e la giovane ebbe modo di studiare le persone con cui avrebbe trascorso le settimane successive. Gli amici di George non mancavano né di fascino né di spirito ed erano tutti e tre persone piacevoli. Di primo acchito, Lord

Burnett le dava l'impressione di essere il più manierato, il colonnello Hamilton quello più riservato e il giovane O'Donnel quello più incline allo scherzo perché, mentre tutti gli altri si mantenevano su argomenti neutri, egli riusciva a infilare salaci battute che scatenavano l'ilarità del gruppo.

A cena Joanne si trovò seduta accanto a Lord Burnett e di fronte a George, che ammiccava in modo quasi imbarazzante. Sir Russel, a capo tavola, parlava fitto fitto con l'altra signorina, che a tratti si esibiva in una risatina civettuola.

Se quello era il tipo di intrattenimento della buona società londinese, non si era persa molto, pensò la ragazza, mentre annuiva automaticamente al discorso che stava facendo Burnett riguardo alle razze dei cavalli da corsa. Era convinta, nella sua inesperienza, che a Londra avrebbe conosciuto gente colta, piena di interessi, invece si rendeva conto che erano ben poche le cose che suscitavano l'attenzione dei suoi interlocutori. Joanne si estraniò completamente quando intorno a lei tutti cominciarono a parlare di persone che non conosceva e, per quanto gli aneddoti fossero divertenti, per lei la discussione perse ogni interesse.

Osservando i suoi nuovi amici, si domandò se le avrebbero fornito materiale utile per un articolo. In effetti aveva davanti un buon campionario di gioventù titolata… che sciocca, si rimproverò, stava dimenticando che l'obiettivo era scegliere fra quei giovanotti un marito o meglio farsi scegliere da uno di loro. Era stata così presa dalle proprie osservazioni da non pensare a quel particolare.

In un impeto di sincerità verso se stessa, dovette ammettere che a distrarla erano soprattutto le risatine di Amelia, che al contrario di lei sembrava perfettamente a suo agio in quella compagnia. Anzi, in compagnia di Sir Russel, visto che lo aveva praticamente monopolizzato.

Joanne non poté far a meno di chiedersi se fra loro ci fosse del tenero, visto che lui si mostrava più che felice delle attenzioni della giovane: era così strano vederlo rilassato e pronto alla battuta, quando con lei si era dimostrato tanto ombroso ed enigmatico. Fra tutti i presenti era quello che la ragazza faticava di più a inquadrare.

Le sue riflessioni furono bruscamente interrotte quando proprio Amelia, con un sorriso smagliante, batté più volte un cucchiaino sul bicchiere per attirare l'attenzione del gruppo.

"È ora che il nostro Thomas ci racconti qualcosa dei famosi fantasmi di Trerice Manor" disse, con gli occhi che le sfavillavano per l'eccitazione. "Voglio sapere tutto sui misteri di questa casa!"

Joanne si trovò a incrociare lo sguardo di lui, così intenso da farle mancare il respiro, come se avesse voluto leggerle nell'animo e ci fosse riuscito, rubandole ogni segreto. Sentendosi avvampare, distolse gli occhi e sorrise a Burnett, affrettandosi a bere un sorso di vino.

"Ne parleremo più tardi" rispose intanto Thomas, "credo sia il momento per voi signore di sfuggire al fumo dei nostri sigari. Ma avrò modo di terrorizzarvi con le mie storie fra poco, nel salotto."

Amelia sospirò delusa, ma si alzò da tavola insieme a Joanne ed entrambe lasciarono gli uomini ai loro discorsi.

"Non credevo che Trerice fosse una casa così bella" disse Amelia appena furono sole nel salotto. "Il salone è talmente solenne, con quel soffitto meraviglioso… e i giardini… in primavera devono essere spettacolari."

Joanne ascoltava distrattamente gli elogi alla villa, notando con una certa invidia che l'acconciatura della ra-

gazza si manteneva perfetta, una cornice di boccoli dorati che formava quasi un'aureola attorno al viso, mentre i suoi avevano già cominciato, come previsto, a ribellarsi e a riprendere la loro solita forma anarchica. Le sarebbe piaciuto, per una volta, somigliare a una vera lady, ma a quanto pareva tutto il suo essere si opponeva a quell'eventualità.

"Conoscete da molto Sir Russel?" domandò Amelia, con un sorriso angelico che Joanne interpretò come segno del reale interesse della fanciulla. Altro che casa: Amelia puntava il suo proprietario.

"Pochi mesi, in realtà: da quando sono ospite di mia zia al cottage." Joanne optò per la sincerità, chiedendosi se fosse però la scelta migliore.

L'altra giovane sembrò stupita. "Eppure lui e vostro fratello sono grandi amici. Ero convinta che..." fece una pausa imbarazzata. "Che lo frequentaste da più tempo. William, mio fratello, ha sempre condiviso con me le sue amicizie, ma forse dipende dal fatto che lui e io non abbiamo più nessun familiare e questo ci ha uniti molto."

Joanne cominciava a seccarsi, perché non aveva alcuna voglia di raccontare particolari della sua vita a quella sconosciuta, per quanto apparisse amichevole.

"George non torna spesso a casa" tagliò corto, "non ho avuto occasioni di incontrare le persone che frequenta."

Amelia annuì, ma dalla sua espressione delusa Joanne capì che non era soddisfatta della risposta, tuttavia fece finta di nulla e spostò la conversazione su un argomento più superficiale, il clima della Cornovaglia e quello di Londra, che servì a tenere occupata la sua interlocutrice fino all'arrivo degli uomini per il tè.

"Ora non avete più scuse: voglio le mie storie di fantasmi" esclamò Amelia, non appena tutti si furono accomodati. Joanne si trovava seduta sul divanetto accanto a

Burnett e a O'Donnel, un poco crucciata. Aveva sperato che George le rimanesse accanto, almeno in quell'occasione, invece sembrava intenzionato a ignorarla. Thomas al contrario continuava a lanciarle fugaci occhiate, dalla sua postazione di fronte al camino, accrescendo il suo imbarazzo. Non vedeva l'ora di chiudere la serata e di ritirarsi nella sua stanza, lontano da tutta quella gente.

"Ebbene, quella che sto per raccontarvi è una storia molto triste" cominciò Russel, con un tono cupo molto teatrale. Amelia pendeva dalle sue labbra, notò Joanne.

"Questa casa è stata costruita più di due secoli fa dalla famiglia Arundell. Mio padre ne è venuto in possesso da circa dieci anni, ma non ha mai trascorso molto tempo qui, proprio a causa dei fastidiosi rumori notturni che la turbano. E non solo... siamo stati costretti ad assumere personale da Londra, per evitare che la gente del posto cominciasse a diffondere storie su Trerice. Purtroppo, storie vere."

O'Donnel, accanto a Joanne, scoppiò in una sonora risata. "Già, le vecchie case non scricchiolano mai!"

Amelia gli scoccò un'occhiata severa che lo mise a tacere.

"Un avo del precedente proprietario, John Arundell, sedusse una giovane e bella cameriera," proseguì Thomas, "ma quando la ragazza gli disse di aspettare un figlio, costui si rifiutò di aiutarla e lei, in preda alla disperazione, pose fine alla propria vita fra queste mura. Io stesso ho trovato alcune cronache locali che accennavano a questo increscioso episodio, e comunque vi assicuro che mio padre vide qualcosa che lo spinse ad abbandonare Trerice. Pur essendo un uomo molto assennato, era sicuro che la giovane si aggirasse ancora per la casa."

Amelia emise un sospiro carico di attesa. "E voi avete mai visto qualche cosa?" chiese speranzosa.

Russel sollevò le sopracciglia. "Questi sono segreti che non condivido con nessuno" replicò con aria misteriosa. "Tuttavia posso dirvi che quella povera anima tende a mostrarsi ai padroni della casa, ma che qualche volta lascia che anche estranei avvertano la sua presenza."

"Non vi sembra un po' troppo comodo?" commentò O'Donnel. "Il fantasma c'è, ma lo vedo solo io... ci hai invitato qui promettendoci grandi emozioni, ma a quanto pare si limiteranno ai tuoi racconti gotici!"

"Questa casa non ha una governante perché l'ultima è fuggita via. Potresti chiedere a Smith, il maggiordomo, quali sono le sue interessanti esperienze a Trerice."

Russel giocava coi suoi ospiti o parlava sul serio? Joanne non riusciva a capire dove finisse lo scherzo e dove cominciasse il vero. "Inoltre," proseguì Thomas, "abbiamo qui una persona che ha già sperimentato le stranezze della villa."

Joanne pensò che si riferisse a George, in combutta con lui, ma lo sguardo di Russel, e poi quello di tutti gli altri, si rivolse a lei. Si sentì sbiancare, perché proprio non aveva idea di cosa si aspettassero che dicesse.

"Ricordate di quando mi avete parlato del profumo in biblioteca?" le domandò Thomas.

Come poteva averlo dimenticato, visto che quel pomeriggio di tempesta era ancora ben vivo nella sua mente, così come le sensazioni che aveva provato accanto a lui? Più si era sforzata di dimenticare, più il ricordo si era fatto forte. Ma non erano le mani di Thomas sulle sue, né quei momenti di intimità irreale di cui le aveva chiesto e Joanne dovette farsi forza per rispondere qualcosa di sensato.

"I lillà?" balbettò invece, sentendosi davvero stupida.

Thomas annuì. "Smith non si sognerebbe mai di spargere fragranze nelle sale: quello che avete sentito era una delle tracce del fantasma."

D'accordo: Sir Russel stava cercando di renderla interessante agli occhi degli altri ospiti. Da come la guardavano, l'intento era riuscito, peccato che Joanne stesse montando su tutte le furie per non essere stata interpellata prima per quella farsa. Appena ne avesse avuto occasione, lui e George avrebbero avuto il fatto loro, ma ora le toccava improvvisare. Si schiarì la voce, ricordando a se stessa che, tutto sommato, era una scrittrice e la fantasia non le mancava di certo, era giunto il momento di darne un assaggio a quei damerini.

"Mi è capitato spesso di sentirlo" cominciò. "Arriva tutto a un tratto, come se la stanza fosse piena di fiori, poi scompare com'è venuto. Una fragranza intensa, che pervade ogni angolo della libreria." In effetti, non aveva inventato nulla che non fosse vero, solo che l'ipotesi suggerita da Thomas non la convinceva affatto.

"Che esperienza deliziosa!" sospirò Amelia con una punta d'invidia.

Joanne a quel punto scoprì la vasta cultura di Miss Lewis in fatto di case abitate dai fantasmi. La giovane infatti cominciò a raccontare una serie di aneddoti di amici e parenti che in vari luoghi e occasioni avevano avuto esperienze con gli spiriti, intrattenendo piacevolmente tutta la compagnia. O'Donnel manteneva un atteggiamento scettico, ma quando fu il suo turno sciorinò una serie di episodi raccapriccianti legati alle leggende irlandesi.

Mentre gli altri ospiti si dilettavano con varie storie di fantasmi, Joanne cominciò ad accarezzare l'idea di sfruttare l'occasione per qualche articolo. L'argomento si prestava particolarmente a essere trattato con umorismo

e ironia e farsi sfuggire qualche pagina gustosa sarebbe stato sciocco, così si mise ad ascoltare con maggior attenzione e rinnovato interesse.

Il capitano Hamilton e Lord Burnett non mancarono di proporre a loro volta alcuni racconti e Joanne, cautamente, si inserì nella conversazione con qualche domanda, notando l'approvazione che ogni volta balenava negli occhi di George, il quale, fra tutti, era quello meno ciarliero. A dire il vero anche Sir Russel, dopo aver rivelato i pochi particolari sui fantasmi di Trerice, si era chiuso in un cupo mutismo.

Joanne sentiva ogni tanto il suo sguardo su di sé. Sebbene non si voltasse apertamente, ella lo percepiva, e ogni volta era come se una vampata di calore l'avvolgesse. Si ripeteva che era solo un'impressione e si impose di non farci caso, ma quando trovò il coraggio di controllare, incontrò gli occhi di lui, resi scuri dalla penombra, che la scrutavano. Era talmente conscia di quello sguardo che non riuscì più a intervenire nel dialogo e fu con grande sollievo che accolse l'invito di Amelia a ritirarsi per la notte, non appena la conversazione languì.

Amelia fremeva nella speranza che già quella prima notte accadesse qualcosa di interessante, Joanne voleva solo porre fine a una serata estenuante, così lasciarono insieme il gruppo di gentiluomini e si avviarono alle rispettive stanze, animata ciascuna da aspettative diverse.

La mattina dopo Joanne si trovò a fare colazione da sola perché gli altri ospiti stavano ancora dormendo e Sir Russel era già uscito. La speranza di poter scambiare quattro chiacchiere con George svaniva ancora una volta e questo la mise subito di cattivo umore, ma il lato positivo era che almeno aveva evitato di incontrare Thomas.

Mentre sorseggiava una tazza di tè bollente guardò

fuori dalla vetrata, scoprendo che una densa foschia copriva la visuale del giardino. Si chiese come avrebbero trascorso il tempo in quella landa desolata: a casa della zia c'era sempre qualcosa da fare, ma lì, in quella villa, oltre alla lettura non le veniva in mente altro. A parte la caccia a un marito, aggiunse mentalmente, con un piccolo tuffo al cuore. Ecco, avrebbe dovuto conversare con gli amici di George, cercando disperatamente di apparire spiritosa, vivace e allettante, tutte cose che non le erano mai riuscite molto bene, per lo meno, al di fuori della carta.

Forse da Amelia avrebbe raccolto qualche interessante aneddoto sulla caccia ai fantasmi che andava così di moda fra i nobili inglesi e lei ne avrebbe tratto spunti per un buon articolo, ma come avrebbe fatto poi a isolarsi abbastanza a lungo per scriverlo? Anche quella era una bella seccatura, perché se avesse potuto tornare a casa di Mary avrebbe avuto modo di continuare a lavorare in santa pace, invece era bloccata lì senza possibilità di scampo.

"State già pensando al vostro innamorato?"

La voce di Sir Russel la fece trasalire. Era entrato silenzioso come un gatto, in tenuta da equitazione, e sfoggiava un sorriso altrettanto felino. Joanne dovette ammettere che la sua presenza riempiva l'enorme salone, rendendolo un po' più familiare.

"Oh, penso a molte cose" rispose, sforzandosi di sorridere nonostante l'improvvisa agitazione, "ma non vi sembrerei un po' troppo leggera se avessi già impegnato il mio cuore dopo una sola cena?"

Thomas si versò una tazza di tè dall'elaborata teiera in argento che la cameriera aveva lasciato a Joanne e si sedette di fronte a lei.

"A Londra ho visto coppie formarsi con molto meno" commentò. "Fossi in voi punterei su Lord Burnett. Oltre

a essere il partito migliore, mi è parso piuttosto colpito da voi."

Joanne non trattenne una risatina. "Solo perché ho reso felice sua sorella confermando il profumo di lillà del fantasma. Temo che per conquistare Lord Burnett sia necessario prima conquistare Lady Amelia. E che sposare lui significhi sposare anche lei."

Thomas socchiuse gli occhi, studiandola. "Interessante. E che cosa mi dite degli altri?"

Questa volta Joanne non si lasciò intimidire. "Mr. O'Donnel spicca per il suo carattere allegro, ama stare allo scherzo," cominciò, con aria assorta, "mentre il colonnello Hamilton ha un'indole simile alla mia: ascolta molto, osserva, ma non parla volentieri. Non mi stupirei se, una volta presa maggiore confidenza, rivelasse molte doti. Siete soddisfatto?"

Thomas inclinò il capo. "Siete un'acuta osservatrice. Ma a questo punto sono curioso di sapere che cosa direste di me."

A quella domanda non era preparata, non era certo adatta a una conversazione formale fra due estranei e per un attimo le balenò alla mente quel pomeriggio di pioggia, quando fra loro… ma fra loro, si disse prendendo tempo con un sorso di tè, non era accaduto nulla, se non l'imbarazzante incidente dovuto alla sua goffaggine. Il resto era stata solo un'impressione, una suggestione dovuta alla stranezza del momento. Sollevò lo sguardo su di lui, che continuava a fissarla con un'espressione sorniona capace di darle sui nervi. Aggrottò la fronte.

"Voi? Siete il peggiore di tutti. Provocate, ma non vi esponete mai. Solo Dio sa quello che pensate… vi nascondete dietro la vostra gentilezza, che usate per tenere chiunque a distanza, invece che per rendervi le persone più vicine." Più che di parlare, a Joanne sembrava di dare battaglia. "Non so bene che cosa vi abbia spinto ad assecondare mio fratello per aiutarmi, ma questo mi fa pensare che lui sia uno dei pochissimi fortunati a essere nelle vostre grazie e magari, chissà, a conoscervi davvero."

Per un attimo cadde il silenzio. Poi Thomas annuì in modo appena percettibile, con una strana tristezza negli occhi che le fece provare un'improvvisa pena.

"Sembra che anche voi mi conosciate piuttosto bene" commentò lui. "E il ritratto che avete fatto di me non è molto lusinghiero."

Lo aveva ferito. Joanne non sapeva perché, ma lo sentiva chiaramente e si pentì della propria schiettezza. Provò l'impulso di allungare una mano sul tavolo per prendere quella di lui, ma subito ricacciò indietro quel pensiero, tanto inopportuno quanto sconveniente. Si domandò se Thomas fosse stato sempre così, che cosa mai lo avesse portato a chiudersi in quel modo agli amici e alla vita. Perché qualcosa le diceva che c'era un motivo dietro ai misteri di quell'uomo, che in quel momento le pareva fragile come non mai, quasi che le sue parole lo avessero privato della consueta maschera di sicurezza.

"Non c'è nulla di male nell'essere riservati, se non ci si abbandona alla malinconia e alla solitudine" replicò lei, sforzandosi di sostenere lo sguardo di Thomas. Non aveva mai faticato così tanto nel confrontarsi con qualcuno, ma quando si incagliava in quegli occhi aveva l'impressione di annegare nel mare di emozioni che le trasmettevano. "Voi mi date l'impressione di essere molto solo, nonostante tutto."

Thomas stava per replicare, ma l'arrivo di George, in compagnia del colonnello Hamilton, interruppe sul nascere la sua risposta, e Joanne, senza sapere il perché, si

sentì imbarazzata come se l'avessero colta a fare qualche marachella. In fondo non si erano detti nulla di particolare, eppure la giovane non riusciva a calmare il proprio cuore.

Come se fosse colto da un'improvvisa fretta, Sir Russel si alzò da tavola e con una scusa lasciò Joanne in compagnia dei due giovani, che tuttavia non parvero cogliere nulla di strano nel comportamento dell'amico e si dedicarono al pasto, intrattenendo Joanne con discorsi leggeri sul clima della Cornovaglia.

8

Thomas si rinchiuse nello studio con la scusa di avere alcune lettere urgenti da scrivere. In realtà desiderava soltanto evitare, dopo quel dialogo con Joanne, di dover affrontare gli ospiti e di intrattenerli con qualche sciocca attività.

Sapeva di aver dato il peggio di sé con quella ragazza, ma non immaginava che lei avesse colto così bene quegli aspetti del suo carattere. Non si era sbagliato, gli occhi di Joanne sapevano veramente leggergli nel profondo e questo lo sconvolgeva, perché gli erano occorsi diversi anni per erigere le invisibili barriere fra lui e gli altri e lo aveva fatto così bene che, fino a quel momento, nessuno si era mai accorto di quanto egli si tenesse a distanza. Anzi, sapeva di essere considerato una buona compagnia dagli amici. Joanne, invece, aveva indovinato la sua solitudine, aveva capito quanto si impegnasse a fuggire da ogni sentimento e da ogni legame.

Forse avrebbe dovuto aspettarselo, dopotutto era la sorella di George, l'unico che sapesse veramente chi fosse Thomas Russel, dietro l'apparenza imperturbabile che ostentava: magari ne avevano parlato e lei aveva tratto qualche semplice conclusione.

Si ripromise, ancora una volta, di evitarla, di non darle mai più modo di renderlo così vulnerabile, ma già sapeva che sarebbe stato impossibile, vivendo per un periodo sotto lo stesso tetto e soprattutto, perché qualcosa lo spingeva sempre verso di lei, come se gli fosse impossibile impedirsi di provocarla. Ma Thomas, per primo, rifiutava di trovare una spiegazione a quell'attrazione, qualcosa che andasse al di là del semplice divertimento di una conversazione stimolante. Sì, parlare con Joanne lo divertiva, perché non appena riusciva a scalfire il suo intimidito silenzio non mancava di stupirlo. E dire che lei era convinta di essere priva di spirito... avrebbe dovuto metterla in mostra, anziché evitarla. Avrebbe dovuto far conoscere ai suoi possibili spasimanti il fuoco che ardeva in lei e che soltanto lui conosceva.

L'idea di condividere quell'aspetto di Joanne con altri, anziché farlo sentire meglio, gli inflisse una punta di gelosia che lo infastidì, ma che subito relegò in un angolo della mente.

Thomas riteneva d'avere con George un debito troppo grande per non prendere estremamente sul serio l'impegno preso con lui; doveva fare tutto il possibile affinché Joanne trovasse un marito e di certo sarebbe stato più facile se, invece di esasperarla, egli l'avesse sostenuta.

Forte di questo proponimento, Thomas si dedicò ai propri affari per un po', trovando più faticoso del solito concentrarsi sul lavoro e, quando ebbe finito, si apprestò a raggiungere gli ospiti.

Li trovò radunati in biblioteca, dove Amelia aveva insistito per passare la mattinata nella speranza di sentire il famigerato profumo di lillà.

Nella stanza, tuttavia, aleggiava soltanto l'odore del camino acceso, nel quale Smith, forse con una punta di malignità, aveva fatto accatastare alcuni legni molto aromatici.

Joanne, accanto alla vetrata, teneva un libro in ma-

no, anche se chiacchierava vivacemente con suo fratello. Per quanto parlassero sottovoce, già dalla prima occhiata Thomas comprese che la discussione doveva essere piuttosto animata e decise di non disturbarli, per cui accolse la proposta di Amelia e prese posto con lei e gli altri signori vicino al fuoco.

La giovane nobildonna teneva banco con le sue rimostranze contro il fantasma che le negava quella piccola manifestazione e Thomas, osservandola, non poté evitare di paragonarla a Joanne. Amelia, in un elegante abito di velluto turchese dall'abbondante scollatura, misurava ogni gesto e modulava la voce con estrema e studiata grazia, mentre Joanne, che indossava un semplice abito di lana color grigio perla, si muoveva e parlava con una spontaneità disarmante. Mentre Amelia si era presentata acconciata di tutto punto, Joanne sfoggiava la solita treccia, dalla quale sfuggivano ciocche scure che le ombreggiavano il viso.

Thomas notò di nuovo la macchia d'inchiostro sulle dita e sorrise fra sé, domandandosi che cosa mai scrivesse con tanta foga da non accorgersi di sporcarsi in quel modo.

"Non siete molto vivace, stamane" osservò Amelia, attirando graziosamente la sua attenzione. Aveva le labbra crucciate, ma sorrideva con gli occhi. "Ho bisogno del vostro aiuto, perché non riesco a staccare il nostro colonnello Hamilton dalla lettura del giornale e Mr. O'Donnel mi tormenta."

Il colonnello Hamilton, in effetti, abbassò i fogli e guardò la giovane con un misto di irritazione e compatimento. "Se faceste un po' di silenzio riuscirei a leggere più in fretta" obiettò. "Se non sbaglio le biblioteche dovrebbero essere fatte per questo, lettura e silenzio."

"Non quando mia sorella è a caccia di fantasmi" scherzò Burnett. "Forse dovreste convincere lo spirito a mostrarsi, così Amelia correrà a scrivere la notizia alle sue amiche!"

Anche Mr. O'Donnel si unì alla battuta. "Potrebbe scrivere le lettere ugualmente, non c'è nulla di interessante quanto una buona bugia. E in mano alle signorine londinesi diverrebbe in poco tempo una verità rinomata."

"Siete perfido, ma avete ragione" rise Amelia, poi propose una partita a carte che raccolse il consenso dei tre gentiluomini.

Thomas fu sollevato dal non dover giocare. Non aveva quasi più toccato un mazzo da quando si era ripreso, a Oxford, e si sentiva sempre inquieto quando, anche in occasioni innocenti, veniva coinvolto in una partita.

Decise di scegliere un libro, ma quando si avvicinò allo scaffale finì col tendere l'orecchio alla conversazione fra Joanne e George, che proseguiva ormai da parecchio tempo.

Il tono di Joanne era sommesso, ma faceva trapelare una certa angoscia che Thomas colse immediatamente. La giovane guardava fuori, lo sguardo perso fra gli sbuffi di nebbia che ancora coprivano ogni cosa, lasciando alla vista solo spettrali sagome scure.

"Mi hai colta alla sprovvista" stava dicendo Joanne, "non so proprio che cosa dirti."

George, di fianco a lei, sedeva su una poltroncina incrociando le gambe e fissava la punta delle scarpe con l'espressione di un bambino imbronciato.

"Si tratta della mia vita, voglio decidere io come viverla" replicò.

Thomas, d'impulso, si voltò verso di loro, incontrando gli occhi di lei, carichi di angoscia. Joanne subito abbassò lo sguardo e si allontanò dal fratello, abbozzando un sorriso che non coinvolse il resto del viso.

"Vorrei andare a trovare mia zia" disse con fare noncurante, mentre George, senza spostarsi dalla poltrona, rivolgeva la sua attenzione al panorama nebbioso. "Vorrà avere notizie da Trerice."

Amelia sollevò il volto dal mazzo di carte. "Vorreste uscire con questo tempo… da sola?"

Thomas si aspettava che George si offrisse di accompagnarla, e che quella fosse una scusa per parlare fra loro in privato, ma il giovane rimase impassibile.

Joanne, invece annuì alla domanda. "Conosco bene la strada, non ci sono pericoli."

Amelia poggiò le carte sul tavolino. "Oh, mia cara, ma con una nebbia simile…" fissò accigliata il fratello, che continuava a studiare il proprio mazzo. "William, sii gentile, accompagnala tu" gli disse, e la richiesta suonò come un ordine. Burnett sospirò, lievemente infastidito, ma posò le carte.

"Non disturbatevi, milord, sono solo pochi passi" replicò Joanne in fretta.

Thomas notò l'imbarazzo della giovane e comprese che la visita alla zia era soltanto una scusa per uscire. Forse George le aveva detto qualcosa che l'aveva sconvolta e desiderava restare un poco da sola, tuttavia l'offerta di Amelia poteva fornirle un'occasione d'oro per conquistare Lord Burnett e Joanne avrebbe dovuto approfittare del sottinteso beneplacito che Lady Lewis le concedeva. Stava per perorare la causa di Amelia, quando la stanza fu attraversata da una corrente d'aria gelida, che quasi smorzò le candele accese e fece alzare le fiamme del camino con un crepitio.

Tutti tacquero e anche George, che sembrava assorto nei propri pensieri, si voltò verso il centro della biblioteca.

Un profumo dolce e intenso si propagò nel locale, comparendo dal nulla. L'inconfondibile fragranza dei lillà.

"Oh, lo sentite anche voi?" sussurrò Amelia spalancando gli occhi.

"Per Giove, sì!" borbottò O'Donnel.

La fiamma delle candele, che si era quasi spenta, si levò alta per qualche secondo, poi tornò normale, mentre il profumo scompariva com'era arrivato. Una vampata fece di nuovo sollevare tutte le fiammelle che infine si spensero, smorzandosi contemporaneamente.

Una strana inquietudine scese sul gruppo, persino il colonnello Hamilton si guardava intorno smarrito.

"Andiamocene, per favore..." disse Amelia, alzandosi lentamente. Era pallida, tremava leggermente. "Sento che dobbiamo lasciare questa stanza."

Thomas non avvertiva nulla di particolare, ma si accorse che tutti gli altri erano visibilmente scossi. L'unica a sembrare tranquilla era Joanne, che tuttavia seguì il gruppo fuori.

Quando furono nel salottino, Lord Burnett versò alla sorella uno sherry, e anche gli altri si servirono di liquore.

"C'era qualcosa di maligno che non ci voleva laggiù" esclamò O'Donnel. "Ho avuto la netta sensazione di essere sgradito..."

Tutti, compreso George, confermarono di aver vissuto la stessa esperienza, solo Joanne taceva, tenendosi in disparte.

Una volta passata l'emozione, Amelia pretese da Thomas una spiegazione ed egli dovette ammettere di non aver mai assistito a fenomeni simili, anche se ne aveva sentiti raccontare. Il gruppo continuò a discutere animatamente sull'accaduto e quello fu l'argomento principale anche durante il pasto.

Thomas fu costretto a ripetere fino alla nausea ogni aneddoto che conosceva riguardo alla biblioteca e solo

quando Amelia si ritenne soddisfatta delle informazioni il gruppo si sciolse.

La nebbia, che si era alzata nelle ore centrali della giornata, era calata di nuovo nel pomeriggio e, per quanto mancasse ancora parecchio al tramonto, ben presto la casa fu immersa nella caligine. Fuori, una luce lattiginosa illuminava ancora la campagna, ma era troppo debole per penetrare all'interno delle finestre della villa e Amelia decise di ritirarsi a scrivere le sue lettere prima che fosse buio del tutto.

Thomas era sicuro che Joanne ne avrebbe approfittato per uscire. Non era riuscito a staccare l'attenzione da lei per tutta la giornata e aveva capito che la discussione col fratello l'aveva preoccupata più di quanto avessero fatto i fantasmi. Ormai aveva imparato a interpretare i suoi silenzi e non gli era sfuggito quanto lei fremesse per allontanarsi dalla compagnia, aspettando solo l'occasione giusta.

Non si stupì affatto quando la ragazza sgattaiolò fuori, al seguito di Amelia, borbottando delle scuse.

Lasciò a sua volta gli amici rimasti nel salotto giusto in tempo per vedere Joanne che si chiudeva la porta di casa alle spalle.

Smith, che le aveva appena portato il mantello, consegnò anche a lui la redingote senza proferire verbo.

"Aspettate!" le intimò. Joanne era già sul vialetto del giardino, avvolta in una cappa chiara, di lana grezza, e appariva un poco contrariata nel vederlo. Ancora una volta gli sembrò più simile a una creatura boschiva che a una nobildonna inglese: alta e insieme esile, con la lunga treccia bruna e scompigliata che si posava sulla stoffa chiara, gli ricordava certe immagini delle sacerdotesse che un tempo vivevano in Cornovaglia.

Thomas fu pervaso da una strana eccitazione, si sentiva come uno scolaro in fuga dalla lezione e quando le fu accanto non riuscì a evitare di sorriderle con complicità.

"Vorrei rimanere sola, se non vi dispiace" protestò subito lei.

"In realtà mi dispiace, sì" replicò Thomas serafico. "Si sta facendo buio e con questa nebbia è meglio non allontanarsi."

La giovane si accigliò. "C'è solo una strada, milord" rispose seccata.

Russel scoppiò a ridere. Si sentiva libero e leggero, una sensazione del tutto nuova per lui. "Vorrà dire che la dividerete con me. In alternativa, potreste diventare ragionevole e sfogare la vostra rabbia verso George al caldo, in casa. Nel mio studio non vi disturberà nessuno."

Joanne lo guardò diffidente. "Come sapete che sono arrabbiata con George?"

"Rientrate insieme a me e lo saprete" la sfidò.

Con un lieve sbuffo, che si fuse col fruscio della gonna, Joanne tornò sui suoi passi, tenendo la schiena eretta ed evitando di sfiorare Thomas nell'attraversare l'ingresso.

Smith, che ancora non si era mosso, porse le braccia per riprendere il mantello di lei e, un attimo dopo, il cappotto di lui. Poi silenziosamente se ne andò, scuotendo leggermente il capo.

Thomas indicò a Joanne la scala e salì a sua volta, prendendo poi la direzione opposta alla galleria che conduceva alle stanze.

Il camino nello studio aveva il fuoco acceso e nell'aria vagavano ancora le volute di fumo delle candele spente da poco e aleggiava l'inconfondibile odore di sigaro. Thomas raccolse in fretta le carte sparse sulla scrivania di mogano, scusandosi per il disordine.

Lo studio di Thomas dava sul lato sud della proprietà, ma in quel pomeriggio era privo di luce come tutte le altre stanze, nonostante i tendaggi fossero tutti aperti. Le pareti, coperte da una raffinata pannellatura in legno, avrebbero dovuto trasmettere un senso di calore, ma, in quella semioscurità, erano quasi opprimenti. Anche lì, il camino era in pietra bianca finemente cesellata: un piccolo, niveo gioiello che racchiudeva il suo cuore di fiamma.

"Vi lascio subito sola" aggiunse in fretta Russel, rendendosi d'improvviso conto di quanto fosse sconveniente, per entrambi, restare da soli in quella stanza.

"Prima ditemi che cosa sapete" lo corresse Joanne, che con le braccia conserte aveva preso il piglio di una severa istitutrice.

Thomas la invitò a sedersi su una poltroncina accanto alla scrivania, ma rimase in piedi di fronte a lei. "Ho involontariamente ascoltato qualche stralcio del vostro dialogo, in biblioteca, e voi siete del tutto trasparente nelle vostre reazioni."

"Tutto qui?" replicò Joanne, poco convinta. "La vostra perspicacia avrebbe dovuto impedirvi di portare avanti quei trucchetti da circo, allora. Avreste dovuto capire che erano del tutto fuori luogo. Oppure è stato George a chiedervi di farli, per evitare di discutere con me?"

Thomas corrugò la fronte. Joanne era arrabbiata anche con lui, ma non capiva il motivo.

"Quali trucchetti, Miss Gray?" domandò, scrutando gli occhi scuri della giovane, che la penombra rendeva simili a pozzi insondabili.

La ragazza emise un suono a metà fra un ringhio e un sospiro impaziente. "Oh, per favore!" esclamò con esasperazione. "Risparmiatevi la commedia con me. Avete fatto apparire il fantasma giusto quando George mi ha messa al corrente dei suoi progetti. Avete ammesso voi stesso di aver ascoltato: devo credere che il meccanismo vi è scappato di mano?"

"Joanne, Joanne... fermatevi" la interruppe lui. "Non c'è nessun meccanismo."

Era per questo che quella ragazza aveva mostrato tutto quel sangue freddo? Era convinta che la manifestazione spettrale fosse un trucco organizzato da lui e da George?

Lei aprì la bocca per replicare, ma l'espressione seria e preoccupata di Thomas parve convincerla della sua sincerità. La vide impallidire.

"Volete bere qualcosa?" le chiese, ma la giovane scosse il capo, facendo sfuggire altre ciocche di capelli dalla treccia.

"Voglio andare via da questa casa" mormorò. "Subito."

Thomas esitò, leggermente contrariato. La comprendeva, ma nello stesso tempo lo irritava la sua reazione puerile. "Non posso impedirvelo" cominciò, "tuttavia vi consiglierei di restare. Sapete quanto me quale posta c'è in gioco. Potreste dormire insieme ad Amelia, se proprio avete così tanta paura, ma lasciare Trerice sarebbe in tutto e per tutto la scelta sbagliata."

***

Joanne prese un profondo respiro. Sapeva che Sir Russel aveva ragione, che scappare via da Trerice Manor era praticamente impossibile, anche solo per non fare un torto ad Amelia. Ma trasferirsi in camera con lei era altrettanto impossibile: si era portata tutto il necessario per scrivere, nella speranza di trovare il tempo di proseguire con la propria attività e, se avesse dovuto dividere la stanza con Amelia, ci sarebbero volute troppe spiegazioni per giustificare il tem-

po trascorso allo scrittoio. Anche mentire, inventandosi un diario o qualcosa di simile, avrebbe destato un'eccessiva curiosità in Amelia, appassionata com'era di segreti e misteri.

"Potrei chiedere invece a Sally di trasferirsi qui con me..."

"È una soluzione. Devo disporre per far portare un letto nella vostra stanza?" replicò Thomas.

Joanne lo fissò incerta. Avrebbe voluto Sally con sé, ma avrebbe dovuto confidarle le proprie paure. E Sally sarebbe stata ancora più terrorizzata di lei. "Non voglio spaventarla. No... è meglio non coinvolgerla" brontolò. "Ma non creerò disturbo ad Amelia per nessun motivo. Vorrà dire che dovrò conquistare uno dei vostri ospiti prima che il fantasma si manifesti ancora!"

Vide le labbra di Sir Russel piegarsi in un sorrisetto beffardo. "Temo che vi dovrete sbrigare, allora. Perché a quanto pare è la vostra presenza a scatenare lo spettro più del solito."

La ragazza rimase a bocca aperta, ma Thomas non le diede tempo di replicare, perché, con un cenno educato, si congedò per ritornare dagli altri ospiti.

Prima che lui potesse lasciare la stanza, però, Joanne lo richiamò, del tutto insoddisfatta del loro dialogo.

"Mi avevate promesso delle spiegazioni" lo apostrofò.

Thomas la sogguardò da sopra la propria spalla. "Sul fantasma?"

"Su George!" rispose spazientita. "Continuo a ritenere più urgenti le questioni dei vivi, anche se qui tutti la pensate diversamente."

Russel tornò sui propri passi, con aria rassegnata, e si accomodò su una poltroncina a fianco di quella dove Joanne ancora sedeva. Le parve strano che non prendesse posto alla scrivania, dove avrebbe dato l'impressione di dominare la situazione. Suo padre non si sarebbe lasciato sfuggire nemmeno quel piccolo vantaggio. Decise di sfruttare lei stessa, a proprio vantaggio, quella inaspettata parità, e gli rivolse uno sguardo carico di tutta la severità di cui era capace. Provò un lieve senso di vittoria vedendolo abbassare lo sguardo.

Per qualche lungo istante nessuno dei due proferì verbo, come se ciascuno si aspettasse dall'altro che fosse l'altro a iniziare.

Joanne tamburellava nervosamente le dita in grembo, incerta fra il domandare, l'affermare qualcosa o l'attendere semplicemente qualche ammissione da parte dell'uomo.

"Che cosa vi ha detto George?" domandò invece Thomas.

"Che cosa sapete voi?" ribatté lei.

Russel parve soppesare la propria risposta, prima di parlare. "Credo che finalmente vi abbia detto la verità. E non l'avete presa bene, esattamente come lui temeva."

Joanne balzò in piedi dalla poltroncina, incapace di restare ferma. Dunque persino quello sconosciuto ne sapeva più di lei! Era così arrabbiata e amareggiata da... da... non lo sapeva neanche lei, ma qualunque reazione le veniva in mente sarebbe stata sconveniente, specie non potendo contare sul rifugio sicuro della propria casa, della propria camera, dei propri spazi.

Con passi brevi e nervosi si rifugiò davanti al camino, stringendosi nelle braccia. Guardare le fiamme le impediva di guardare Sir Russel, che di certo la stava compatendo.

"Che sciocca, vero?" commentò amaramente. "Avrei dovuto immaginarlo, o capirlo, che una mente brillante come mio fratello non poteva impiegare davvero tutti questi anni per finire gli studi! E io – che stupida! – a credere a tutte le sue scuse, a tutte quelle bugie su esami

rimandati, ritardi, corsi sospesi... mentre George non solo aveva finito gli studi in anticipo rispetto ai suoi colleghi, ma aveva cominciato a lavorare come professore!"

"Per ora è un reader" la corresse Thomas, che alla sua occhiataccia distolse lo sguardo con aria colpevole. Forse anche a lui pareva assurdo che lei non sapesse niente.

Joanne si chiese se per caso, fra tutti i presenti, lei non fosse l'unica a non sapere nulla della carriera di George.

"Se non vi ha detto niente, finora, è stato anche per proteggervi" le spiegò conciliante Russel, ma il tono pacato aumentò la sua irritazione. Non voleva essere blandita, voleva che qualcuno le dicesse che aveva ragione a sentirsi tradita. George era l'unico motivo per cui aveva accettato una vita tanto grama. Era stata la sua unica consolazione e ora si sentiva ingannata anche da lui.

"Vi sentite tradita" continuò Russel, facendola sobbalzare. "Ma George non ha voluto gravarvi anche di questo suo segreto. Non voleva mettervi in una posizione difficile con vostro padre. Lui è disposto a rinunciare al titolo, piuttosto che alla carriera universitaria, e può permettersi di farlo. Ma che ne sarebbe stato di voi, se Lord Hemsworth avesse saputo della vostra complicità? Vedete bene in quali ristrettezze siete finita per molto meno!"

Joanne chinò il capo. La sua non era mai stata un'indole particolarmente emotiva e si rendeva conto che in quel caso la sua reazione era stata esagerata, ma da quando era stata cacciata da casa, i colpi ricevuti dalla sorte l'avevano resa piuttosto suscettibile. Non era forse stata lei a ripetere a George di seguire i propri sogni, spronandolo a decidere senza pensare alle conseguenze? E non aveva, in fin dei conti, fatto anche lei lo stesso, riguardo alla proposta di Jeremy?

Se si era arrabbiata, doveva ammetterlo, era soprattutto per essere stata estromessa dalla vita di suo fratello in una questione così importante. Si sentiva ferita, non delusa.

Forse, in un momento diverso, avrebbe accolto quelle notizie in modo diverso. Ma ormai era andata così.

"Se non c'è altro che volete sapere, è opportuno che torni dai miei ospiti, o comprometterò la mia e la vostra reputazione, costringendovi a sposare me" commentò ironico Thomas, poi, rendendosi conto d'aver detto qualcosa di davvero inopportuno, tossicchiò, borbottò una scusa e si precipitò fuori.

Joanne, però, era così concentrata sulle proprie riflessioni che non fece gran caso a quelle parole, che in un altro momento le sarebbero parse, se non altro, alquanto strane.

Doveva parlare con George.

Ma prima ancora, doveva fare chiarezza su quello che avrebbe dovuto dirgli e trovare un'occasione adeguata per farlo: forse era l'unica a non conoscere nulla del suo lavoro a Oxford, ma l'argomento le pareva comunque privato e non adatto all'intrattenimento di tutta la piccola compagnia.

Finì col ritirarsi in camera per avere un po' di quiete fino all'ora della cena, preparandosi al prossimo incontro con gli altri come se dovesse organizzare una strategia militare.

9

Con sommo rincrescimento di Amelia Lewis, il fantasma di Trerice non diede altri segni della sua presenza per diversi giorni.

Dopo quel primo, eclatante episodio nella biblioteca, la casa parve quietarsi e adagiarsi, al pari del panorama che la circondava, nel silenzio e nella sfuggente tristezza del clima autunnale.

La caligine che quasi sempre la circondava, insieme all'aspetto sempre più scheletrico degli alberi che popolavano il giardino, rendevano la grande villa simile a un antico monumento indolentemente abbandonato sul prato, i cui colori si facevano via via più cupi, come se persino l'erba stesse scivolando nel sonno.

L'interno della casa, per quanto diligentemente riscaldato, dava l'impressione di aver assorbito più in fretta del dovuto il freddo e l'umidità dell'autunno.

In pochi giorni, Trerice Manor pareva essere stata inghiottita dalla stagione fredda, raggelandosi a sua volta.

Nonostante l'aspetto esterno dell'antico maniero, davvero lugubre, la piccola compagnia che vi risiedeva trascorreva le giornate in attività piuttosto liete, fra passeggiate, giochi e conversazioni leggere, tentando di non lasciarsi sopraffare dall'atmosfera tetra della casa.

Amelia spesso si lamentava che, per quanto Trerice potesse a buon diritto diventare una perfetta cornice per un romanzo gotico, i suoi spettri non erano collaborativi quanto lei avrebbe voluto.

Joanne, dal canto suo, era ben felice che le cose andassero così, vista l'opinione del padrone di casa, ossia che il fantasma si sarebbe manifestato più facilmente a lei che a tutti gli altri.

La giovane, in quelle giornate *in nessuna faccenda affaccendate*, si era presa un po' di tempo per riflettere sulla questione di George. Una volta sbollita la delusione per essere stata tenuta da parte dal fratello, era arrivata a capire le motivazioni che lo avevano spinto ad agire così. Non lo aveva perdonato del tutto, ma quasi, comprendendo che, se fosse stata consultata, non gli avrebbe consigliato diversamente. Era giunta alla conclusione che non valeva troppo la pena di angustiarsi per le decisioni del fratello: era arrivato davvero il momento in cui doveva lasciarlo volare con le sue ali. George era un uomo, ormai, e aveva dimostrato di saper fare delle scelte. Gli oneri e gli onori gli appartenevano appieno. La vera preoccupazione rimaneva la sua decisione di rinunciare, in ogni caso, al titolo. Questo, Joanne non lo condivideva, ma non c'era molto che lei potesse fare per fargli cambiare idea.

L'unica cosa da fare per il momento era non dire nulla nemmeno alla zia, sperando che Lord Hemsworth non ne venisse a conoscenza: avrebbe diseredato il figlio, anche solo per dimostragli chi comandava. Forse George, col tempo, avrebbe capito quali erano i suoi doveri nei confronti della famiglia e sarebbe giunto a più miti consigli. C'era solo da sperare che il loro padre stesse alla larga da ambienti colti nei quali il nome di George potesse uscire in qualche modo associato alla sua carica di reader.

Joanne si trovò a considerare quanto la sua vita fosse diventata un equilibrio di segreti e cose non dette: le pro-

prie attività letterarie, la carriera accademica di George e, in fin dei conti, anche il motivo della sua presenza a Trerice Manor: una bassa manovra per trovare marito che non le faceva certo onore.

Fin dalla sera in cui erano accaduti gli inspiegabili fenomeni in biblioteca, Amelia le si era incollata alle costole, nella dichiarata speranza che, standole accanto, le sarebbe capitato di condividere qualche manifestazione spettrale e di poter così vantare anche una testimone. Non era più successo niente, ma in compenso Joanne aveva dovuto rispondere a una quantità di domande sulla sua vita, sulla famiglia e sui suoi fatti privati come mai le era accaduto.

Amelia sembrava intenzionata a diventare la sua amica del cuore, così, mentre gli uomini si dedicavano alle partite a carte o a discussioni maschili, Joanne si trovava fin troppo spesso nella scomoda situazione di doversi raccontare più di quanto avesse mai fatto, sottoposta a veri e propri interrogatori dall'incontentabile lady.

Ogni tanto, come in quel pomeriggio nel salottino, dove si erano riuniti per bere il tè, le capitava di incrociare lo sguardo divertito di Sir Russel, che doveva trovar esilaranti le chiacchiere fra le due donne, oppure le occhiate perplesse di George, che non si capacitava di quella nuova amicizia, o ancora quelle compiaciute di Lord Burnett, il quale manifestava palese approvazione.

In quel momento, Amelia la stava bombardando di domande sulla sua infanzia in campagna, mentre gli uomini erano impegnati in una partita a *whist*.

Joanne cominciava e sentirsi insofferente per tutte quelle attenzioni, in parte per via della sua natura riservata e in parte perché ogni volta che Lady Lewis si trovava a insistere su qualche particolare avvenimento, lei si accorgeva di quanto stupore destassero le sue innocenti risposte, in particolare sul tenore di vita tenuto a Westbury.

In effetti, la fama che Lord Hemsworth aveva nella buona società inglese era quella di un uomo abbiente, uno di quelli che mantenevano un tenore di vita elevato e non si privavano di alcuna comodità. Certamente, non quella di una persona che vive al di sopra delle sue possibilità. Eppure la situazione in cui versava la tenuta, la scarsità di fondi destinata alle necessità di Joanne e le conseguenti ristrettezze a cui ella era abituata erano un dato di fatto, di cui lei non solo non si vergognava di parlare, ma di cui in un certo modo andava anche fiera, visti i miracoli che era riuscita a fare col poco che aveva a disposizione.

"Sembra incredibile che non abbiate avuto la vostra Stagione a Londra" commentò Amelia, quando Joanne candidamente accennò al fatto. "Certo, sono ben lieta di avervi conosciuta in questa occasione così particolare, tuttavia sono sicura che a Londra avreste avuto parecchio successo."

Non senza una dote adeguata, pensò Joanne con una punta di irritazione. Ma per quale motivo, poi, se suo padre poteva permettersi tranquillamente di assegnarle una cifra di tutto rispetto?

Dal tavolo del *whist* sentì George che si schiariva la voce. Senza che lei sollevasse lo sguardo dalla tazza di tè che teneva in mano, comprese che suo fratello si era alzato dal tavolo e si era avvicinato al divano dove lei e Amelia stavano conversando.

"Nostro padre" disse il giovane, posandole una mano sulla spalla, "sembra ritenere inutile spendere denaro per cose che non gli consentono vantaggi immediati. E mandare una figlia a divertirsi a Londra non assomiglia

in nessun modo a un investimento." Il tono di George era scherzoso, ma Joanne colse la sfumatura di amarezza che velava quelle parole. Solo un'eventuale carriera politica di George era da considerare un investimento. Ma perché?

La giovane sollevò lo sguardo sul fratello, che però sorrideva ad Amelia con affabilità. Joanne si domandò quanto tutta quella gente fosse a conoscenza della sua sventurata situazione. Le venne spontaneo lanciare un'occhiata a Sir Russel, che continuava tranquillo a giocare. L'argomento della conversazione si stava avvicinando pericolosamente al vero motivo per cui lei si trovava lì a Trerice e Joanne cominciava a sentirsi protagonista di una specie di farsa teatrale. Era forse giunto il momento in cui le sarebbe toccato mettere le carte in tavola.

A salvarla, inaspettatamente, fu proprio Amelia.

"Per nessun padre una figlia femmina è un buon investimento" rise. "Per questo preferiscono liberarsi di noi appena possibile. Penso che il mio privilegio di rifiutare corteggiatori non graditi dipenda solo dal fatto che William ha bisogno di me per gestire la casa... almeno, finché non troverà qualcuna che mi sostituisca!"

Lord Burnett, al tavolo da gioco, scoccò un'occhiata distratta alla sorella. "O dal fatto che i tuoi corteggiatori finora si sono rivelati investimenti peggiori di te" replicò serafico. Poi, rivolto a Thomas, proseguì: "Sarebbe sgradevole vedere il patrimonio di famiglia finire nelle tasche degli allibratori, e per ora i pretendenti di Amelia hanno manifestato una certa propensione a puntare più di quanto le loro finanze consentano."

Thomas, con l'aria di qualcuno che avesse appena finito una nuotata controcorrente, chiuse la partita e si alzò dal tavolo quasi con veemenza. Joanne notò il gesto appena percettibile di George, che scosse il capo.

"*O tempora, o mores!*" citò Sir Russel. "Ho dunque raccolto qui gli ultimi esemplari di gioventù non corrotta dal malcostume?" scherzò.

Il colonnello Hamilton, che aveva ripreso il mazzo e stava mescolando le carte, fece un'alzata di spalle. "Nell'esercito ho avuto occasione di conoscere molti gentiluomini, nel vero senso della parola" commentò.

"E altrettante canaglie, immagino" obiettò Declan. "E comunque non credo che il nostro Lord Burnett prenderebbe in considerazione di concedere la mano di Amelia a un semplice ufficiale e ancor meno a un soldato qualunque, per quanto ricco di valore."

"Amelia possiede un solido patrimonio" rispose un po' piccato Lord Burnett. "Le chiedo solo di condividerlo con un uomo che non la riduca sul lastrico."

A quel punto, Amelia si alzò in piedi di scatto, irritata, facendo ondeggiare la delicata gonna di seta chiara. "Oh, basta!" esclamò. "Se Joanne è d'accordo, preferisco lasciare voi signori alle vostre attività e fare due passi nella galleria. Mi sembra di essere una merce in vetrina…" sorrise con aria complice a Joanne, che si affrettò a seguirla.

Appena fuori dalla porta, Amelia sbuffò, mentre prendeva a braccetto la giovane amica. "Detesto quando William fa questi discorsi!" sbottò. "E solo perché da ragazzina mi sono infatuata di un giovanotto… be'… poco raccomandabile. Ma ero giovane e lui così attraente!" sorrise, persa nell'evidentemente piacevole ricordo, e Joanne si sentì vagamente in imbarazzo. Non le era facile abituarsi alle confidenze, la facevano sentire impacciata e incapace di risposte adeguate. Così si limitò ad annuire.

Camminando con passo lento, Amelia la trascinò alla

galleria, a metà della quale si trovavano le porte delle camere da letto.

Sapendo che il corridoio era piuttosto freddo, si erano portate gli scialli, nei quali si erano dovute avvolgere appena uscite dal salottino.

Il corridoio, decorato con antichi ritratti e alcuni busti in marmo, aveva, come le stanze principali, un singolare soffitto a volte stuccate, il cui biancore rendeva la galleria abbastanza luminosa anche nelle giornate cupe come quella.

I passi, attutiti dagli spessi tappeti stesi sul pavimento in legno, erano sovrastati dal fruscio delle gonne che ondeggiavano a cadenza regolare, seguendo la loro lenta andatura.

Per un po', Joanne si concentrò su quel sussurro delle stoffe, in attesa che Amelia decidesse se cambiare discorso oppure raccontarle qualcosa del suo amore giovanile, ma quest'ultima sembrava essersi chiusa nei ricordi, e dovevano essere deliziosi, visto che il sorriso continuava a illuminarle il volto.

Tutta la galleria era illuminata da candelabri posti lungo la parete finestrata, in modo che la luce del giorno morente si fondesse con quella delle candele.

"Questo luogo è così suggestivo" disse Amelia a un tratto, fermandosi davanti a uno dei primi ritratti, quello di un austero signore in abiti antichi che, dalla tela, pareva scrutarle con ostilità.

Joanne si sentì subito sollevata del nuovo argomento, uno dei preferiti di Amelia: ora avrebbe attaccato a confrontare la casa con quelle dei suoi libri più amati, dimenticandosi fortunatamente del giovanotto di cui Joanne era sicura di non voler conoscere altri particolari.

"Non avete idea di quante volte ho chiesto a Thomas

di permettermi di visitarlo" proseguì la giovane donna. "Ma Sir Russel è totalmente refrattario alla compagnia femminile. Uno degli scapoli più incalliti che abbia conosciuto." Le sorrise con aria complice, ma Joanne non riuscì a interpretare il suo atteggiamento: voleva solo spettegolare sul loro ospite oppure stava cercando un appiglio per confidarle qualcosa di personale, magari riguardo ai suoi rapporti con Sir Russel?

Joanne camuffò un sospiro di rassegnazione, comprendendo che, in un caso o nell'altro, quella passeggiata fra i ritratti sarebbe stata foriera di un nuovo ciclo di chiacchiere di Amelia. Era un'impresa impossibile distoglierla da qualcosa che aveva già deciso e ormai Joanne era sicura che tutti quei discorsi avessero un obiettivo ben preciso, forse proprio l'ammissione da parte della ragazza di una certa propensione per il padrone di casa.

Imbarazzante e fastidioso, pensò Joanne, che cercò febbrilmente un sistema per trarsi d'impiccio senza tuttavia trovarlo.

Il secondo ritratto era un quadro molto scuro, da cui emergevano le linee di un altro viso maschile, spigoloso e barbuto. Spiccava solo il colore più chiaro di zigomi e fronte e poco altro. Anche qui, Amelia fece una lunga sosta.

"Temo che anche mio fratello versi per la stessa china" continuò. "E questo mi preoccupa parecchio. Potete comprendermi, se vi dico che l'idea di restargli accanto come una seconda madre per il resto della mia vita non mi piace. Anche voi avete un fratello e forse potete capirmi... ma George è così indipendente..."

Joanne si sentì avvampare. "George vive fuori casa da molto tempo." Era una risposta così neutra da non voler dire nulla e lei fu lieta di averla trovata. Se solo Amelia

avesse saputo quanto, da quel punto di vista, si somiglia-vano le loro storie! Forse ora George era indipendente, ma Joanne si rendeva conto che, per tutta la vita, avreb-be continuato a vederlo come il fratellino bisognoso di attenzioni, il bimbo rimasto senza affetto e senza guida. Solo che Joanne in Lord Burnett non riusciva proprio a ravvisare un bambino da far crescere, ma soltanto un uomo adagiato nella comodità di una vita resa agevole e comoda da una sorella affettuosa. Ma poi, non era ciò che anche George aveva fatto, scegliendo l'insegnamento e gli studi invece di prendere il suo posto a casa e sollevare lei da qualche responsabilità? Joanne decise di non voler vedere le cose da quella prospettiva.

Il braccio di Amelia la afferrò saldamente, quasi come se la donna ci si fosse aggrappata per non cadere. "Oh, cara..." sospirò infatti platealmente, scuotendo i boccoli biondi con veemenza. "So quanto siete stata buona con lui, che splendido esempio gli avete dato, quanto lo ave-te incoraggiato a scegliere la sua vita. Ecco, il mio più grande desiderio sarebbe che accanto a William ci fosse una donna come voi. Una persona assennata, capace di tirare fuori il meglio da chi ha vicino. William è una per-sona meravigliosa, ma senza qualcuno accanto, senza la donna giusta accanto, temo che sarebbe un uomo perso. È colpa mia, in parte, so d'averlo viziato un po', ma forse mi capite meglio di chiunque altro."

Joanne era troppo sorpresa dalla piega del discorso per rispondere. Amelia attese un poco, poi riprese, con una risatina nervosa. "Vi sembrerò molto sfacciata, a suggerirvi in questo modo di considerare mio fratello da un punto di vista... romantico."

Il ritratto che avevano ora davanti era quello di una dama dall'acconciatura altissima e arricchita di molti nastri. Il sorrisetto che le aleggiava sul viso era così beffardo che Joanne ebbe quasi l'impressione che la stesse prendendo in giro.

"Forse Lord Burnett ha già delle idee sue a proposito della donna che vorrebbe a fianco" commentò.

Una ventata d'aria gelida fece tremare la fiamma delle candele e provocò nella ragazza un brivido.

Amelia sembrò non farci alcun caso. "Vi stupirebbe se queste idee riguardassero voi?" replicò.

Joanne spalancò gli occhi. Possibile che avesse attirato davvero l'attenzione di Lord Burnett? Quel pensiero, invece che farle piacere, la spaventò. Era ciò che Sir Russel si era augurato per lei, era ciò che suo fratello avrebbe gradito sopra ogni altra cosa, era ciò che l'avrebbe messa al riparo da ogni altra tempesta della vita, eppure... non fece in tempo a focalizzare la mente su quell'eppure, perché un forte tonfo, alla fine della galleria, interruppe improvvisamente la conversazione.

Qualcosa di molto pesante era caduto a terra, ma nel breve lasso di tempo che le due donne impiegarono per voltarsi nella direzione del rumore un'altra folata fredda spense tutte le candele dal punto in cui si trovavano loro fino alla fine della galleria.

Amelia emise un'esclamazione soffocata e strinse convulsamente il braccio di Joanne, fin quasi a farle male.

Un suono lieve, smorzato, le raggiunse dalla zona in ombra del corridoio. Era un fruscio, cadenzato e sommesso, in tutto simile a quello che avevano emesso i loro abiti mentre passeggiavano. Il fruscio di una veste femminile, mossa da passi lenti, passi sempre più vicini, così vicini, ormai, che le due donne avrebbero dovuto vedere, per lo meno, la sagoma della persona che li produceva. Ma nell'ombra della galleria, dove il tramonto

riversava qualche ultimo riflesso grigiastro, non c'era anima viva.

Joanne poteva avvertire il terrore che attanagliava la sua compagna, resa muta e tremante da quella strana serie di eventi, ma lei stessa era troppo turbata per dire qualcosa di rassicurante.

Il fruscio si dissolse nel silenzio.

Joanne notò con stupore che la temperatura, fino a poco prima glaciale, era tornata accettabile, fino a sembrarle tiepida. Si ricordò, allora, di come ai fenomeni soprannaturali si accompagnasse, di solito, un brusco abbassamento di temperatura, ma lei, fino a quel momento, non aveva associato al freddo del corridoio nulla di davvero spettrale. Era stata convinta, e in parte lo era ancora, che la galleria fosse particolarmente soggetta a correnti, non che fosse infestata.

Le spiegazioni fantasiose erano davvero le ultime a cui Joanne voleva pensare.

La cosa che più la meravigliava, in fondo, era la strana calma che aveva invaso il suo animo, perché dopo quanto era appena accaduto si sarebbe aspettata di finire sull'orlo di un crollo di nervi. Invece, si sentiva serena e tranquilla.

Si liberò dal braccio di Amelia e afferrò una delle candele dalla sua base.

"Che cosa fate?" sussurrò concitata Amelia, quasi isterica.

"Vado a vedere che cosa è caduto" replicò lei serafica. "Forse si è solo aperta una finestra e la tenda ha urtato qualcosa… non vorrete diventare lo zimbello dei vostri amici, nel caso fosse soltanto questo il motivo del nostro terrore!"

Amelia non accennò a muoversi, ma si appoggiò alla parete, come se fosse sul punto di svenire, tuttavia Joanne era determinata a scoprire subito la verità, perciò ignorò le deboli proteste dell'amica e con passo deciso raggiunse la parte in ombra della galleria.

La luce fioca della candela baluginò sul legno dipinto di bianco della porta che conduceva alla sua stanza, proiettando ombre grottesche fra i quadri e gli usci, ma nulla era fuori posto. Joanne proseguì, fino alla fine del corridoio, dove finalmente vide qualcosa di anomalo. Uno dei piedistalli a forma di colonna che reggevano le sculture era rovesciato a terra e l'oggetto che lo sormontava era rotolato fino alla parete opposta.

"Che cosa c'è?" la voce di Amelia le arrivò stridula e tesa.

Joanne deglutì a vuoto, la gola inaridita.

"Nulla, Amelia... non preoccupatevi" riuscì a dire.

Non c'era alcuna finestra aperta, né tenda svolazzante. Anche se ci fosse stata non sarebbe bastata a rovesciare il piedistallo di marmo, e non avrebbe potuto spingere il delicato vaso di cristallo che vi era poggiato sopra così lontano e in quella posizione. Il vaso era dritto, intonso, come se fosse stato semplicemente spostato.

Joanne voleva convincersi che a cadere fosse stata solo la colonnina di marmo, ma poco più in là, a confutare la sua tesi, vi erano una colonna identica e un vaso gemello a quello sul pavimento. Per finire dov'era, quel vaso avrebbe dovuto essere spostato da qualcuno.

"Joanne, dite qualcosa, vi prego!" urlò la ragazza, e Joanne ruppe ogni indugio e tornò sui suoi passi, prese l'amica a braccetto e la condusse via da quel luogo.

"Temo che questa volta il fantasma non c'entri" mentì. "Deve esserci stato un domestico maldestro, in fondo alla galleria: nel tentativo di spostare un vaso ha fatto cadere una colonnina di marmo."

Era plausibile e Amelia parve prestare fede a quella soluzione, perché emise una risatina. "Forse quei ritratti

così torvi ci hanno suggestionate un po' troppo... torniamo nel salotto, ho bisogno di avere intorno un po' di confusione."

Joanne era completamente d'accordo e riaccompagnò Amelia dagli altri, i quali, impegnati nel gioco, non fecero caso all'aria sconvolta delle due ragazze.

Sarebbe stato preferibile uno sherry, dopo quell'avventura, ma le due si accontentarono di una tazza del tè che avevano fatto portare poco prima: era divenuto una brodaglia tiepida, davvero una magra consolazione per superare emozioni così forti.

Amelia rimase silenziosa e finì con l'estraniarsi del tutto fingendo di leggere un libro, ma Joanne si accorse quasi subito che la giovane donna pensava a tutt'altro, visto che impiegava un tempo assurdamente lungo a girare le pagine. La falsa concentrazione dell'amica sul volumetto tuttavia le fu di sollievo, perché le permise di riflettere per i fatti suoi su tutte quelle novità.

Per quanto la strana serie di eventi nella galleria l'avesse turbata, il discorso e i sottintesi di Amelia non l'avevano fatto di meno.

Per la prima volta da quando era arrivata a Trerice, Joanne considerò seriamente la prospettiva di diventare la moglie di uno degli altri ospiti. In fin dei conti non ci aveva creduto, non ci aveva sperato veramente.

Imitando Amelia, aveva preso anche lei uno dei libri che erano stati portati nel salottino, ma al contrario dell'altra giovane, che quasi affondava il viso fra le pagine, lei usò il libercolo come una sorta di scudo da cui sbirciare a suo piacimento i gentiluomini seduti al tavolo da gioco.

Sir Russel non stava prendendo parte alla partita, ma stava alle spalle di George e ne studiava le carte, mentre gli altri, fra un giro e l'altro, commentavano le mosse altrui. Joanne poteva vedere Lord Burnett in viso, ne osservò le sopracciglia aggrottate e le labbra strette sotto ai baffetti biondi. Pareva molto concentrato e non molto soddisfatto del gioco.

Tutto sommato era un uomo piacente, aveva dimostrato un'indole gentile ed era sicuramente un ottimo partito: un uomo a cui suo padre non avrebbe potuto rifiutare la sua mano. Un uomo che lei non avrebbe potuto rifiutare.

A quel pensiero, Joanne sentì il rossore salire alle guance e, come Amelia, calò il volto fra le pagine del libro. Quel rossore, più che a emozione, era dovuto al fatto che si vergognava un poco di se stessa, perché era ben cosciente di come Lord Burnett apparisse ai suoi occhi soltanto come una accettabile scappatoia al matrimonio con lo sgradevole Meddows. Nulla di più.

Prima di fantasticare dovresti attendere un segno da parte dell'interessato, si ammonì da sola. I desideri di Amelia non costituivano una prova sicura dell'affetto di suo fratello, ma Joanne immaginava che sarebbe bastato poco perché le ragioni dell'una divenissero decisioni dell'altro. Specie se lei avesse assecondato l'amica e si fosse mostrata affabile nei confronti del giovane lord.

"Devono essere davvero interessanti quei trattati sulle armi antiche, per assorbire così l'attenzione delle nostre signore!" esclamò a un tratto Declan, gettando una carta sul tavolo con veemenza.

Joanne, che non aveva affatto badato al contenuto del volume, lanciò un'occhiata interrogativa ad Amelia.

"Ci siamo chieste, mentre eravamo nella galleria, che cosa trovaste voi d'interessante in certe letture e Miss Gray ha osservato che l'unico modo di scoprirlo era provarle" replicò Amelia chiudendo di scatto il libro. "Ne

concludo che i vostri interessi sono talvolta futili come quelli di noi donne!"

L'argomentazione raccolse consensi e poco dopo tutti stavano discutendo animatamente sul tema. Joanne, come sempre quando le chiacchiere del gruppo vertevano su argomenti di quel tipo, si sentì invadere dal desiderio di sgattaiolare via e dedicarsi a cose meno vacue.

Le sarebbe piaciuto trovare qualcosa di spiritoso da dire per attirare l'attenzione di Lord Burnett e testare le sue reazioni, ma trovava il discorso troppo sciocco per esserne stimolata in qualche modo. Quel genere di discussione era molto più adatto ad Amelia che a lei, poco avvezza ai salotti mondani, così lasciò gli altri alle loro dissertazioni e finse di rammentarsi di una lettera urgente da scrivere.

Fuori dal salotto non riuscì a trattenere un profondo sospiro.

Avrebbe davvero sopportato una vita intera trascorsa in quel modo, da una chiacchiera all'altra, da una sciocchezza all'altra?

Joanne scosse il capo. Una volta sposata, avrebbe avuto una casa sua da gestire, dei figli, magari... non poteva pensare che tutto sarebbe stato solo un susseguirsi di problemi senza spessore alcuno. Forse avrebbe potuto persuadere il marito a lasciarle scrivere qualche articolo di tanto in tanto.

Non volendo essere sorpresa a bighellonare in quel modo davanti alla porta, non trovò altra soluzione che recarsi nella propria stanza, dove sperava di restare in santa pace fino all'ora di cena.

La inquietava il dover passare così presto, e da sola, nella galleria, ma prima o poi le sarebbe capitato comunque, perciò si fece coraggio e si avviò.

Il corridoio era ancora più buio, perché nel frattempo il sole era tramontato e ora rimaneva solo la luce delle candele rimaste accese dopo lo strano episodio. Giusto fino alla sua porta, notò con sollievo.

Nonostante cercasse di essere coraggiosa, i suoi piedi rallentarono, quasi che il suo corpo rifiutasse di obbedire alla mente e di proseguire e Joanne si trovò ferma all'imboccatura della galleria.

Avrebbe di nuovo sentito quell'aria gelida? Questa volta era fin troppo conscia degli sguardi che i dipinti parevano rivolgerle. Quasi con ostilità si rivolse al primo e ricambiò silenziosamente tutta la sua antipatia.

"Charles Arundell" riuscì a leggere su una targhetta d'ottone posta sotto al quadro. "Hai una barbetta da capra!" gli sussurrò, subito pentendosi di quella inezia. E se fosse stato proprio il suo, il fantasma? Era il caso di provocarlo?

Joanne si impose di proseguire in fretta fino alla sua meta, desiderosa solo di fuggire da quel luogo sinistro, ma quando arrivò alla porta tanto agognata, il suo sguardo fu attratto da qualcosa, sul fondo della galleria. Là, dove un attimo prima regnava il buio, ora splendevano le luci di tutti i candelabri.

Poteva essersi sbagliata, ma no: al suo arrivo non c'era che l'oscurità. Un brivido la attraversò, e per un attimo sperò che fosse solo paura, ma d'improvviso il suo fiato si condensò in una nuvoletta di vapore. Era come se il corridoio fosse esposto al gelido vento del nord, ma non vi erano finestre aperte, né correnti d'aria.

Da lì dove si trovava poteva ora distinguere chiaramente la colonnina rovesciata e il vaso di cristallo accanto alla parete.

Non poteva che esserci una spiegazione, si disse: una

delle porte in fondo doveva dare su un passaggio usato dalla servitù e qualcuno aveva ripristinato l'illuminazione mancante. Si convinse che di lì a pochi attimi avrebbe visto il maggiordomo spuntare e raccogliere il piedistallo rovesciato.

Attese.

Nulla.

Si mosse, spinta da un impulso incomprensibile, forse dal disperato bisogno di una spiegazione razionale, fino alla colonnina e al termine della galleria. Provò a spingere alcune porte, ma erano chiuse: la corrente d'aria non poteva essere arrivata da nessuna delle stanze che si celavano dietro a esse. Poteva esserci un passaggio di servizio, magari dietro una tenda...

Quando Joanne ebbe terminato di esaminare la parete, ansiosa di allontanarsi da lì, provò un tuffo al cuore.

In piedi, dall'altra parte della galleria, c'era Thomas Russel che la fissava severo.

10

Thomas non era rimasto meno sorpreso di lei, quando, arrivato alla galleria, aveva visto la ragazza intenta ad armeggiare con le porte delle stanze non utilizzate.

Joanne non si era accorta subito della sua presenza ed egli aveva potuto osservarla per un po', incerto se palesarsi o meno. Quando finalmente lei aveva alzato lo sguardo dalla sua bizzarra attività, aveva assunto un'aria colpevole piuttosto buffa, che lo aveva spinto a fingere un'irritazione che non provava affatto, ma che mascherava bene la sua ilarità.

"Avete bisogno di qualcosa?" le domandò, avvicinandosi. La vide irrigidirsi, come se l'avesse sorpresa a rubare.

"Nulla, grazie" rispose lei laconica.

Thomas conosceva la propria casa e le stranezze che vi accadevano: l'atteggiamento delle due donne, al loro ritorno nel salotto, non lo aveva ingannato neppure per un istante. Supponendo la passeggiata nella galleria fosse stata più movimentata di quanto avessero lasciato intendere, aveva a sua volta lasciato la compagnia per accertarsi che il corridoio fosse di nuovo tranquillo.

Non si era atteso di sorprendere Joanne sul luogo del misfatto, poiché aveva presunto che la ragazza si fosse ritirata per calmarsi.

La colonnina rovesciata si frapponeva tra lui e la giovane, che sembrava quasi un animaletto in trappola, ora che lui le precludeva l'unica via di fuga. Thomas esaminò il piedistallo rovesciato e non ebbe dubbi su quanto doveva essere successo. Tuttavia, pur sapendolo, si rivolse a Joanne con tono inquisitore.

"L'avete fatto cadere voi?" le domandò. Si aspettava quasi che lei si autoaccusasse, pur di non concedergli una spiegazione dei fatti.

Joanne, invece, si mise sulla difensiva, incrociando le braccia. "No, ma trovo molto cortese questa insinuazione. Stavo appunto cercando la persona che ha avuto l'idea di fare questa miglioria all'arredamento... per complimentarmi."

Thomas non riuscì più a trattenere una risatina. "Temo che non dobbiate cercarla fra i vivi, allora. Ma questo lo avete già capito da sola." Fece una pausa, durante la quale scavalcò la colonnina. "Avete abbastanza fegato da raccontarmi che cosa è successo?"

Joanne, un poco recalcitrante, gli raccontò quanto era accaduto, un rendiconto scarno e privo di note emozionali. Per tutta la durata del racconto evitò accuratamente di guardarlo in faccia e Thomas intuì quanto le costasse ripensare alla brutta avventura. Al suo posto, anche lui si sarebbe arrovellato per trovare spiegazioni logiche ai fatti. Ma l'unica logica era, in quel caso, quella dell'impossibile.

Provava per Joanne e per i suoi tentativi di razionalizzare l'accaduto una profonda comprensione. Capiva perfettamente lo stato d'animo di lei, desiderò con tutto se stesso proteggerla da quelle manifestazioni che, ormai ne era certo, l'avevano presa di mira. Il modo migliore era allontanarla da Trerice e questo non era possibile, almeno non nell'immediato futuro. L'unica soluzione che gli restava era condurla ad accettare la realtà, aiutandola a vincere la paura.

"La scala di servizio che state cercando non esiste" chiarì lui, quando la ragazza gli ebbe spiegato i suoi maneggi intorno alle porte. "Purtroppo queste sono semplici stanze. Il corridoio è cieco e l'ultima porta è solo un vecchio salotto che non viene mai usato."

"Non è razionale" ribatté Joanne, "tutte le case hanno doppi passaggi. Forse uno c'è ma è stato chiuso."

Thomas alzò le spalle. Era la prima volta che si trovava a dover discutere dei segreti di quella casa con qualcuno. Aveva sempre svicolato ogni approfondimento, ma a quella ragazza, alla quale a quanto pareva era toccato in sorte un legame con quei luoghi forte quanto il suo, doveva spiegazioni, più di quante egli stesso avesse.

"Non ho mai studiato le vecchie piante della casa, potreste anche avere ragione ma, per quanto non vi piaccia, temo che dobbiate cercare altrove la soluzione del mistero."

Osservò, pensieroso, il quadro appeso davanti alla colonna caduta, sotto al quale il vaso di cristallo si era, o era stato, appoggiato.

"Questo signore è Philip Arundell, uno degli antichi proprietari della casa, prima che vi risiedesse la mia famiglia. Secondo una delle tante storie che circolano, si dice che una giovane cameriera, sedotta e abbandonata da lui, si sia tolta la vita qui a Trerice e che sia rimasta a tormentare chi vive fra queste mura. Potrei pensare che lo spettro abbia cercato di mostrarvi questo dipinto, di attirare la vostra attenzione sulla sua storia" le spiegò. Poi abbassò la voce, come se stesse facendo una difficile ammissione. "Questa galleria è uno dei suoi ambienti preferiti, qualcuno dice di aver sentito i suoi passi, il fruscio del vestito, anche d'aver intravisto una figura femminile vestita di grigio."

Il viso di Joanne si accese di rabbia, ma Thomas notò anche un'ombra di terrore offuscarle lo sguardo. Il suo intuito gli disse che Joanne aveva volutamente trascurato qualche particolare nel suo resoconto, forse aveva assistito a una di quelle manifestazioni e non aveva voluto dirlo.

"Si tratta di un gioco, per voi?" sbottò lei. "Volete mettere alla prova gli ospiti o cosa? Perché non ci avete avvisati?"

Thomas rimase interdetto. Il tono furente di lei, il suo sguardo infiammato dallo sdegno gli provocarono una violenta emozione che lo attraversò come una scossa. Turbato, abbassò gli occhi.

"Non ho mai avuto motivo di avvertire nessuno perché questi... fenomeni sono un privilegio di famiglia. Qui mai nessuno è stato disturbato quanto voi, Miss Gray, nemmeno io." Aveva a fatica vinto l'impulso di chiamarla per nome. Condividere con lei quei misteri, come finora non aveva potuto fare con alcuno, gli dava un senso di intimità che egli voleva disperatamente sfuggire.

Stava impiegando tutte le sue forze per continuare a guardarla soltanto come una persona cui si era impegnato a fare un favore, niente di più, ma la realtà era che gli ultimi, inquietanti eventi stavano creando fra loro un legame, e Thomas si ribellava a quella eventualità con tutto se stesso.

Aveva l'impressione che una forza oscura lo stesse spingendo verso di lei, lo costringesse a guardarla in un modo diverso da come il suo raziocinio gli imponeva: Joanne era solo la sorella di George a cui egli doveva trovare un marito, un uomo che non voleva e non poteva essere lui.

Joanne si mosse verso l'inizio del corridoio, allontanandosi da lui, dal ritratto di Arundell e dagli oggetti mossi dallo spettro.

"C'è altro che potrebbe capitare?" gli domandò seccata. "Cosa devo aspettare che mi succeda, ancora?"

Prima che Thomas potesse rispondere, una folata gelida attraversò la galleria, impetuosa quanto il vento durante le tempeste. Tutte, in un solo istante, le candele si spensero, lasciando posto a un'oscurità quasi totale.

Il grido di Joanne, ed era più un'esclamazione di sorpresa che di terrore, attraversò per un attimo l'aria. Thomas non riusciva a vederla, perché i suoi occhi dovevano ancora abituarsi alla penombra, così la chiamò a voce alta, dicendole di stare tranquilla. Forse nella galleria c'era davvero un passaggio, a lui sconosciuto, che creava quella forte corrente. Non ne era convinto affatto, ma voleva che la giovane non si spaventasse ulteriormente.

Avanzò lentamente, rallentato dall'oscurità, fino a lei. La vide, finalmente, con la veste chiara che svolazzava simile a un lenzuolo steso. La treccia si era sciolta, liberando la chioma bruna alle sferzate del vento. Nessuna corrente avrebbe potuto generare una raffica simile.

Proprio quando stava per raggiungerla, un lieve tonfo attirò la loro attenzione. Poco più in là, un'altra delle colonnine, poco distante da Joanne, si rovesciò, ma ancora una volta al tonfo non seguì l'atteso rumore del vaso andato in pezzi nella caduta. Cominciarono a guardarsi intorno, e lei poco dopo puntò il dito verso il pavimento, indicando l'altro lato della galleria. Thomas, sforzandosi di guardare nell'oscurità, vide a sua volta il secondo vaso, poggiato a terra dove non sarebbe mai arrivato da solo, tantomeno intero.

Una profonda inquietudine lo travolse, e si chiese che cosa dovesse provare lei.

Senza pensarci, la raggiunse in due falcate e la prese fra le braccia, dove la trattenne saldamente, mentre il vento polare ancora li sferzava.

Sentiva il corpo di Joanne contro il suo, scosso da un lieve tremore.

Per la prima volta avvertì tutta la fragilità di quella giovane donna, che sembrava voler sfidare il mondo e la vita solo con la forza del proprio animo. Sentì quanto, soprattutto in quel momento, avesse bisogno di protezione e di sostegno. Dopotutto, non era così dura come voleva far credere a tutti. Come aveva fatto credere a lui.

Le mani della ragazza si erano strette al bavero della sua giacca, il viso affondava contro il suo petto e gli parve di essere la roccia contro cui lei si stava rifugiando nell'uragano. Quell'impressione gli diede un senso di euforia mai provata, che si accrebbe quando, terminato il fenomeno, Joanne non diede segno di volersi muovere.

Poteva sentire il lieve profumo dei suoi capelli, che emanavano una sottile fragranza di rosa e, chissà perché, gli parve naturale deporre un lieve bacio su quella chioma arruffata.

Era così semplice, così limpida. Così diversa dalle giovani nobildonne di Londra, così diversa da tutte.

Lei dovette avvertire la leggera pressione del bacio, perché sollevò il viso verso di lui, mostrando le gote arrossate e un'espressione stupita. O forse era lo spaventoso fenomeno a renderla così agitata? Oppure la reazione di entrambi a quanto era accaduto? Con suo rincrescimento, sentì quasi subito che le mani di Joanne abbandonavano la presa, costringendolo ad allontanarla da sé. No, non si era accorta di nulla, era salvo dalle conseguenze di quell'attimo di pura follia.

"State bene?" le domandò, notando che al rossore si era sostituito un pallore che non gli piaceva.

Joanne si guardò intorno e mosse qualche passo, stringendosi nello scialle chiaro. Era come se cercasse qualcuno. Con un coraggio che lo meravigliò, la ragazza andò a esaminare la colonnina rovesciata, anche se non fece alcun tentativo di raddrizzarla.

Thomas temette di vederla svenire da un momento all'altro, era ciò che si sarebbe aspettato da qualunque altra ragazza in quel frangente.

Scarmigliata, intontita, sembrava incapace persino di rispondergli.

L'uomo tentò di recuperare un poco di razionalità: la prima cosa da fare era accendere qualche lume per liberare la galleria dall'oscurità. Ancora meglio, andarsene immediatamente e mandare Smith a illuminare.

Fu allora che lo sentì. Dapprima lontano e indistinto, poi sempre più vicino.

Lento. Strascicato. Cadenzato.

Era il suono inconfondibile di un passo femminile, delle vesti fruscianti di una donna. Proveniva dalla parte delle galleria da cui erano venuti.

"Amelia, siete voi? Chi è là?" chiese Thomas a voce alta, ma non ricevette risposta.

Il fruscio si avvicinava, con la lentezza che poteva avere una persona che faticava a procedere, o che si muoveva senza alcuna fretta.

Russel si avvicinò alla ragazza, quasi volesse fare scudo fra lei e chiunque, o qualunque cosa, stesse arrivando verso di loro.

La mano di Joanne afferrò la sua giacca convulsamente. Egli si volse a guardarla e vide nella penombra le pupille di lei dilatate. "L'ho già sentito questo suono… è lei!" sussurrò.

Thomas annuì, cercando di vincere il senso di colpa

che lo attanagliava, perché si sentiva responsabile per quanto Joanne si trovava costretta a vivere.

Per un attimo pensò di andare incontro alla misteriosa figura che incedeva verso di loro, ma avrebbe dovuto lasciare Joanne da sola ed ella lo tratteneva con una stretta spasmodica, non avrebbe mai potuto allontanarsi senza accrescere il suo spavento.

Gli cadde lo sguardo sulla fila di porte che si affacciava sul corridoio. "È questa la vostra stanza?" le chiese, cercando di usare un tono rassicurante. Lei annuì. "Bene. Entriamo a cercare un lume. Poi torneremo giù dai nostri amici. D'accordo?" le domandò, come se parlasse a una bimba.

Confortata da quelle parole e dalla presenza di lui, Joanne si mosse verso la propria stanza seguendo i passi dell'uomo, senza lasciare la presa sul suo braccio. Il fruscio continuava a riecheggiare nella galleria, ma non si capiva più da dove provenisse, quasi fosse un sospiro emesso dalla casa stessa, era ovunque e in nessun luogo.

Thomas continuò, fino a che gli fu possibile, a scrutare il corridoio, ma non vide niente, né di umano né di soprannaturale. Si chiuse la porta alle spalle, lasciando fuori qualunque cosa vi fosse.

Joanne, pallida in modo impressionante, si era appoggiata a una delle colonnine del letto a baldacchino, stretta così tanto nello scialle da aver disegnato con esso la sagoma del proprio corpo.

Thomas aggrottò le sopracciglia. "Avete i sali?" domandò brusco, per non far trasparire l'unica vera paura che aveva lui in quel momento, ossia che ella potesse sentirsi mancare.

Lei scosse il capo. Russel la costrinse a sedersi. Sapeva che la cosa migliore era, a quel punto, chiamare la servitù con il campanello presente nella stanza: non c'era mai stato alcuno, fra di essa, che avesse avuto la minima esperienza con quelle apparizioni.

Si rese conto in quello stesso istante di essere in camera di Joanne. Da solo con lei. Era una situazione compromettente che avrebbe dovuto evitare in tutti i modi, ma fino a pochi istanti prima gli era parsa l'unica cosa fattibile. Non avrebbe certo potuto lasciarla sola dopo quello spavento terribile, e nemmeno trascinarla con sé, incontro al suono dei passi nella galleria. Ora che si era tranquillizzata, però, Thomas provò il forte impulso di scappare, accorgendosi di essere lui il più agitato.

"Devo uscire a controllare" le disse. "Chiamate Smith con il campanello appena sarò uscito."

"Aspettate un attimo!" La supplica della giovane lo fermò, quando egli aveva già quasi riguadagnato la porta.

"D'accordo" cedette lui. "Ma che io resti qui è davvero sconveniente, lo sapete."

Nella stanza l'unica fonte di chiarore era il camino. Fuori non era ancora del tutto calata la notte, ma dalla finestra entrava solo una vaga luminosità lattescente che non portava alcuna luce all'interno della stanza.

Thomas accese il candelabro che stava sul piccolo scrittoio oberato di carte e lo portò vicino a Joanne. Un po' di colore era tornato sulle sue guance, ed egli ne fu sollevato.

La ragazza abbozzò un sorriso, che le riuscì stentato. "Dovete pensare che sono davvero sciocca" disse.

"No, al contrario. Avete reagito in modo ammirevole" la rassicurò, ed era sincero.

Se fosse stato da solo, probabilmente sarebbe scappato a gambe levate dalla galleria. Forse avrebbe fatto sellare il cavallo e sarebbe tornato a Londra, chiudendo definitivamente quella casa.

Glielo disse, ottenendo finalmente che l'espressione di lei si rasserenasse per un istante.

Thomas scalpitava, desiderava uscire da lì più in fretta possibile, non voleva nemmeno soffermarsi a domandarsi perché. Stava per fare un secondo tentativo di congedarsi, quando guardò meglio la ragazza. Era seduta sul letto, con una mano ancora appoggiata alla colonna del baldacchino, come se quell'appiglio le servisse a reggersi; con l'altra, tratteneva lo scialle dall'interno. Aveva, ora, la testa china, il volto in parte nascosto dalla chioma che ricadeva scomposta sulle spalle, ombreggiando il viso, ma Thomas si avvide che dietro la lieve cortina, le labbra di lei stavano tremando. Si sentì stringere il cuore.

"Su, non fate così..." disse impacciato.

Sapeva che Joanne aveva tutte le ragioni per cedere al pianto, a prescindere da quanto potesse essere imbarazzante per il suo accompagnatore. Ma vederla così vulnerabile toccava in lui delle corde che egli voleva tenere mute. Nonostante i suoi propositi, però, non poteva certo lasciarla sciogliere in lacrime e, recalcitrante, si accostò alla ragazza.

Si chinò di fronte a lei.

I lunghi capelli castani ricadevano come un velo, impedendogli di scrutarle il viso. Stringendo le labbra si ritrovò a scostarli per poterla vedere meglio. Sentì un nodo stringergli la gola, quando gli occhi scuri di lei, arrossati dalle lacrime trattenute, si fissarono nei suoi.

Si accorse che anche quel gesto, con cui avrebbe voluto consolarla, gli era uscito brusco e scortese. Sapeva d'avere un'espressione torva, perché lei apparve ancor più intimorita.

"Joanne, dovete permettermi di vedere che cosa succede fuori" commentò severo. Non voleva pensare al tremito delle labbra di lei, a quel profumo di rosa che avvertiva quando le si avvicinava più del dovuto. Non voleva indugiare a ricordare la morbidezza dei suoi capelli, alla sensazione strana che aveva provato prendendola fra le braccia.

Joanne distolse lo sguardo e, lasciata la colonnina di legno, posò le mani in grembo. "Andate pure" disse con un filo di voce. "Scusatemi se vi ho fatto perdere tempo..."

Thomas si chinò ancora di più, per prenderle una mano e sorriderle conciliante, desideroso di scusarsi dei propri modi, ma così facendo si ritrovò ancor più vicino al volto di lei.

Di nuovo il delicato aroma di rosa lo avvolse, inebriandolo.

No, si corresse, non era quello l'effetto che gli faceva: non era l'ubriacatura che sembravano dare certi profumi esotici che tante volte lo avevano nauseato ai balli londinesi; era una sensazione di familiarità, ancora più pericolosa.

Joanne avvampò e cercò di sottrarre la mano da quel contatto, ma le loro dita rimasero ancor più intrecciate.

Thomas, come in sogno, rimase incatenato a guardare negli occhi scuri di lei, spalancati per la sorpresa, mentre si portava alle labbra la sua mano per deporvi un lento e sensuale bacio da cui lei, pur arrossendo nuovamente, non si sottrasse.

Improvvisamente, non avvertiva più nessuna fretta di andarsene, ma si chiedeva soltanto come sarebbe stato posare la propria bocca su quella di Joanne, così piena e sensuale, che, come rispondendo a quel desiderio, sotto al suo sguardo si dischiuse tremante.

Thomas si chinò piano, temendo, o forse sperando, che Joanne lo fermasse, o dicesse qualcosa. Sarebbe bastato una parola, un fremito, un frullo d'ali ed egli sarebbe fuggito da quell'incanto. Ma non accadde.

***

139

Joanne non rispose subito al bacio, troppo scossa, meravigliata, stupita per riuscire a comprendere che cosa stesse accadendo.

Era la prima volta che qualcuno la baciava e la sensazione che provò fu di puro sconvolgimento.

Non riusciva a pensare, non riusciva a muoversi. Aveva coscienza solo delle labbra di lui che si muovevano timide, delicate come petali sulle sue. Era un tocco lieve, ma l'effetto che aveva su di lei quasi la spaventò.

Aveva ancora i nervi scossi da quello che era accaduto poco prima nella galleria e, quando Thomas le si era avvicinato, non si era aspettata che succedesse una cosa simile. Lui era sempre tanto burbero, sempre acre… Eppure, quando si era avvicinato per convincerla a lasciarlo andare, inconsciamente Joanne aveva desiderato che finisse così.

Non sapeva quasi nulla dei richiami del corpo, ma fin da quando l'aveva abbracciata nella galleria, si era sentita profondamente turbata, in preda a una sorta di capogiro. La paura che aveva provato aveva contribuito certamente a renderla vulnerabile e sensibile più del dovuto al loro abbraccio, ma aveva capito subito che non si trattava solo di quello.

Aveva compreso, quando egli le aveva preso la mano per deporvi quel bacio, che c'era in lei una parte sopita di cui, fino a quel momento, non aveva avuto coscienza. C'era una donna che poteva accendersi di desiderio. C'era una donna capace di destare passione. C'era una donna che voleva essere amata.

Quella donna cominciò a esistere quando la bocca di Thomas le sfiorò il polso, destando nelle sue vene una tempesta mai provata. Quel tocco sensuale le fece desiderare qualcosa che neppure conosceva, come se il suo corpo anelasse disperatamente a qualche cosa che l'avrebbe reso completo.

Quando la bocca di Thomas si chinò sulla sua, dapprima Joanne rimase immobile, interdetta. Si era chiesta più di una volta come sarebbe stato essere baciata, ma non aveva nemmeno lontanamente immaginato che le avrebbe creato uno sconvolgimento simile.

Dapprima il tocco di lui fu delicato, quasi timido, come se stesse attendendo una sua reazione. Senza saperlo, Joanne si protese verso di lui, dandogli quel permesso che egli sembrava aspettare. Era inebriata, completamente rapita da quel leggero contatto. Quando la sua lingua le sfiorò delicatamente le labbra, una vertigine la colse. Si sentiva rimescolare, come se il sangue all'improvviso avesse cominciato a correre impazzito nelle vene.

Era giunta a quella linea sottile che separa la padronanza di sé dall'abbandono: ebbe la percezione d'averla superata quando lasciò che le proprie mani si posassero dapprima sul petto di lui e poi scivolassero verso la sua nuca, avvolgendolo in un abbraccio.

Non seppe se fu Thomas a spingerla contro le coperte, o se fu lei stessa, con un'audacia che non pensava d'avere, a trascinarlo con sé. Sapeva di essere stesa sul letto, sovrastata dal corpo di lui e intrappolata dalla sensualità del bacio che si stavano scambiando. Impaziente, lasciò che egli approfondisse l'intrigante esplorazione con cui le stava torturando il corpo e i sensi. Le labbra di lui lasciarono le sue, guadagnando la sua gola che si offrì calda e pulsante a quella nuova e deliziosa tortura, che le strappò un piccolo gemito.

Fu allora che Thomas si fermò, scostandosi da lei. Joanne, ancora confusa e smarrita nelle sensazioni scatenate da quei baci, socchiuse gli occhi, incontrando quelli dell'altro. La loro espressione sgomenta la liberò immediatamente da ogni eccitazione.

Vide i lineamenti del suo viso irrigidirsi, in un atteggiamento di rimprovero, mentre si rimetteva in piedi e si ricomponeva. Joanne, troppo scossa per riuscire a connettere, si sollevò a sedere. D'istinto si riavviò i capelli, allontanando dalla fronte alcune ciocche ribelli. Si sentiva le labbra strane, ancora umide e gonfie. Aveva l'impressione che le mancasse qualcosa, provava quasi un senso di delusione per quel repentino mutamento. Ma sapeva bene che Thomas aveva avuto tutte le ragioni a smettere. Anzi, ciò che era accaduto era esattamente quello che una ragazza di buona famiglia avrebbe dovuto evitare. Ma allora perché, se ci pensava, provava quell'assurdo senso di... trionfo?

Arrossì, a quel pensiero.

"Miss Gray, non so come scusarmi con voi" disse Russel, rompendo il silenzio. Di nuovo un tono freddo. Distante. Un tono che, suo malgrado, la fece sentire malissimo. "Temo che le circostanze ci abbiano fatto sfuggire la situazione di mano, ma vi assicuro che non capiterà mai più."

Che cosa doveva dire una vera signora? Si domandò Joanne. Non riusciva a proferire verbo, non riusciva proprio neanche a pensare qualcosa di sensato. Abbassò gli occhi, vergognandosi di sé e delle proprie reazioni.

Thomas si allontanò di qualche passo ed evitò di guardarla. Forse anche lui faticava a riprendere dominio di sé, o forse ora la detestava e non voleva nemmeno vederla. Forse si vergognava quanto lei, ma non le era dato capirlo, perché si era rinchiuso dietro il suo solito muro di cortese severità.

"Sono stato davvero imperdonabile" disse ancora, e

questa volta parlava quasi più a sé che a lei. Poi, dopo una lunga pausa in cui Joanne quasi non era riuscita a respirare, si voltò verso di lei. L'espressione del volto era truce, quanto mai ella l'aveva vista, ma stavolta la giovane ebbe la netta impressione che volesse solo nasconderle un intimo e doloroso combattimento. No, non ce l'aveva con lei, ma stava lottando contro i suoi demoni interiori, contro qualcosa su cui Joanne non aveva alcun potere.

"Miss Gray" cominciò burbero, "Joanne" corresse con maggior gentilezza, "ascoltatemi bene, perché non tornerò mai più sull'argomento." La durezza del suo sguardo la costrinse ad abbassare di nuovo gli occhi.

Come avrebbe voluto sapere che cosa si agitava nell'animo di lui, che cosa nascondeva dietro quelle parole tanto fredde!

"Io ho promesso a vostro fratello che vi avrei aiutata a trovare marito ed è ciò che intendo fare. Ma non ho intenzione in nessun modo di candidarmi a questo ruolo. Vi chiedo perdono se, con quanto è appena accaduto, posso avervi indotta a credere diversamente, ma posso assicurarvi che non è affatto mia intenzione mutare idea. Perciò, per il vostro e per il mio bene, dimentichiamoci questo episodio."

Ora Joanne era tornata lucida. Completamente. Abbastanza da cogliere nella sua interezza il senso di quel discorsetto e comprendere anche tutte le sfumature che potevano risultare offensive. E decise che, sì, era il caso di offendersi.

Balzò in piedi, rimproverandosi per aver ceduto all'impulso e per non aver rifiutato quel dannato bacio. Perché non era stata capace di comportarsi da signora? Oh, come avrebbe voluto prenderlo a schiaffi, anzi avrebbe voluto averlo preso a schiaffi quando le si era avvicinato prima. Così avrebbe dovuto fare! Un bello schiaffo preventivo, a ogni giovanotto che si fosse avvicinato troppo. O anziano, anche, aggiunse ripensando a Jeremy.

Prese un profondo respiro, in modo da assumere una posizione ben eretta, col mento sollevato e le spalle dritte. Russel era alto, ma anche lei aveva una bella statura per essere una donna e, se si impegnava ad assumere una postura elegante, riusciva a parlargli senza guardarlo dal basso verso l'alto. Almeno, non troppo.

"Non ho mai pensato a voi come a un potenziale pretendente" replicò, cercando di mettere più sdegno che poteva nelle proprie parole. "E la vostra scortesia è sempre tale da non farmi nemmeno lontanamente desiderare una cosa simile. Spero solo di riuscire a liberarvi presto dall'incomodo della promessa che avete fatto a mio fratello. Non temete, non mi avete indotta a pensare proprio nulla nei vostri riguardi, specie dopo parole così galanti" concluse ironica.

Thomas strinse le labbra, ma non replicò. A Joanne dispiaceva solo aver perso l'occasione di tirargli un sonoro ceffone, perché ogni secondo che passava lo desiderava sempre più. Si concentrò su questo, piuttosto che mettersi a piangere. Gli voltò le spalle, a questo punto che se ne andasse, anche subito, meglio la compagnia di dieci fantasmi a quella di un uomo che...

Un nodo le strinse la gola. In fin dei conti, non le aveva fatto proprio nulla. Si erano scambiati un bacio, forse trascinati dalle forti emozioni del pomeriggio, e poi lui si era scusato. Semmai, doveva essergli grata di essere riuscito a fermarsi, di non aver approfittato della situazione e della sua inesperienza.

Questo pensiero la fece sentire in colpa. "Comunque, vi ringrazio di esservi comportato... da gentiluomo" ammise. Gli rivolse un'occhiata rapida, ma evitò accuratamente i suoi occhi.

Lo vide abbassare per un attimo il capo, ma non capì se si trattava di un cenno d'assenso o d'altro.

"Chiamate Smith col campanello" le disse. "Io vi lascio… siete al sicuro, ora."

Un attimo dopo era sola, a chiedersi se egli si riferisse al fantasma o a se stesso.

11

Nel corridoio, con sorpresa, ma nemmeno troppa, Thomas trovò tutte le candele accese e la più assoluta normalità.

Se non avesse assistito a quanto era accaduto, forse non avrebbe creduto al racconto di qualcun altro sui fenomeni che avevano interessato quella galleria. Guardò verso la parte cieca e trovò tutto a posto: le colonnine e i vasi erano perfettamente in ordine. Si chiese se per caso, mentre egli si trovava in compagnia di Joanne, qualcuno della servitù non fosse passato e avesse riassettato tutto. No, non avrebbe indagato, era meglio che il personale continuasse a ignorare fino a che punto erano vere le voci su Trerice Manor.

Non voleva pensare a Joanne. Non voleva pensare a quello che era successo fra loro poco prima. L'episodio era chiuso, egli si era salvato appena in tempo e aveva portato anche a casa l'onore intatto.

Era veramente desolato per aver ceduto in quel modo, non gli era mai successo di lasciarsi trascinare dagli eventi e dalle emozioni in quel modo, nemmeno quando signorine ben più esperte di Joanne gli avevano fatto profferte estremamente allettanti. Si era fatto la fama di scapolo inarrivabile, di uomo incapace di alcun sentimento: ne era fiero e pienamente soddisfatto, perché in quel modo aveva evitato, per molto tempo, di essere preso di mira da buona parte delle debuttanti alla ricerca di marito. Solo alcune, quelle più sicure di loro stesse, o più ostinate, avevano fatto qualche tentativo, ma si erano tutte ritirate in buon ordine abbastanza in fretta. In ognuna di esse, in ogni femminea manovra, egli aveva rivisto Madeline e si era allontanato disgustato.

Non si era trattato solo di aver amato e aver perduto. Egli, grazie a quella donna aveva conosciuto gli aspetti più squallidi e disgustosi del mondo femminile. E non solo... Era uscito ferito, troppo, dalla storia con lei, e nemmeno avere la certezza che Joanne fosse profondamente diversa cambiava le cose.

Scese al piano terra, ma non se la sentì di tornare dagli ospiti e, con la scusa di avere delle lettere urgenti da preparare, si ritirò nelle proprie stanze, lasciando a Smith il compito di scusarsi con loro per l'assenza a cena.

***

Joanne, rimasta sola, sentì le lacrime pungerle gli occhi, ma non voleva dare a Thomas la soddisfazione di ferirla. Aveva troppi problemi per aggiungere anche quello all'elenco.

Doveva solo essere felice, continuava a ripetersi, che la situazione non fosse sfuggita davvero di mano a entrambi. Doveva essere felice di sapere che egli non ne avrebbe fatto parola con nessuno, almeno per evitare di essere costretto a sposarla veramente. Doveva essere felice che Thomas si fosse comportato da gentiluomo almeno mettendo subito le cose in chiaro, senza illuderla. Eppure, Joanne si sentiva infelice, completamente e infinitamente infelice.

Decise di reagire e andò al tavolino da toelette per sciacquarsi il viso e ravviarsi i capelli. Lo specchio le rimandò un'immagine talmente sconvolta che si chiese perfino come avesse fatto Thomas a essere attratto, seppure per un istante, da lei ridotta in quello stato.

"Oh, basta!" esclamò accorata. Non era certo con quell'atteggiamento che avrebbe cambiato le cose.

Aveva pensato di chiamare subito Sally col campanello, ma dopo essersi vista decise di sistemarsi da sola, per evitare che la ragazza si spaventasse o le facesse troppe domande. Prima o poi sarebbe dovuta uscire da quella stanza e affrontare di nuovo il sinistro corridoio. Avrebbe dovuto passarci ogni giorno più volte, in compagnia di Amelia o da sola, e la cosa non le piaceva per nulla.

Non era solo la manifestazione dello spettro che la spaventava, ma soprattutto il sapere che fosse riservata a lei in particolare.

Questi fenomeni sono un privilegio di famiglia. Qui mai nessuno è stato disturbato quanto voi, Miss Gray, nemmeno io, aveva detto Sir Russel. Perché, dunque?

Mentre si intrecciava i capelli in una stretta e severissima acconciatura, degna di un'istitutrice, Joanne pensò che sarebbe stata costretta a parlarne con lui. O lasciava Trerice su due piedi, o trovava una spiegazione. Joanne non era mai stata tipo da subire le situazioni senza reagire. Quasi senza pensare, mentre rifletteva sul fantasma e su Sir Russel, soprattutto sul secondo, cominciò a cambiarsi d'abito per la cena ormai imminente. Quando si guardò di nuovo allo specchio dopo lo sforzo di cambiarsi da sola i vestiti, rimase per un attimo pensierosa. Il modesto vestitino verde oliva che si era infilata, di una semplicità da educanda, abbinato alla crocchia e all'assenza di ornamenti, la rendeva simile a una scolaretta appena uscita dal collegio. Era così solita a non valorizzarsi, che l'abitudine alla sobrietà aveva prevalso.

Ebbe un moto di ribellione, che le fece suonare, d'impulso, il campanello per far venire Sally. Era, davvero, ora di dire basta.

Con un moto di stizza sciolse i capelli, allontanando con altrettanta stizza il pensiero di Thomas che li accarezzava, e quando Sally arrivò si fece aiutare ad agghindarsi come ancora non aveva mai osato.

Quando si presentò a cena, ebbe la soddisfazione di ottenere uno sguardo ammirato persino dal dinoccolato colonnello. Si era fatta arricciare i capelli, che ora le incorniciavano il viso in morbide onde, mentre il resto della lunga chioma era intrecciato con un nastro di raso verde smeraldo e legato in un'acconciatura sulla nuca. Color smeraldo era anche il vestito, un'elegante tunica di velluto dalla scollatura generosa. Pur non avendo gioielli per valorizzare il proprio abbigliamento, Joanne sapeva di essere riuscita a dare il meglio di sé. Lo seppe non tanto per gli sguardi ammirati degli uomini presenti nella sala, quanto da quelli che Thomas evitò, voltandole le spalle subito dopo averla salutata.

Con suo stupore, si accorse che Lord Burnett la guardava con evidente compiacimento, e si trovò ad arrossire di fronte ai complimenti del giovane lord, che fino a quel momento sembrava quasi non aver notato la sua esistenza.

"William, permettile almeno di sedersi, prima di farle la corte, così possiamo iniziare la cena!" esclamò Declan, che aveva già l'aria di essersi scaldato con un po' di alcol. Ma forse, si disse Joanne, era solo un'impressione dovuta alle sue gote perennemente rosse.

Fu lei invece, ad arrossire, quando in effetti William le porse il braccio per accompagnarla al tavolo, lasciando che Amelia si accomodasse da sola, al contrario del solito. Fu George a sopperire a Lord Burnett, sogghignando fra sé di fronte al cambiamento della sorella.

A cena, gli argomenti furono un po' più vari del solito e Joanne si impegnò per essere vivace quanto l'altra signorina. Dopo la pesante giornata che aveva passato, si era fatta aiutare da un bicchiere di vino in più, giusto per arrivare alla fine della serata senza cadere nel solito mutismo e nel suo pessimo vizio di restare a osservare gli altri.

Il dramma, però, fu che l'argomento principale della serata riguardò, con suo sommo rincrescimento, proprio i rapporti fra uomini e donne, un tema che quel giorno non affrontava per nulla volentieri.

"Oh, non è affatto vero che una donna dia il meglio di sé quando cerca marito" esclamò Amelia punta sul vivo da un'affermazione di Declan. "Anzi, credo che il meglio una donna riesca a darlo solo nel matrimonio, mettendo a frutto tutto ciò che ha appreso durante la sua educazione."

Per una volta, il colonnello Hamilton parve interessarsi al discorso. "Ho partecipato ad abbastanza Stagioni per darvi torto, Lady Burnett. Non ho mai visto alcuna signorina migliorare, dopo aver catturato un marito: semmai, a guardare come si lasciano andare dopo le nozze, oserei dire che il loro meglio termina, ahimè, nel momento in cui lasciano la cappella con lo sposo."

Amelia, che a giudizio di Joanne, non doveva essere più una giovinetta, ma avere per lo meno la sua età, mandò lampi da sotto le lunghe ciglia bionde. "La giovinezza non dura per sempre. E la responsabilità di una casa, di una famiglia…" si stava accalorando al punto di dover prendere un sorso di vino per calmarsi. Forse stava per parlare dell'avere figli, e si era fermata prima di affrontare un argomento così imbarazzante.

Lanciò, però, uno sguardo a Joanne, da sopra il calice, come a chiedere soccorso.

Joanne ripensò alla sua Stagione mancata e a quanti sforzi aveva fatto, per potervi partecipare. A quanta delusione, invece, aveva provato, quando le era stata negata.

"Che cosa vi aspettate, colonnello Hamilton?" intervenne allora, pacata. "Molte signorine vengono cresciute solo con l'obiettivo di trovare marito. Sono un peso economico per i padri, una responsabilità per le madri. Devono essere piazzate il prima possibile, con il minor danno economico possibile. E se sono belle, magari con qualche vantaggio."

George arrossì per lei, sapendo quando l'argomento la toccasse da vicino, ma nessun altro, nemmeno Thomas, reagì. Thomas, anzi, fissava torvo il proprio bicchiere, con il quale giocherellava, facendo ondeggiare il liquido color rubino lungo le pareti di cristallo.

"Già, a volte ai balli si ha l'impressione di vedere le giovani esposte come la frutta al mercato!" rincarò Declan.

Joanne gli scoccò un'occhiata enigmatica. "Date forse la colpa alle mele quando cercano di venderle? O al venditore che le espone? Essere donna, signore, significa sopportare col sorriso fatiche e pesi che non immaginate neppure. Voi parlate del gentil sesso, pensando a qualcosa di delicato e lieve, senza sapere quanto è gravosa la levità dei nostri sorrisi. Siete andato mai a vedere un balletto? Certamente molto più spesso di me... guardate meglio le ballerine. Riuscireste a muovere i loro stessi passi, fare quei salti, senza mai perdere il sorriso, come se tutto fosse naturale e facile? Pensateci. Molte donne, molte ragazze vivono così, come se danzassero la vita, portandone i pesi col sorriso. Hanno figli, li curano, assistono ammalati...

affiancano mariti che spesso non amano nemmeno e da cui non sono amate. Tutto col sorriso, tutto in punta di piedi. Io non vedo donne sfiorite, vedo ballerine con le scarpe consumate dal ballo." Aveva parlato con grazia, senza alterarsi. Aveva avuto modo di fare una considerazione simile in un articolo per il Selective che aveva mandato al giornale alcune settimane prima, desiderosa di raccontare la condizione femminile che tanto le stava stretta in alcuni frangenti della sua vita. Le sarebbe piaciuto allora essere riuscita a focalizzare così bene l'immagine.

Amelia le sorrise e annuì soddisfatta.

"Avete davvero un'idea poetica del genere femminile" replicò Thomas senza guardarla. Sembrava che trastullarsi col vino lo distraesse da tutto il resto. "Siete davvero convinta che tutte le donne abbiano a subire una sorte stabilita da altri? Vi devo contraddire. Per usare la vostra espressione, vi ricordo che molte ballerine dietro quei sorrisi nascondono solo la determinazione a diventare famose grazie al ballo, non l'ispirato abbandono alla musica e alla danza."

Ancora Joanne notò che George si era rabbuiato, ma questa volta non poteva essere a causa sua: doveva aver a che fare con Thomas.

L'improvviso intervento di Sir Russel e il modo brusco con cui aveva parlato la costrinse a chiedersi se ci fosse qualche riferimento a quello che era accaduto nel pomeriggio, ma non riusciva a capire il nesso: poteva solo essere dovuto a qualche cosa che ella non sapeva. No, non era con lei, questa volta, che ce l'aveva.

"Avete certo ragione voi. Siete più esperto del mondo di me" concluse, accomodante. Non aveva voglia di parlare con lui. Voleva fare finta che non ci fosse, come aveva fatto Thomas per tutta la sera con lei.

Gli altri parvero delusi dalla repentina conclusione

della discussione, che prometteva ancora molti spunti. Ma dopo un timido tentativo di replica da parte di Amelia, il discorso cadde, anche perché le donne si dovettero ritirare nel salotto in attesa che gli uomini si concedessero un sigaro e un bicchiere di porto.

Amelia era delusa per l'andamento della serata. Per l'andamento di quella visita in generale. Era irritata con tutti, e Joanne si preparò mentalmente a capire il perché. Si era forse pentita di aver speso quelle parole di favore verso un possibile fidanzamento fra lei e Lord Burnett?

Amelia, vestita di bianco e oro, colori che le donavano in modo particolare, si agitava nel salotto passeggiando e tormentando ora un ricciolo, ora un guanto, ora lisciando il broccato della gonna.

Joanne, invece, si era ordinatamente seduta sul divanetto, in tranquilla attesa di una qualche esternazione dell'amica che non tardò ad arrivare.

"È tutta la sera che ci rifletto" esordì, posando le mani inguantate sulla spalliera del divano, proprio accanto alla testa di Joanne. "E sono giunta alla conclusione che mi state nascondendo qualcosa."

Joanne trasalì leggermente, mentre la sua mente correva al ricordo, così vivido da farla arrossire, dei baci di Thomas. Fu lieta che Amelia le stesse alle spalle, perché si sarebbe vergognata ancora di più di quella reazione.

"Oggi pomeriggio" riprese Amelia, "voi non mi avete detto tutta la verità. Ci ho pensato parecchio, quando ho notato la vostra assenza."

Joanne sentì il cuore perdere un battito. "Io non so…"

"No, non dovete cercare scusanti: ho capito. Però non è necessario essere così protettiva nei miei confronti. Come vedete, reagisco benissimo."

Questa volta Joanne si voltò a guardare la giovane, del

tutto confusa. Era dunque vero? Amelia era innamorata di Thomas? O forse era stata innamorata di lui ma le era passata... il discorsetto non le era per niente chiaro.

"Amelia, quello che è successo è... non ha..." balbettò. Non sapeva ancora neanche lei che cos'era stato, spiegarlo a qualcun altro era impossibile.

Ma Amelia sollevò imperiosa una mano. "No. Nessuna giustificazione, vi prego. Solo, confermate i miei sospetti. Quello che è accaduto oggi era una manifestazione del fantasma, vero? Che cosa avete visto nella galleria?"

A quel punto Joanne era più confusa che mai e ci mise un po' a fare mente locale. Amelia si riferiva a quando erano salite insieme e avevano trovato la colonnina rovesciata e lei aveva sminuito i fenomeni, giustificando tutto con una frettolosa spiegazione. Il sollievo fu immediato, ma Amelia aspettava una risposta.

"Sì, avete ragione. Ho preferito dirvi una piccola bugia, per evitare di spaventarmi io stessa ancora di più." E qui, era tutto vero.

Amelia girò attorno al divanetto, seria e compunta. Le tese una mano che Joanne dovette prendere. "Non fatelo più" le intimò. "Sono qui appositamente per questo fantasma. Sono pronta a spaventarmi, se sarà il caso!"

Joanne annuì, sbalordita, ma non replicò altro, perché subito l'altra riprese il discorso sulle donne che avevano interrotto a tavola, e continuò una sorta di monologo fino all'arrivo degli altri ospiti.

Il resto della serata trascorse nella più assoluta normalità: Amelia suonò la spinetta e cantò per loro un paio di arie, giocarono a carte per un po', chiacchierarono di futilità fino all'ora di ritirarsi.

Joanne temeva quel momento: avrebbe dovuto ritornare nella galleria e aveva paura che accadesse ancora qualcosa. Era un timore infondato, continuava a ripetersi, perché era impossibile che un fantasma si manifestasse per tre volte nella stessa giornata e con la stessa persona. Poteva sentirsi al sicuro, come una persona già colpita da un fulmine. Ma nonostante ciò, giocò a carte malissimo, specie quando a quei pensieri si aggiunse anche Sir Russel come avversario in una partita. Come faceva, lui, a restare così impassibile? A vederlo, le sembrava di essersi sognata tutto.

Venne, con suo sommo rincrescimento, l'ora di andare a dormire. Quando Amelia si alzò, anche lei la imitò frettolosamente.

Fu lieta di non incorrere in altri incidenti nel sinistro corridoio, anche se ormai la suggestione era tale da farle provare la sensazione di essere osservata a ogni passo.

***

Dopo una notte agitata, in cui faticò non poco a tenere a freno i pensieri più stani, e tutto fu un accavallarsi di confuse immagini di fantasmi e roventi baci, Joanne si svegliò con l'impressione di essere più stanca della sera prima.

La luce del sole, che finalmente filtrava dalla finestra al posto della nebbia e della pioggia, già ridimensionava tutto.

Spalancò la finestra per lasciar entrare i raggi solari e la frizzante aria del mattino, carica dei profumi della campagna e umida di pioggia.

Il cielo era ancora greve di nubi, ma quella breve tregua le era gradita più di dieci giornate estive soleggiate.

Aveva bisogno di luce, pensò. Di luce e aria, via da quella casa e dai suoi abitanti.

Si preparò rapidamente, intenzionata a sgattaiolare

fuori senza rendere conto a nessuno. Avrebbe fatto colazione con la rasserenante compagnia della zia.

Ancora una volta, però, non aveva fatto i conti nel modo giusto. Il colonnello Hamilton era molto più mattiniero di lei e lo incrociò mentre rientrava dalla passeggiata mattutina, proprio all'ingresso della villa.

Joanne pensò che i due leoni di pietra dovevano divertirsi un mondo, a vedere le sue disavventure: perché il gentiluomo, lungi dal capire il suo bisogno di solitudine, si offrì di scortarla fino a casa della zia.

E così dovette accettare il suo braccio e rallentare il passo da vera signorina per bene.

"Come vi trovate qui a Trerice, Miss Gray?" le domandò, insolitamente ciarliero.

Da sotto i baffetti scuri si intravedeva un sorriso allegro e Joanne pensò che soffrisse quanto lei del non poter trascorrere più tempo all'aperto (o almeno, fuori da Trerice Manor). D'altra parte, era pur sempre un soldato abituato all'attività fisica.

"Molto bene, grazie" rispose lei, molto meno propensa alle chiacchiere di lui.

Al rumore dei loro passi, sul sentiero ghiaioso, si aggiungeva quello del bastone da passeggio di lui, su cui egli in parte si appoggiava, e con cui in parte colpiva la vegetazione lungo la via. Joanne notò, mentre egli le offriva il braccio, che era alto quasi quanto Sir Russel, ma, pur essendo un militare, non ne uguagliava la prestanza: il suo fisico era piuttosto asciutto e scattante, e faceva pensare a una persona piuttosto nervosa e non certo posata come lui.

Il passo già lento fu, d'un tratto, ulteriormente rallentato dal colonnello, che parve diventare all'improvviso pensieroso.

"Miss, sono lieto d'avere avuto questa occasione per potervi parlare."

Joanne si voltò verso di lui incuriosita, ma era talmente provata che anche quell'innocua introduzione l'aveva messa in lieve stato d'allarme.

"È da un po' che rifletto su ciò che sto per chiedervi. Spero... ma devo cominciare dall'inizio. Vedete, sono al corrente del triste frangente che vi ha condotta qui a Trerice. Non che George abbia inteso divulgare la vostra situazione, tuttavia mi sono trovato nella condizione di suggerirgli l'idea di condurre qui un po' di amici, per, come dire, aiutarvi a risolvere l'impiccio in cui vi trovate."

Questa volta Joanne si sentì avvampare fino alla punta delle orecchie, che per fortuna erano coperte almeno dal cappellino.

"Quindi l'idea è stata vostra" riuscì a malapena a balbettare.

"Non proprio, abbiamo riflettuto insieme sul da farsi. E abbiamo stilato insieme una lista di persone che potessero venire qui, dopo aver avuto la disponibilità di Sir Russel, ben inteso."

Joanne si portò una mano a una guancia che, nonostante il fresco mattino, le pareva rovente.

"Disgraziatamente, molti degli invitati non hanno potuto seguirci e, così, la vostra possibilità di scelta si è drasticamente ridotta."

La giovane ebbe una risatina nervosa. "Non credo che si possa parlare di una mia scelta, colonnello. Trattandosi di persone, non posso disporre né del cuore né della testa di alcun gentiluomo."

Alan Hamilton si fermò, poco prima di arrivare al bivio che conduceva da una parte a Kestle Mill, dall'altra alla prebenda, in un punto immerso fra gli alberi.

"Dopo avervi conosciuta ho pensato che avreste potuto avere qualunque giovanotto fosse di vostro gradimento" le rispose galante. "Se solo aveste avuto la possibilità di frequentare qualche ballo a Londra, o qualche luogo un po' più mondano di questi villaggi dispersi nella campagna, sareste stata certo corteggiatissima. Purtroppo, nella compagnia che abbiamo potuto fornirvi qui, temo che gli uomini disponibili si riducano a un numero esiguo."

"Siete molto gentile a preoccuparvi per me" rispose Joanne, chiedendosi dove volesse parare con quel discorso.

Il volto di lui si irrigidì, come se la risposta di Joanne lo avesse messo in difficoltà. "Non si tratta di gentilezza soltanto, miss. Credo che vi siate accorta da sola che le vostre possibilità sono davvero ridotte. Declan O'Donnel è venuto qui per seguire Amelia. Ne è innamorato da sempre e lei nemmeno se ne è accorta."

Joanne aprì la bocca per la sorpresa. "Non me ne ero accorta nemmeno io!" esclamò. Ma in effetti, a pensarci, tanti piccoli particolari trovavano senso. Sorrise.

"Vedo con sollievo che questo non vi turba" commentò lui. "Anche per quanto riguarda Sir Russel, spero che George vi abbia già messo in guardia. Quanto è stato sollecito a dare la sua disponibilità ad aiutarvi, tanto è stato chiaro nel ribadire..." si interruppe, così imbarazzato che Joanne terminò per lui.

"Che non intende candidarsi al ruolo di mio marito?" senza volere, aveva usato quasi le stesse parole che aveva sentito da lui, che ancora le bruciavano l'animo.

E il tono le era uscito altrettanto aspro.

"Non so molto, ma gira voce che tempo fa sia stato coinvolto in una triste questione da una giovane dama. E che da allora abbia evitato accuratamente qualunque coinvolgimento. Perciò, posso dirvi in tutta onestà di non provarci."

Joanne avvampò di nuovo, questa volta per l'ira. "Non sto certo cercando di accalappiare nessuno!" esclamò infastidita.

Anche Hamilton divenne rosso in viso. "Non intendevo offendervi dicendo questo!" si premurò di correggere, "Volevo solo mettervi in guardia, e mi sono espresso in modo imperdonabile."

"Grazie, ne ero stata già informata, comunque" sbottò lei, riprendendo a camminare per sfogare l'imbarazzo e la rabbia. Ne era stata informata da Sir Russel in persona, e anche il ricordo di questo dialogo la faceva stare male.

I passi affrettati di Alan, che subito la raggiunse, risuonarono nel vialetto.

Le posò una mano sul braccio, per fermarla o per blandirla. "Perdonatemi davvero, miss. Sono del tutto incapace di rapportarmi con le donne. È uno dei motivi per cui preferisco sempre tacere" ammise con un candore che la disarmò. "Intendevo farvi comprendere che, appunto, le scelte per voi sono ridotte... a Lord Burnett e a me." Questa volta aveva lui il volto così paonazzo che a Joanne sorse un sospetto che paralizzò il suo incedere.

Il colonnello evitò di guardarla e abbassò gli occhi. "Ecco, mi rendo conto che William è un ottimo partito e vi consiglio caldamente di puntare su di lui. Anzi, credo di capire che non gli siate del tutto indifferente. Tuttavia, vorrei solo dirvi che, se egli non dovesse, per così dire, venirvi incontro, potreste considerare anche me, che sono dispostissimo a rendervi felice come mia moglie."

Joanne non era solo paralizzata, era anche ammutolita. Quella era una proposta di matrimonio?

Alan dovette comprendere la sua sorpresa, perché dopo una pausa proseguì, con un sorriso talmente timido che le fece quasi tenerezza. "Comprendo benissimo di avervi colta alla sprovvista e non vi chiedo una risposta. Pensateci con calma, tenetemi, se volete, come ultima opzione: non mi offendo."

"Io... vi ringrazio, colonnello" biascicò lei. "Non insulterei mai i vostri sentimenti tenendovi come ultima opzione, ma ho bisogno di pensarci, questo sì."

Hamilton la spiazzò di nuovo, ridendo.

"Non offenderete nessun sentimento, miss. Non voglio mentirvi: non vi sto offrendo un grande amore. So che voi avete bisogno di protezione e sono disposto a offrirvela. Ho un nome rispettabile, un discreto patrimonio, una buona carriera. Potrei essere richiamato sul continente: avere accanto una moglie che mi aiuti negli obblighi sociali mi farebbe comodo e di voi ho piena fiducia: conosco George da tempo e ha sempre tessuto le vostre lodi, credo che sareste un'ottima moglie per un ufficiale."

Ma che meraviglia, pensò Joanne, desolata. In fin dei conti, che si era aspettata? Di trovare un vero innamorato, con le premesse che aveva? Che cosa si era attesa? Il buon senso le diceva, anzi, che avrebbe dovuto accettare lì su due piedi: di meglio non poteva immaginare. Il colonnello era una brava persona, le aveva fatto un'offerta onesta e non disprezzabile. Che cosa voleva di più? Eppure, aveva la lingua incollata al palato.

Alan le prese la mano e se la portò alle labbra per un cerimonioso baciamano, con un atteggiamento più compito che affettuoso.

Davanti agli occhi di Joanne passò, vivido e bruciante, il ricordo di altre labbra, che avevano impresso su quella stessa mano un marchio ardente. Faticò a non sottrarsi al colonnello.

"A convincermi a parlarvi, miss, è stato il vostro discorso di ieri. Ho compreso con sollievo che non avete un animo troppo romantico, che chiamate le cose col loro nome. In apparenza, quella che avete evocato poteva sembrare un'immagine poetica, ma dietro c'era un'analisi della realtà con cui concordo: c'è lavoro e fatica dietro ogni scelta. Anche nel matrimonio, il romanticismo non è poi così fondamentale. Penso che l'amore possa venire col tempo e che non sia importante quanto il rispetto reciproco."

Joanne si chiese quando mai aveva detto cose simili, ma non lo disse. Si limitò a sorridere, senza riuscire a sembrare allegra.

"Devo veramente pensarci, colonnello. Non riesco proprio a darvi una risposta così, su due piedi. Forse sono più romantica di quanto entrambi pensiamo, ma mi avete colta alla sprovvista."

Alan non parve minimamente turbato, si inchinò leggermente e le porse di nuovo il braccio. "Non ho alcuna fretta. E… avete notato anche voi che queste ultime mattine si sono notevolmente rinfrescate?" Cambiò discorso, riprendendo la passeggiata come se nulla fosse.

Lasciò Joanne nello spiazzo davanti alla casa della zia, dicendole di avere posta urgente a cui dedicarsi. Lei rimase a guardare la figura alta e snella allontanarsi con passo marziale. Stringendosi nel pesante scialle si avviò a sua volta verso il cottage della zia, chiedendosi se fosse il caso o meno di metterla al corrente della proposta appena ricevuta.

12

Joanne decise di no. Raccontò alla zia molte cose, descrisse tutti gli abiti di Amelia con dovizia di particolari, ma evitò accuratamente di condividere alcuni fatti che la toccavano sul personale. Non parlò del fantasma, per esempio. Non parlò della proposta di matrimonio del colonnello Hamilton. Non parlò di quello che era accaduto con Sir Russel.

Riuscì a non pensare a tutto ciò giusto il tempo che impiegò a fare colazione con Mary, ascoltando le ultime novità dal villaggio e dalla famiglia del pastore e sfogliando l'ultima copia del Selective che era giunta il giorno prima. Forse la zia intuiva che qualcosa non andava, perché non fece che chiacchierare a vuoto di tutto e di nulla, chiedendole ben poco di Trerice Manor, oltre a ciò che lei aveva raccontato di sua spontanea volontà.

Joanne lo capì solo mentre, sulla strada del ritorno, si accorgeva che per tutta la visita né lei né Mary avevano fatto il nome di Thomas, cosa piuttosto strana, data l'amicizia che intercorreva fra Mary e Sir Russel.

Doveva smettere di arrossire, si disse, accorgendosi che il calore le saliva alle guance così, al solo pensiero che la zia avesse intuito qualcosa.

A volte sono i nostri silenzi a parlare per noi. Sono le parole che non diciamo a tradire i nostri segreti, mostrando con la loro assenza l'importanza che diamo loro nel nostro cuore. E Joanne temeva che il suo silenzio a proposito di Thomas avesse gridato molto forte al posto suo, mostrando quanti pensieri ella gli dedicasse.

E riflettendo su questo, si rese conto di due cose: di rivolgere, in effetti, davvero troppi pensieri a Thomas, e di non poter dire altrettanto di Hamilton e della sua proposta.

Si fermò al termine del lungo muretto che circondava la villa, proprio all'ingresso.

Da lì, a pochi passi dal cancello, si aprì davanti a Joanne la splendida e inquietante vista della villa, in tutta la sua decadente magnificenza. Il vialetto, una linea grigia e precisa, tagliava in due il verde intenso del prato, come una ferita nella perfezione del vello di un antico e colossale animale. I leoni di pietra, adagiati a metà del percorso accanto al sentiero, sembravano pronti a dare il benvenuto agli amici o a sbranare i nemici. In fondo, contro il cielo mutevole di nubi, spiccavano le grigie pietre di Trerice, stesa dinnanzi a lei, come se fosse in attesa del suo ritorno. Minacciosa come se attendesse solo di ingoiarla. Come se i suoi mille vetri fossero altrettanti occhi che la stavano studiando, osservando, attendendo.

Un brivido la percorse e in quei mesi, quando vi si era recata per prendere libri o per consultarli nella casa, non era mai successo. Mai aveva sentito quei luoghi ostili. Perché, ora?

Forse era tutta un'illusione, una proiezione dei suoi pensieri, perché era lei ostile a se stessa e si odiava per ciò che doveva fare. Quanto in basso era caduta, da quando aveva ricevuto la proposta di Jeremy?

Sapere che durante la Stagione avrebbe cercato un marito non era come affrettarsi a conquistarne uno in quel modo, fra un gruppo di poveracci trascinati lì, all'uopo, da George. Improvvisamente, tutta quella faccenda le

parve talmente vile e vergognosa che non riuscì più a muovere un passo verso la villa.

Si vergognava profondamente, sì. Se poi ripensava all'offerta di Hamilton, le pareva di sprofondare. Forse a Londra non le sarebbe andata molto meglio, ma magari sarebbe riuscita a trovare qualcuno che la chiedesse in moglie mettendo in maggior rilievo la parola amore. Il colonnello ne aveva parlato con un tale disprezzo, da farle quasi temere che egli lo ritenesse più un ostacolo che una necessità, fra due sposi.

Sospirò. Rientrare in quella casa significava dover affrontare lui, che attendeva in silenzio la sua risposta, gli sguardi torvi di Sir Russel, le chiacchiere di Amelia a caccia di fantasmi, e persino gli spettri, di cui lei avrebbe invece fatto volentieri a meno.

Si incamminò recalcitrante, fino a che non le venne in mente che, se si fosse rintanata in biblioteca, avrebbe potuto restare tranquilla ancora per un po': da quando il fantasma aveva scacciato da lì la compagnia, nessuno ci si era più recato.

E così, sgattaiolata nell'atrio senza fare rumore, si infilò quatta quatta nella stanza.

Appena entrata, si sentì subito meglio. Il camino era stato acceso e la bella luce della mattinata di sole entrava dalla vetrata riempiendo il locale. Tutto era come sempre, mancavano solo le pile di libri che lei era solita prendere dagli scaffali per leggere accanto al camino. Le mancavano terribilmente i giorni tranquilli, prima che arrivasse Thomas, prima che George concepisse il suo piano per aiutarla. Forse sarebbe stato meglio non accettare. Sarebbe stata così felice di vivere con la zia, facendosi bastare quel poco che entrambe riuscivano a guadagnare. Non avrebbe desiderato niente di più.

George avrebbe fatto ciò che più gli aggradava. Voleva insegnare? Che insegnasse, e al diavolo la casa di famiglia, lei era arrivata quasi a odiarla, per tutti gli sforzi inutili che era stata costretta a fare per mantenerla in buono stato. Al diavolo la casa, la famiglia, Jeremy e il suo alito, e al diavolo tutti!

Non si era accorta di aver parlato ad alta voce, finché con sua somma sorpresa la poltrona posta sotto alla finestra, di cui vedeva solo lo schienale, non si mosse.

Nessun fantasma, però. E avrebbe preferito di gran lunga trovarsi davanti uno spettro, piuttosto che l'uomo in carne e ossa che la occupava. Il padrone di casa.

Thomas aveva fra le mani proprio una copia del Selective, certamente appartenente a George, e si doveva essere ritirato laggiù col suo stesso obiettivo di restarsene un poco per i fatti suoi.

Joanne borbottò una scusa e tentò di eclissarsi, ma egli la richiamò.

"Non potete mandare così tanta gente al diavolo e andarvene così come se niente fosse."

"Non erano parole per le vostre orecchie" rispose piccata lei. "Non volevo disturbare la vostra lettura, perciò me ne vado."

Thomas si alzò e allontanò con un calcio il poggiapiedi su cui fino a un attimo prima aveva tenuto posati gli stivali. "Una lettura indubbiamente interessante, ma non quanto le vostre affermazioni. Comunque, volevo solo lasciarvi campo libero, me ne vado io."

Avrebbe voluto prenderlo a schiaffi. Sembrava sempre arrabbiato con lei, ma in fin dei conti… "Smettete di comportarvi come se vi avessi fatto chissà che torto" sbottò lei, prima che Thomas avesse fatto un passo. Joanne aveva i nervi così a fior di pelle da non dominarsi

più, era in preda a una specie di ubriacatura di emozioni. "Non temete, vi toglierò dall'impaccio della mia presenza molto presto!"

Thomas inarcò le sopracciglia. "Posso sapere come?"

Joanne incrociò le braccia. Già: come? Aveva detto la prima cosa che le era passata per la testa, giusto per non buttargli in faccia altre frasi che sarebbero state molto più compromettenti.

"Questo non vi riguarda. In ogni caso, vi devo tutta la mia gratitudine per quanto avete fatto e per come vi siete impegnato ad aiutarmi."

"Dunque è arrivata qualche proposta. Con chi devo congratularmi?" Thomas aveva pronunciato quelle frasi con un tono che avrebbe voluto essere leggero, ma che alle orecchie di Joanne suonò fasullo, quasi rabbioso. Possibile che fosse geloso? A quel pensiero, il suo stupido cuore accelerò i battiti.

Lei, più per vincere quella sgradita emozione che per reale rabbia, strinse le braccia, con aria ostinata. "Nemmeno questo vi riguarda."

"Direi di sì, visti tutti gli sforzi che voi stessa mi accreditate."

Lo sogguardò. Apparentemente sereno, la fissava in attesa di una sua risposta. Aveva le mani appoggiate ai fianchi, in una era ancora stretta la rivista quasi appallottolata. "In realtà, sto pensando solo di rinunciare. Voglio tornare a casa, da zia Mary. Non ne posso più di tutta questa tensione."

Sir Russel, per tutta risposta, gettò la rivista sul tavolino da tè, poi si accomodò sul divanetto accanto al camino. Joanne lo trovò irritante allo spasimo.

"Sapete una cosa singolare? Pensavo anch'io a una soluzione simile. Ve l'avrei proposta molto presto" ammise.

"Ma per altri motivi: mi preoccupa sapervi al centro dei fenomeni di Trerice. Avevo pensato di trasferirvi nell'altra ala della villa, ma il cottage è molto meglio. Non sono certo che siate al sicuro, qui."

Questa volta non c'era, nella sua voce, alcuna connotazione negativa e questo la stupì.

Il fantasma non potrà mai farmi male come te, disse una vocina dentro di lei, che Joanne soffocò. "Ne dubito. Ciò che è immateriale non può nuocere ad altro che alla nostra mente. Non mi piace quello che succede, ma non temo per la mia incolumità." *Credo tu non mi voglia più fra i piedi, ecco cosa credo.* Joanne si adombrò e strinse in una sorta di spasmo la stoffa della sottana per sfogare un poco di tensione. Una sottile sensazione di gelo la colse, ma non vi era nulla di spettrale a generarla.

Si allontanò dalla porta e raggiunse la poltrona dove prima era stato seduto lui. Dai vetri vedeva una parte del giardino, gli alberi spogli che si stagliavano contro il cielo, che in quella direzione era abbastanza limpido. Il sole creava giochi di luce fra le nuvole, come se allungasse sottili dita per accarezzare i prati e le cime degli alberi.

Joanne sentì le lacrime pungerle gli occhi. "Il colonnello mi ha fatto una proposta, stamattina" disse, posando una mano sulla spalliera. Non avrebbe voluto parlarne, ma quella frase le era uscita spontaneamente, quasi come una gravosa confessione. Gli voltava le spalle, non voleva che vedesse il dolore che si stava dipingendo sul suo volto.

"Avevo ragione, allora" replicò lui, con una voce talmente incolore che le fece sperare che la notizia, almeno un poco, lo ferisse. Esultò, ma sedò aspramente anche quel moto non voluto del suo cuore. "E avete accettato? Mi auguro che abbiate il buon senso di aspettare. Potrei azzardare un discreto interessamento da parte di William. L'approvazione di Amelia mi sembra certa e come voi avete già notato, è un fattore non trascurabile."

Avrebbe voluto fermarlo urlando, ma riuscì a trattenersi con uno sforzo di volontà. "Non ho ancora deciso" replicò soltanto.

"Se posso darvi un consiglio, prendete tempo. Hamilton è un'ottima persona, ma potreste avere di più."

Suo malgrado, Joanne sorrise e si volse a guardarlo. Era seduto sul divanetto, intento a guardare le fiamme del camino. Sembrava perso nei propri pensieri. "Sono le stesse cose che ha detto lui. Mi chiedo se non mi convenga mettervi tutti a un tavolino, in modo che decidiate voi quale sarà il fortunato a vincermi. Forse dovreste solo spiegare a Lord Burnett la situazione e fargli capire per quale motivo è qui." Sbuffò. "Spero vi rendiate conto di quanto è disgustoso tutto questo!"

"Né più ne meno di una Stagione, solo senza l'impiccio di balli, serate e inviti" ribatté lui, alzandosi in piedi. Ora la sovrastava, grazie alla sua altezza, nonostante fra di loro vi fosse interposto il divano. "Potete sempre rivalutare il vostro anziano corteggiatore, se la pensate così."

"O posso accettare l'idea di vivere senza la protezione di un uomo!"

Thomas ebbe una risata beffarda. "Vivendo con quali proventi, Joanne? Restando qui con vostra zia in uno sperduto paesino? Sfruttando la vostra impeccabile educazione? Certamente, il mondo è pieno di famiglie che cercano istitutrici, ma è questo che volete?"

Lei abbassò gli occhi. "Almeno manterrei il rispetto di me stessa."

Sentiva su di sé lo sguardo di lui, ne avvertiva la forza, ma quando trovò il coraggio di ricambiarlo, vide, insieme alla preoccupazione, anche il combattimento che egli tentava di celare. Non poteva aiutare lui come non poteva aiutare se stessa.

"Pensateci bene, prima di fare qualcosa di cui potreste pentirvi. Sono l'ultimo a volervi spingere a un matrimonio per interesse..." D'improvviso nel suo sguardo passò un lampo, che gli fece mutare l'espressione. Thomas si irrigidì e volse il viso. "In ogni caso, è affar vostro. Non sta a me impicciarmi in una questione così personale. Perdonate l'intromissione" disse con una rinnovata durezza che prese Joanne in contropiede.

Che cosa poteva aver generato quel mutamento? Lei cercò qualcosa da replicare, ma le fu impossibile.

Nella stanza, dal nulla, il noto profumo di lillà si diffuse intorno a loro. Per un istante si guardarono con aria interrogativa, chiedendo silenziosamente l'un l'altra se si trattava di un'impressione o se l'aroma fosse davvero ritornato. Questa volta, però, nessuna folata o altre stranezze accompagnarono il fenomeno.

Joanne si trovò a inspirare la lieve essenza, che sembrava volerla accarezzare. Possibile che ci fossero intenti malvagi, in chi cercava di esprimersi con quell'aroma delicato?

Si accorse di non avere affatto paura. Anzi, di aver la sensazione che tutto ciò che stava accadendo fosse solo un tentativo di comunicare, più o meno riuscito. Non era forse accaduto tante volte, che quella fragranza le facesse compagnia mentre leggeva? Poteva, quel vento che tanto l'aveva spaventata, aver avuto un significato, come la posizione dei vasi nella galleria? Sì, a Trerice c'era un mistero, un mistero che la coinvolgeva.

"Uscite di qui" le suggerì Thomas, ma Joanne scosse il capo.

"No" rispose ad alta voce, come se non parlasse con lui, ma con qualcuno più lontano. "Non succederà nulla

che possa spaventarmi, se mi impegno a comprendere perché tutto questo accade. Non è così?"

Il profumo scomparve e Joanne fu attraversata da un brivido, ma sorrise. Ricordò solo un attimo dopo che quella assurda promessa fatta al fantasma non si conciliava molto col suo desiderio di lasciare Trerice Manor.

"Non mi sembra una mossa saggia impegnarvi con… come l'avete chiamato? *Qualcosa di immateriale*, specie se pare avere atteggiamenti senzienti. Ma voi non siete saggia come volete far credere, vero?"

Quando Joanne guardò Thomas si accorse che aveva pronunciato quella frase sorridendo con divertita ammirazione. Si trovò a ricambiare il sorriso. "No, in effetti. Appena posso evitarlo."

Gli occhi di Sir Russel sorridevano, come raramente avevano fatto da quando lo conosceva. La giovane si concesse il lusso di fissare in essi il suo sguardo, godendosi quel prezioso momento di serenità. Il volto di lui, illuminato da quel sorriso spontaneo, sembrava più giovane, quasi sbarazzino.

Joanne, che era abituata a vederlo sempre serioso e compassato, constatò che, quando non assumeva un atteggiamento da solenne prelato, Thomas era decisamente un uomo piacente. Non riuscì a non pensare che quelle labbra, ora piegate in un atteggiamento rilassato, solo il giorno prima si erano posate sulle sue con cocente desiderio. D'improvviso il cuore le balzò nel petto, smorzandole il respiro, quando negli occhi di lui scorse splendere una luce diversa. Una luce che aveva già visto e che aveva il potere di accelerare il sangue nelle sue vene.

Ma questa volta Thomas distolse lo sguardo. Il sorriso svanì come il sole dietro alle nubi del suo abituale distacco.

"Sono confuso, Miss Gray: avete deciso di andarvene o di restare per scoprire i segreti di Trerice Manor?" le domandò, improvvisamente interessato ad attizzare il fuoco.

Joanne sentì un profondo senso di vuoto, come se insieme a quel sole fosse svanita anche tutta la speranza che poteva portare con sé. Di nuovo, Trerice era una dimora grigia e ostile, di nuovo lei una giovane dal futuro incerto, di nuovo intorno a lei forze oscure si aggiravano per motivi che non capiva. Restando lì, avrebbe dovuto affrontare l'indegna questione della caccia al marito. Avrebbe dovuto vedere Thomas ogni giorno e sopportare il suo distacco e la sua freddezza.

"Sì. Credo che resterò." *Ma temo che lo farò per te. Per nessun altro motivo.*

Joanne abbassò gli occhi per non tradire quel pensiero, da cui, lei per prima, si sentiva tradita.

"In tal caso, vi aiuterò" rispose lui.

"A scoprire i segreti della villa?"

Thomas le rivolse una breve occhiata. "Vi aiuterò, qualunque cosa decidiate di fare. Avrete il mio appoggio sempre, Joanne."

***

Joanne si rifugiò nella propria stanza in subbuglio, dopo essersi congedata balbettando delle scuse. Non aveva nessuna certezza, nella vita, eccetto due cose: la prima, che non avrebbe mai potuto sposare il colonnello Hamilton. La seconda, che il suo cuore era irrimediabilmente perduto per Sir Russel.

Ora sapeva, quasi con matematica certezza, che qualunque decisione avesse preso da quel momento in poi non le avrebbe portato altro che sofferenza.

Se fosse stata una ragazza saggia, avrebbe dovuto agire con forza di volontà e costringere se stessa a lasciare seduta stante quella casa. La persecuzione da parte del fantasma le avrebbe fornito la scusa giusta e lei sarebbe stata al riparo da tutto. Perché non aveva seguito quella prima risoluzione, che aveva già preso prima di incontrare lui in biblioteca?

La risposta la sapeva già: non aveva resistito all'idea di stargli accanto ancora per un poco, anche a costo di sentirsi strappare il cuore dagli atteggiamenti freddi di lui.

C'era un che di eccitante, nel fatto che egli fosse comunque costretto ad avere in comune con lei le attenzioni del fantasma, e Joanne si sentì ancora più sciocca, rendendosi conto che anche solo quella ridicola condivisione le accendeva una fiammella di speranza.

Si sedette allo scrittoio, dove regnava la più assoluta confusione di fogli, quadernetti e appunti. Una fedele proiezione di ciò che si agitava nella sua mente. Qua e là, trovava frasi che aveva appuntato per il successivo articolo. Tutto le sembrava stupido, tutto patetico. Lei stessa era stupida e patetica: ancora una volta, rimpianse di non essere davvero quel Mr. Gray, giornalista e padrone del proprio destino, che si era inventata.

Doveva fare ordine nella propria testa come in quegli appunti, ma la seconda era la cosa più facile.

Per tenersi occupata, cominciò a sistemare i fogli, riflettendo intanto sui propri guai. C'era un'urgenza, sgradevole, a cui doveva provvedere il prima possibile. Si ripromise di farlo appena ne avesse avuto occasione.

***

Fu poco prima dell'ora di cena che Joanne ebbe quella occasione.

Era scesa dopo essersi cambiata, non avendo trovato

nessuno degli altri né nel salottino né altrove, decise di fare due passi nel giardino in attesa che qualcuno si presentasse.

Armata del suo pesante scialle di lana, si recò nel retro della casa, dove erano situati gli splendidi giardini della villa, che nonostante la stagione autunnale già avanzata avevano conservato gran parte della loro suggestività. Fu seguendo un vialetto che conduceva al giardino d'inverno che si imbatté in Alan Hamilton che, come lei, stava passeggiando in attesa dell'ora di cena.

Questa volta, fu Joanne che gli andò incontro determinata, anche se una parte di lei avrebbe voluto volentieri girare i tacchi e fingere di non averlo visto.

Il colonnello, invece, fu sorpreso di vederla.

"Strana coincidenza, miss. Passeggio qui ogni sera e solo oggi vi incontro. Non trovate anche voi che sia curioso?"

"Oh, sì. Singolare coincidenza, davvero. Ma sono lieta che sia accaduto, visto che ho urgenza di parlarvi."

Hamilton le offrì il braccio, senza tradire emozioni. "Molto bene" commentò.

Joanne si avvicinò e accettò l'appoggio, sentendo la gola improvvisamente secca. "Credo di avere riflettuto già abbastanza sulla vostra proposta e… sono desolata, ma non posso accettare" disse tutto d'un fiato.

Hamilton annuì. "Siete stata gentile a non lasciarmi in sospeso a lungo, vi ringrazio. Comunque, tenete presente che, se le cose dovessero andare male, mi basta un vostro cenno."

Joanne si sentì un verme. "Siete molto buono."

Camminando, avevano girato dietro al podere adiacente al maniero, lungo la stradina che conduceva al frutteto, ma qualche goccia di pioggia li costrinse a ripiegare indietro.

Il colonnello aveva aggiunto solo qualche commento neutro sul clima della Cornovaglia, lasciando cadere l'argomento principale, ma quando furono di nuovo in vista della casa, guardò verso le finestre pensieroso.

Nonostante le gocce gelide che avevano cominciato a scendere, si fermò.

"Posso essere schietto, Miss Gray?" cominciò, ma non attese risposta. "Visto che non amo parlare, tendo ad ascoltare e a osservare molto: credo di aver capito il motivo della vostra risposta così celere. No, non agitatevi. Il vostro segreto è al sicuro con me, ma quanto vi ho detto stamane corrisponde al vero. Non riponete speranze inutili. Vi conviene mettere il vostro cuore al riparo da delusioni che, quasi certamente, verranno, se asseconderete la vostra propensione."

Joanne era ammutolita, in parte per la sorpresa di essere stata così trasparente per Hamilton, in parte perché, nonostante sapesse già di non avere speranze con Thomas, sentirlo ripetere in quel modo le aveva arrecato una fitta di dolore. Si sentiva tremendamente stupida.

A sua volta guardò verso la casa, come se quelle mura grigie potessero fornirle un appiglio, come se potessero contraddire le parole del colonnello. Erano solo pietre e finestre, niente di più, eppure Joanne ebbe l'impressione che in qualche modo fossero partecipi della sua sofferenza.

Quanto era strano e ambivalente anche il suo rapporto con quella casa! Ne era attratta e respinta nello stesso tempo, ne temeva i misteri e insieme provava un'attrazione che non sapeva spiegare.

La luce del tramonto regalò alla villa un ultimo, sanguigno raggio prima di essere divorata dalle tenebre. Poi fu solo pioggia e grigiore.

Joanne, accompagnata da Alan rientrò, scoprendosi

più infreddolita di quanto pensasse. L'umidità le era entrata nelle ossa e desiderava solo potersi riscaldare accanto al fuoco, ma qualcosa la costrinse a rimandare: Smith, che non si sa come riusciva sempre a essere presente al rientro degli ospiti, si fece avanti con aria meno compassata del solito. La sua espressione, notò subito Joanne, tradiva anzi una insolita agitazione.

"Signorina, Sir Russel mi ha detto di riferirvi che ci sono visite per voi. Mi ha chiesto di accompagnarvi nella biblioteca e di scusarmi da parte sua con il colonnello, se ritarderete entrambi per la cena."

"Certamente riferirò agli altri" commentò Alan congedandosi. "Mi auguro che sia una gradita sorpresa, miss."

Ma Joanne, anche solo per la faccia del maggiordomo, ne dubitava parecchio.

Pochi attimi dopo, era da sola nel corridoio con Smith, tornato impassibile.

"Di chi si tratta, Mr. Smith?" domandò, senza curarsi di celare l'apprensione nella voce. Che zia Mary si fosse sentita poco bene?

"Un gentiluomo da Londra, signorina. Ha detto di chiamarsi…"

Ma erano già davanti alla porta della biblioteca e Joanne lo vide da sola, perché le ante erano aperte e riconobbe la voce dell'uomo già prima di vederlo. Non era una bella sorpresa.

13

Jeremy Meddows le dava le spalle, ma Joanne riconobbe subito la schiena leggermente curva, fasciata in una redingote di ottima sartoria, ma incapace di mascherare i difetti del fisico deturpato dall'età. Aveva gli stivali infangati, come se si fosse spostato a piedi, e posava una mano su un prezioso bastone da passeggio. Nell'altra teneva un bicchiere contenente un liquido dorato.

Stava chiacchierando amenamente con Thomas, altrettanto elegante in giacca blu scuro e pantaloni neri, ma, mentre il tono di Meddows era allegro e compiaciuto, il viso di Sir Russel era burrascoso, come se vivesse uno stato di pesante tensione nervosa. L'altro sembrava non essersene punto accorto.

Thomas la vide nel riquadro della porta e sul suo volto si dipinse un'aria così desolata che Meddows, questa volta, si interruppe, volgendosi per seguire la linea del suo sguardo.

La faccia dell'uomo, già atteggiata a un sorriso compiaciuto, si illuminò ulteriormente. Subito posò il bicchiere sul tavolino da tè, lasciò il bastone appoggiato al divano e a braccia tese si mosse verso di lei.

Con sommo orrore di Joanne, non le diede nemmeno tempo di capire che cosa stesse per fare: le prese le mani e, con atteggiamento confidenziale, le posò due baci sulle gote, regalandole una zaffata del fetido alito. Spiazzata, lei indietreggiò e cercò di divincolare le mani dalla stretta dell'uomo, ma non vi riuscì. Ancora una volta, rimase stupita dalla forza di Meddows e dalla tenacia dei suoi gesti.

"Mia carissima Joanne, come vi trovo bene! E in quale splendida compagnia!" commentò, senza lasciare le sue mani, ma allontanandola da sé come a volerla rimirare. "Lo dicevo, io, a vostro padre: l'aria di campagna le avrà giovato e la troverò ancora più bella."

Un'ondata di nausea la colse, non tanto per l'alito quanto per la sua presenza in un luogo dove non pensava proprio che potesse raggiungerla. Non riusciva a replicare. Rimase imbambolata, inerte, mentre Jeremy continuava.

"Vi porto i saluti di Lord Hemsworth, che ora si trova a Londra. Io stesso giungo proprio da lì."

"Ma… non mi aspettavo di vedervi da queste parti…" balbettò lei. Rivolse una fugace occhiata a Thomas, come quella che avrebbe potuto lanciare un naufrago alla vista di un appiglio atto a salvarlo dai flutti.

"Miss Gray, sedetevi con noi" disse allora Thomas, riscuotendosi a sua volta, e lei gliene fu grata, perché ebbe l'effetto di liberarla almeno dalla presa di Jeremy. La situazione però peggiorò, perché, mentre l'uomo mormorava un mellifluo "certamente", le fece scivolare una mano attorno alla vita con fare possessivo. Joanne ne fu colta così alla sprovvista che si limitò a rivolgergli uno sguardo sbigottito.

Guadagnò una poltrona e vi si accomodò, terrorizzata all'idea di sedere accanto a lui sul divano.

Era così imbarazzata dall'atteggiamento di Jeremy che non riuscì più ad alzare gli occhi, specie verso Thomas.

"Il signor Meddows mi spiegava, poco fa, il motivo del viaggio fino alla mia sperduta dimora." Sir Russel aveva parlato lentamente, come se cercasse di comunicarle qualcosa.

"Oh, sì!" riprese allegro Meddows. "Sono lieto di dirvi che sono venuto qui per portarvi a Londra. Non siete contenta?"

Joanne sollevò gli occhi spalancati. "A Londra? Per quale motivo, mio padre sta forse male?"

Jeremy rise, ma c'era una forzatura, in quella risata, che non le sfuggì e che le fece temere il peggio. "Sta benissimo, mia cara. E non vede l'ora di avervi al suo fianco per organizzare i ricevimenti che intende dare. Ci sono così tante cose da fare, non potete immaginare…"

"Davvero non vi comprendo: non ho ricevuto notizie da lui da quando vivo qui e non sapevo nemmeno fosse a Londra. Men che meno, mi ha fatto sapere di volermi là."

Un'altra risatina insulsa. "Mi sembra naturale che vi voglia laggiù: dove altro pensavate di organizzare le nozze?"

Joanne ebbe l'esperienza più simile a un mancamento di tutta la sua vita. "Quali nozze?!" esclamò sussultando.

La mano gelida di Jeremy afferrò la sua, in uno sgradevole dejà vu. "Le nostre, sciocchina. Non ditemi che ancora insistete con questa ritrosia! Comprendo i vostri vezzi femminili ma… su, per favore!" Le aveva parlato con un tono adatto a una bimba capricciosa che la fece montare su tutte le furie.

Sir Russel tossicchiò. "Forse preferireste parlarne in privato" suggerì.

"Sì" disse Jeremy.

"No!" esclamò Joanne.

Thomas non si mosse, mentre Joanne si alzò in piedi sdegnata. "La mia, signore, non è ritrosia e non è un vezzo femminile! Si tratta di una decisione da cui non intendo smuovermi. Io non ho accettato la vostra offerta tre mesi fa e non intendo accettarla ora. Sir Russel mi sia testimone!"

Jeremy fece ondeggiare il capo, con aria scontenta. "Suvvia, Joanne, siate ragionevole. Sir Russel, davvero credo sia meglio che la mia fidanzata e io possiamo parlare da soli per un poco..."

"Non sono la sua fidanzata!" ringhiò esasperata Joanne. La voce era irritata, ma lo sguardo che lanciò a Thomas fu supplichevole. Non voleva restare da sola con Jeremy nemmeno per sbaglio. Si rese conto che ne aveva paura.

Il profumo di lillà le giunse trasportato da un lieve refolo d'aria. *Non ora*, disse fra sé, supplicando il fantasma affinché non si intromettesse in quell'incontro. Non avrebbe avuto la forza di sostenere una situazione complicata da strani fenomeni.

Quasi avesse potuto sentirla, il profumo si affievolì e scomparve.

"Se Miss Gray gradisce che io resti, temo che l'accontenterò. Dopotutto, se fra voi non sussiste alcun accordo, non sarebbe galante da parte mia lasciarla con voi senza uno chaperon" considerò Thomas, sedendosi sul divano.

Joanne pensò fugacemente quanto quella situazione fosse grottesca: sarebbe stato Jeremy a dover fare da chaperon a lei e a Sir Thomas, data l'età, e non il contrario. Ma quella considerazione fu più amara che risibile.

"Io credo, invece, che Miss Gray sarà molto più giudiziosa dopo aver preso in considerazione di nuovo la mia offerta. Non vorrete presenziare a un dialogo così privato!" ritorse l'altro. Era arrabbiato: si avvertiva l'ira repressa, ma non troppo, grazie alle buone maniere.

Thomas sorrise, ma Joanne considerò di non averlo visto mai così minaccioso. "Mi pare di capire, piuttosto, che la signorina non intende ascoltare di nuovo la vostra offerta.

Io vi consiglierei di lasciarle modo di riflettere e di tornare domani. Lasciatela riavere dalla sorpresa e vedrete domattina come presentare al meglio le vostre motivazioni."

Joanne notò che, nonostante l'ora fosse quella di cena, Thomas non aveva neppure accennato a invitarlo alla loro tavola.

La faccia di Jeremy si contrasse indispettita, ma poi egli mostrò i denti gialli in una caricatura di sorriso. "Certo, avete ragione. Mi sono lasciato trascinare dall'entusiasmo di rivedere Joanne e non ho pensato alla sua sensibilità. Domattina, allora. Nel frattempo" e, guardandola, assunse un'espressione quasi velenosa, "sarò lieto di scrivere a vostro padre delle ottime notizie. Sapete, era così preoccupato riguardo al vostro sostentamento... temeva soffriste di troppe privazioni. Ma sarà felice di sapere che non solo vostra zia non vi ha fatto mancare nulla, ma anche che voi vi trovate così felicemente alloggiata qui a Trerice Manor. E in compagnia estremamente gradevole."

Joanne sbiancò. Dunque quella era la prima arma che Jeremy pensava di giocarsi: avvertire Lord Hemsworth della situazione di Joanne a Trerice. Fargli sapere che lì la ragazza ci stava più che bene e che, invece di vivere in gramaglie, si trovava pure ospite in una villa e girava agghindata come una debuttante a una festa.

Come doveva averlo meravigliato trovarla alla villa!

Joanne si chiese se Jeremy sapesse della presenza di George. Senza volerlo, sollevò gli occhi in quelli di Meddows, e li trovò brillanti di soddisfazione: quell'uomo aveva colpito nel segno e lo sapeva. Avrebbe usato quelle insperate informazioni contro di lei.

Il gioco del gatto col topo era cominciato.

Joanne si era illusa di aver vinto la prima battaglia,

trovando a Trerice degli alleati, ma rifiutando la proposta di Hamilton, forse, si era preparata a perdere la guerra, ora che lo sgradito e anziano pretendente era arrivato e aveva scoperto che la sua condizione non era sgradevole come immaginava.

Ma... se lei gli avesse fatto capire di essere già felicemente fidanzata? Jeremy avrebbe dovuto ritirarsi in buon ordine. Per un attimo la giovane valutò questa possibilità, ma non se la sentì di sfruttare in quel modo ignobile il colonnello Hamilton, anche se egli le aveva ribadito la propria disponibilità in qualunque caso.

Si rese conto, con un tuffo al cuore, che era giunta l'ora di affrontare Lord Hemsworth: era sempre suo padre, ma ormai non aveva potere legale su di lei. Poteva usare il suo affetto filiale contro di lei, poteva usare la forza, ma se Joanne avesse resistito, egli non avrebbe potuto costringerla a fare nulla.

Questo pensiero le fece sollevare fieramente la testa.

"Scrivete pure. Mandategli i miei saluti e riferite da parte mia che qui a Trerice mi trovo così bene che intendo prolungare il mio soggiorno fino a... quando deciderò. Tanto, a quanto sembra, non è poi così utile la mia presenza a Westbury. Faranno a meno di me lì e, certo, anche a Londra."

Meddows parve contrariato, ma sorrise. "Riferirò. A domani, mia adorata."

"Forse, Mr. Meddows. E per favore, rivolgetevi a me con maggior rispetto."

Thomas chiamò un servitore col campanello e fece accompagnare fuori Jeremy. Appena l'uomo ebbe lasciato la stanza, Joanne si afflosciò come uno straccio che avesse smesso di essere gonfiato dal vento.

Thomas le fu accanto.

"Volete bere qualcosa?" le domandò, ma lei scosse solo il capo, portandosi le mani al petto. Ormai incurante dell'opinione di lui, lasciò sfogare la tensione in due lacrime silenziose. Un attimo dopo, davanti a lei comparve un bicchierino con del liquore, che si accorse, in effetti, di desiderare. Ne bevve un sorso che le fece bruciare le viscere, ma che la rinfrancò.

"Siete stata meravigliosa, se può consolarvi. Un uomo molto sgradevole: comprendo bene la vostra resistenza alle nozze con lui."

"Grazie" replicò solo.

Thomas si allontanò, inspirando profondamente. Sembrava estremamente inquieto.

"Dobbiamo andare a cena. Posso dire che non state bene, se non vi sentite di affrontare la serata. Vi faccio portare qualcosa in camera."

Joanne si accorse di essere sì molto agitata, ma di non sopportare l'idea di restare da sola a rimuginare. "No, preferisco venire con voi. Non voglio darla vinta a mio padre e a Mr. Meddows."

Russel annuì con un sorriso e le porse una mano per aiutarla ad alzarsi.

Joanne accettò, ma il contatto con la mano di lui le provocò una scossa elettrica che le attraversò tutto il corpo. Indugiò in quel contatto, domandandosi se anche lui provasse la stessa cosa. Neppure Thomas lasciò la presa. Le parve che il tempo rallentasse. Si trovò incapace di respirare, di muoversi, di pensare. Nella sua mente passò di nuovo il ricordo del loro primo bacio e si accorse di provare un'acuta e indomabile nostalgia delle sue labbra, del profumo e del sapore della sua pelle. Avrebbe dato qualunque cosa perché Thomas la prendesse di nuovo fra le braccia come aveva fatto il giorno prima. Era come se ogni fibra del suo corpo gridasse ed esigesse il contatto con quello di lui.

Forse tutto durò solo la frazione di un secondo: lo vide contrarre la mascella, distogliere gli occhi dai suoi con uno sforzo che gli fece mutare espressione. Era stato, per un attimo, vicinissimo a lei. E ora, di nuovo era tornato infinitamente distante.

Lasciò la sua mano e fece un passo indietro, indicandole con galanteria la direzione della porta. Senza dire una parola, Joanne si ricompose e lo precedette di un passo verso la sala da pranzo.

***

Thomas ebbe modo di stupirsi quando, un attimo prima di entrare nella sala da pranzo, Joanne prese un profondo respiro, si riavviò un'immaginaria ciocca di capelli sfuggita all'acconciatura e, drizzate le spalle, fece ingresso nel salone con un sorriso, come se nulla avesse avuto il potere di turbarla.

"Joanne!" la apostrofò subito Amelia, andandole incontro. Erano tutti riuniti in attesa del padrone di casa per cominciare a mangiare. La giovane dama, che a differenza delle solite tinte pastello aveva optato per un abito di un blu notte, corse loro incontro con gli occhi che brillavano di curiosità. "Raccontatemi subito: Smith ci ha detto che eravate impegnata con un visitatore e brucio di curiosità. Avremo nuovi amici nella nostra combriccola?"

Thomas si pentì di non aver concertato con lei che cosa dire per giustificare il loro ritardo a cena.

"Se vi rispondo temo che la vostra curiosità non potrà che aumentare" rispose Joanne, con allegra disinvoltura. "Perché si tratta di un uomo convinto di essere il mio fidanzato."

Amelia spalancò la bocca, poi si mise a ridere deliziata. "Ora sì che ragioniamo. Questo soggiorno campagnolo era davvero noioso."

Thomas lanciò un'occhiata a George, che guardava ansioso la sorella. Non aveva avuto tempo di avvertirlo dell'arrivo di Meddows e doveva essere piuttosto stupito anche lui dalla disinvoltura con cui Joanne aveva messo tutti al corrente del suo "segreto". Dopo un primo attimo di contrarietà, tuttavia, Thomas comprese che Joanne aveva fatto una mossa saggia: Jeremy sarebbe tornato e avrebbe cercato alleati nella cerchia di lei. Meglio raccontare la verità prima che egli la inquinasse con qualche bugia a proprio vantaggio.

Quando furono a tavola, l'attenzione di tutti fu ovviamente sulla storia del misterioso visitatore. Russel era curioso quanto gli altri di sapere quanto, e in che modo, la giovane avrebbe rivelato delle proprie disavventure.

"Mr. Meddows è socio di mio padre e sembra aver deciso di far di me sua moglie, nonostante il mio fermo rifiuto. Purtroppo non ha accettato la mia risposta negativa ed è giunto qui appositamente per incoraggiarmi ad accettarlo." Joanne era l'immagine della serenità mentre raccontava.

Amelia sembrava pendere dalle sue labbra. "Non vedo l'ora che i signori ci lascino per fumare i loro sigari!" commentò gaia.

"Credo che Lady Amelia si stia domandando il motivo del tuo rifiuto, Joany." La voce di George era così tagliente che Thomas si domandò se non avesse già bevuto un po' troppo. "Credo che anche i gentiluomini qui presenti poi mi chiederanno velatamente conto" continuò. Guardò uno a uno tutti i commensali, quasi a volerli sfidare a negare la sua affermazione, ma nessuno fiatò. Anche

185

gli altri, a giudicare dalle loro facce, pensavano che a-
vesse ecceduto col vino. "Mr. Meddows è più anziano
del nostro stesso padre e, diciamo, non gode della nostra
stima. Purtroppo, Lord Hemsworth la pensa altrimenti
e, ebbene sì, ha mandato mia sorella qui a Trerice in una
sorta di esilio, perché cedesse alla loro unanime decisione, nell'impossibilità di costringerla esercitando la patria
potestà."

"Ma è terribile!" esclamò Amelia colpita.

Thomas sentì scattare un campanello d'allarme: se
George avesse continuato su quella linea avrebbe detto
qualcosa di troppo, compromettendo definitivamente la
situazione di sua sorella.

Sollevò il calice tossicchiando. "Propongo di brindare
a Mr. Meddows, allora, che ci ha permesso di avere fra i
nostri Miss Gray. E, già che ci siamo, brinderei anche al
suo felice insuccesso."

Hamilton sogghignò "Salute!" e anche gli altri si uni-
rono al brindisi.

Pericolo scampato.

Il resto della cena proseguì senza intoppi, mentre Thomas si domandava da cosa dipendesse lo strano atteggiamento di George. Si ripromise di parlargli alla prima
occasione.

Joanne resse in modo invidiabile il terzo grado di Amelia, senza rivelare troppo e aggiudicandosi la sua incondi-
zionata simpatia e il suo appoggio. Anche gli altri membri
del gruppo le manifestarono solidarietà: gli unici a non
essere a parte della verità erano Lord Burnett e O'Donnel,
e fu la loro reazione che Thomas si trovò a spiare.

In particolare, Lord Burnett pareva colpito e partecipe della triste sorte di Joanne. Thomas avrebbe voluto
gioirne, ma non riuscì a farlo quanto avrebbe desiderato.

Russel si estraniò dalla conversazione, non appena la serata tornò sui binari della solita vacuità. Osservava i suoi ospiti, cosa che amava fare spesso, valutandone i comportamenti. Ma quella sera, lo fece con un'inquietudine che non gli era solita.

Joanne camuffava molto bene il turbamento che sicuramente ancora provava. Era ammirevole, ed egli si trovò a considerare quanta forza d'animo avesse la ragazza, che stava affrontando una prova dopo l'altra con grande coraggio.

Thomas si sentiva in colpa verso di lei, per la propria incapacità di controllo in quegli ultimi due giorni. Sebbene si fosse ripromesso di starle lontano dopo il deplorevole episodio della galleria, non era riuscito appieno nei propri intenti.

Aveva imparato a domare i propri sentimenti, scegliendo la tranquillità di una vita senza passione, e sarebbe stato coerente a se stesso anche questa volta. Gli era tuttavia bastato toccarle una mano, starle accanto, incrociare con lei il proprio cammino per rischiare di cedere e venir meno alla propria determinazione.

Joanne lo aveva colpito in molti modi e continuava a stupirlo: egli era abituato a vincere con la volontà il richiamo della carne, ma l'attrazione che provava per lei andava oltre. C'era un'affinità di spirito che in continuazione lo sorprendeva, c'era la vivacità intellettuale di lei che lo attraeva quasi più della sua bellezza e del suo inconsapevole fascino. Scacciò con prepotenza quelle pericolose considerazioni: Joanne non era per lui.

Gli sembrava davvero impossibile che William nemmeno l'avesse notata, pensò, provando un misto di disappunto e gelosia. Forse, ancora mancava la spinta giusta perché l'interesse di Lord Burnett sfociasse in affetto...

Thomas cercò di convincersi che fosse solo questo a impedirgli di gioire dei progressi nel rapporto fra i due. Certo, Amelia avrebbe svegliato nel fratello ogni possibile sentimento di solidarietà verso l'amica, ma non sarebbe bastato per smuovere il giovane Lord dalla sua solita, quasi proverbiale apatia.

Thomas continuò a osservare la compagnia, intenta in un gioco di società a cui egli aveva rifiutato di partecipare. Anche George, decisamente alticcio, si era isolato e rimuginava accanto al fuoco, sfogliando la sua rivista favorita. Russel valutò se cercare di parlargli, ma desistette.

Bisognava, ora più che mai, accelerare i tempi. Joanne aveva ricevuto, era vero, una buona proposta anche da Hamilton, ma non era parsa convinta. Anzi, quando gliene aveva parlato, gli era sembrata quasi addolorata. Stupidamente, Thomas ne aveva gioito, ma aveva cercato di convincersi che dipendesse dal desiderio di vederla accasata con Lord Burnett.

L'arrivo di quel Meddows lo aveva messo in allarme. E doveva aver avuto lo stesso effetto su George, che si stava comportando come uno scolaretto spaventato. Quell'uomo doveva essere molto influente sulla loro famiglia e a Thomas non era sfuggita la sicumera con cui aveva cercato di imporsi a Joanne. Arrivando lì doveva essersi aspettato di trovarla disperata e pentita. Magari aveva pensato di presentarsi come un salvatore, proponendosi per ricondurla nelle grazie paterne e in società. L'aveva trovata, invece, ferma e serena, circondata da nuovi amici, e questo avrebbe spiazzato chiunque fosse giunto per sfruttare a proprio vantaggio la situazione. Ma non lui. C'era ancora qualcosa da aspettarsi da quell'uomo.

La mattina dopo ebbe l'occasione che sperava di incontrare George prima che altri si presentassero per la colazione. Aveva un aspetto pesto, segno che la sua ebbrezza della sera prima non era stata un'impressione.

"Reduce da una serata difficile" lo apostrofò.

"E sarà solo l'inizio" brontolò George. "Prevedo guai a frotte con questa sortita di Meddows."

Russel si sedette di fronte a lui, dopo essersi servito un piatto di carne fredda e uova. George pasticciava con la forchetta, incapace di mandare giù un boccone. "Spiegami, così vedrò di aiutarti. E di aiutare tua sorella, soprattutto."

George sogghignò, sarcastico. "Non so chi sarà più nei guai, quando Meddows si presenterà qui oggi. È un segugio: capirà che abbiamo tramato qualcosa, anche se non è detto che scopra i nostri piani. E in men che non si dica, vedendomi qui, farà domande sui miei studi. E la verità verrà a galla: in meno di una settimana Lord Hemsworth avrà rimesso i suoi rampolli al loro posto!"

Thomas lo fissò accigliato. "Sei un uomo o no? Prendi in mano la tua vita e accettane le conseguenze" gli disse quasi con rabbia. "È tua sorella che non ha altra difesa oltre a noi."

George avvampò. "Lo so, certo! E sono qui per questo, ma pensavo, speravo… che qualcosa si muovesse prima di dover affrontare le ire di mio padre."

"E così deve essere. Se non vuoi vedere tua sorella sposata a quell'individuo conviene che ti decida a prendere le sue difese in modo chiaro."

Il giovane si incupì e non rispose: Thomas comprese che la situazione doveva essere più complessa di quanto apparisse e, per un attimo, accarezzò l'idea di non approfondire. Poi pensò allo sguardo terrorizzato e supplicante di Joanne, quando Mr. Meddows l'aveva avvicinata in quel modo sgradevole, e comprese di non poter ignorare quella muta richiesta d'aiuto.

George sembrava concentrato a sorbire la propria tazza di tè, con un atteggiamento quasi infantile che lo irritò: si aspettava almeno una risposta e l'amico sembrava intenzionato a tacere.

"E dunque?" lo apostrofò.

L'altro lo sogguardò per un secondo. "Sono certo che Joanne riceverà una buona proposta prima che la situazione precipiti. E se non accadrà, parlerò con mio padre."

Thomas si pose di fronte a lui, come per attirare la sua attenzione. Fra di loro il tavolo addobbato con una candida tovaglia di fiandra, su cui facevano bella mostra l'argenteria e le leccornie pronte per la colazione. Sir Russel posò le mani così pesantemente che provocò un tintinnare di stoviglie abbastanza forte da distogliere George dalla sua apparente distrazione.

"Hai delle responsabilità, George. Non sei più il fratellino minore che ha bisogno di protezione: tocca a te occuparti di lei."

George ebbe un lampo negli occhi. "Siamo amici, Thom, e ti sono grato per quanto stai facendo, ma questi sono consigli non richiesti." Si alzò da tavola, gettando il tovagliolo con un gesto nervoso. "Mi domando…" si interruppe, incerto, poi aggrottò la fronte. "C'è qualcosa fra te e Joanne?" domandò a bruciapelo.

Thomas spalancò gli occhi, spiazzato. "Ma che ti viene in mente?" Era così stupito da non riuscire a dare un tono arrabbiato alla risposta. "Sai bene che ho preso una decisione, molto tempo fa."

George strinse le labbra. "Una decisione stupida, l'ho sempre sostenuto. La morte di Madeline non è stata una tua responsabilità e anche se fosse, non è un motivo per chiuderti in questo assurdo celibato: hai sofferto abbastanza per quella brutta storia."

Sir Russel sentì le spalle crollare. Era sempre così, quando pensava al passato, il peso dei ricordi era troppo da reggere. Avrebbe voluto rispondere a tono a George, magari anche prendersi la soddisfazione di insultarlo come meritava, ma l'onda lo travolse.

Madeline. Madeline che lo aveva abbandonato, scegliendo un partito migliore, lo aveva deluso e condotto sull'orlo della pazzia.

Si era quasi rovinato, con l'alcol e col gioco per la crudele delusione d'amore che aveva subito da lei. Ma non era stato solo quello che lo aveva portato a chiudere il cuore a qualunque altra possibilità di amare.

Erano passati mesi da quando Thomas aveva ripreso in mano le redini della propria vita ed era tornato a un'esistenza regolare, quando all'improvviso, una notte, Madeline era tornata.

Egli non aveva mai saputo che cosa l'avesse condotta in piena notte a casa sua, in abito da sera e visibilmente alterata, per supplicarlo di fuggire insieme. Era stato penoso, terribile: le profferte di lei, le lacrime, il pentimento, le nuove promesse… a cui egli aveva risposto solo con perplessi rifiuti.

L'aveva respinta, ricordandole che lei aveva già fatto una scelta sposando un altro. Era stato cortese e distaccato e l'aveva mandata a casa, offrendole la propria carrozza.

Nessuno aveva mai saputo che cosa fosse accaduto, quella notte: dopo che il cocchiere l'aveva lasciata davanti al cancello, Madeline non era rientrata.

L'avevano trovata il giorno dopo, in un capanno non distante dalla casa dove viveva col marito: si era impiccata.

Thomas si riscosse dalle immagini di quei giorni lontani solo quando George gli rifilò una pacca amichevole sulla spalla. La tensione nello sguardo di entrambi aveva lasciato spazio solo a una profonda tristezza.

George era l'unico a sapere tutta la storia, l'unico che gli era stato accanto anche in quel drammatico frangente, quando l'onda dello scandalo aveva travolto la memoria di Madeline: solo per un soffio Thomas era rimasto indenne dai pettegolezzi, anche se la notizia del loro incontro a casa sua, nel cuore della notte, aveva rischiato di diffondersi trascinando anche lui nel fango.

"Ti ho già detto tante volte come la penso" osservò il giovane. "E se fosse proprio mia sorella la persona che può liberarti dal peso di questa dolorosa esperienza, potrei solo esserne felice."

Thomas scosse il capo risoluto. "No, non temere: tua sorella è al sicuro, non sarò io l'uomo che la chiederà in moglie. Né ora né mai."

Joanne meritava di essere felice e questo, Thomas ne era certo, significava stare lontano da lui.

14

Una gelida carezza sulla guancia la destò dal sonno. Dita fredde, tanto da sembrarle umide, le sfioravano il viso, ma quando Joanne aprì gli occhi non c'era nessuno nella stanza, ancora immersa nella penombra dei pesanti tendaggi e della mattinata ormai invernale.

Aveva sognato quelle dita? Mentre si stiracchiava pigramente fra le coperte, la giovane cercò di convincersene. Troppe emozioni, troppe preoccupazioni rischiavano davvero di condurla alla follia.

Un sogno.

Poteva ancora girarsi sul fianco, nel tepore e nel conforto del letto, e riprendere sonno. Così fece, e nel girarsi la vide.

Joanne si paralizzò. Stava ancora sognando? Non riusciva a spiegarsi ciò che i suoi occhi le mostravano: accanto al camino ancora spento, poteva intravedere con sicurezza una figura umana, una sorta di sagoma fatta di nebbia, apparentemente dalla consistenza evanescente, ma così densa da non darle dubbi. Una donna, una figura femminile dalla lunga veste, fluttuante di vapori, stava ferma e ritta a pochi passi da lei, con le braccia stese lungo ai fianchi. Pur nell'ombra, quella forma sembrava prendere attimo dopo attimo una sua consistenza.

La giovane avrebbe giurato di poterne avvertire l'angoscia, di sentirne il sospiro addolorato.

L'ombra sollevò una delle diafane braccia, poi lentamente anche l'altro, quasi cercasse di abbracciare qualcuno o qualcosa davanti a lei, ma prima che Joanne potesse capire le sue intenzioni, la figura scomparve d'improvviso.

La sua sparizione la terrorizzò più di quanto avesse fatto la sua presenza.

Chi era quella donna? E perché si era presentata a lei?

La ragazza impiegò vari minuti prima di decidere di muoversi, e lo fece solo quando il cigolio leggero della porta annunciò l'arrivo della cameriera, giunta a riattizzare le fiamme del camino.

In preda all'agitazione si vestì in fretta e furia, per correre nella sala da pranzo. Solo quando fu pronta per scendere, l'emozione e l'eccitazione per l'apparizione dello spettro si spensero: come una doccia fredda, piombò su di lei il ricordo della presenza di Jeremy. L'uomo poteva essere persino già arrivato alla villa.

Crollò a sedere, sotto lo sguardo sempre più interrogativo di Sally, che aveva assecondato in silenzio la sua inspiegabile fretta e ora non comprendeva l'improvviso scoramento di Joanne.

"Mr. Meddows è qui" sospirò quest'ultima.

Sally sbiancò. "Qui alla villa?" domandò.

"No, Sir Russel non gli ha chiesto di restare, ma è alloggiato qui vicino." Brevemente raccontò il rapido incontro della sera precedente.

"Oggi devo portare a Kestle Mill il vostro articolo... vado ugualmente? Ho paura di incontrarlo..."

Joanne guardò il plico che aveva preparato da spedire. Era appoggiato sul camino, proprio accanto a dove la dama grigia era apparsa poco prima.

"Sì" decise: Jeremy non le avrebbe impedito in nessun modo di vivere la propria vita come desiderava.

In preda a emozioni contrastanti, Joanne scese al piano di sotto, dove sperava di trovare il suo anfitrione per potergli parlare dell'apparizione nella camera, ma con un poco di delusione trovò soltanto Lord Burnett, alle prese con un uovo alla coque che egli stava meticolosamente assaporando, seduto al grande tavolo preparato.

Joanne si rimproverò di essersi attardata troppo a lungo nelle spiegazioni date a Sally: di certo Thomas aveva consumato la propria colazione molto tempo prima.

"Miss Joanne!" esclamò Lord Burnett alzandosi in piedi. "Sono estremamente lieto di vedervi… così splendidamente in forma."

Smith, il maggiordomo, che già si stava avvicinando per accompagnarla al tavolo, si fermò rispettosamente a qualche passo di distanza, quando il gentiluomo si precipitò a scortarla fino al suo posto a tavola.

Joanne sorrise distrattamente per ringraziarlo della solerzia e, voltandosi verso di lui, notò sorpresa il gesto con cui Lord Burnett stava congedando il servitore.

Invece di accompagnarla al tavolo, poi, Burnett la spinse con ferma gentilezza verso il monumentale camino in candido marmo, nel quale ardeva un fuoco scoppiettante.

Con affabilità le sorrise di nuovo, senza lasciarle andare la mano che aveva trattenuto fra le sue.

Joanne si sentì avvampare, non era affatto preparata a quell'ennesima circostanza da gestire e sperò che la mano, stretta da quelle fresche e fin troppo morbide del gentiluomo, non diventasse scivolosa per il sudore.

"Mia cara Joanne" le disse lui, avvicinando il volto in modo confidenziale. "Sono molto in pena per voi. Ieri sera mia sorella e io abbiamo parlato a lungo della vostra situazione. Amelia è vostra amica, ha preso estremamente a cuore le vostre sorti: è stata lei a suggerirmi di anticipare quanto avevo già in animo. Perdonerete perciò se questa mia proposta vi parrà precipitosa..."

Joanne si lisciò con la mano libera la sottana di velluto lilla, giusto per avere una scusa per abbassare gli occhi da quelli d'un azzurro chiarissimo di lui.

Burnett emise un suono a metà fra una risatina e un colpetto di tosse. "Sì, in effetti è molto precipitosa, perché ci conosciamo da poche settimane, ma credetemi, l'opinione di Amelia è che due caratteri come i nostri siano del tutto compatibili e adeguati per un'unione felice. Siate certa che nessuno mi conosce meglio di lei e ha maggior affetto verso di voi. Eccezion fatta per i vostri familiari, s'intende!"

Joanne si morse il labbro, temendo che la tensione nervosa la facesse prorompere in una sonora risata. Era lui o Amelia a volerle fare quella precipitosa proposta?

Un movimento repentino di lui la costrinse a guardarlo. William si era inginocchiato accanto a lei, composto e serio come una statua greca.

"Mia adorata Joanne, posso presentarvi tutto l'ardore del mio affetto e sperare che possa smuovere il vostro cuore, convincendovi ad accettarmi?"

"Lord Burnett..."

"William, vi prego!"

"William, io..." prese un profondo respiro, era in apnea da quando lui aveva cominciato a parlare. "Vi ringrazio per questa proposta così... accorata..."

Il gentiluomo rise piano. "Spero di avervi trasmesso tutta la profondità dei miei sentimenti. E non pensate che siano solo frutto di una rapida infatuazione, perché non sono uomo che prende alla leggera certe cose: la mia posizione non me lo consentirebbe!" Scosse la testa. "Ma ditemi qualcosa, per togliermi almeno da questa scomoda e, ehm, risibile posizione!"

Joanne gli diede una strattonata per aiutarlo a sollevarsi. "Devo chiedervi tempo per pensarci." Non aveva detto la stessa frase appena il giorno prima? Che immenso pasticcio era diventata la sua vita?

"Ma certamente, mia cara. Vi ripeto: avrei atteso un'occasione più romantica per farvi questa domanda, se non fosse subentrato l'imprevisto arrivo del vostro pretendente. Avevo concordato con Amelia che la vigilia di Natale sarebbe stata il momento ideale, ma ho temuto che qualcosa si frapponesse tra noi, in questo intervallo di tempo."

"Avrete una mia risposta molto prima di Natale" lo rassicurò lei, lasciando che William deponesse un bacio sulla sua mano.

Gli rivolse un sorriso formale, sentendo una fitta al cuore. Non provava nulla per lui, non più di quanto provasse per il colonnello Hamilton. Certo, non lo disprezzava quanto Jeremy, ma non era lui l'uomo che le faceva battere il cuore.

In quel mentre, proprio quando Lord Burnett indugiava in quel baciamano piuttosto compromettente, fece ingresso nel salone Sir Russel, intento a parlare con Smith che sostava fuori dalla porta.

Probabilmente gli stava chiedendo cosa facesse lì impalato, ma al suo ingresso si immobilizzò per un istante, dopo aver posato lo sguardo sulla scena: Joanne, mentre ritraeva la mano avvampando, incontrò gli occhi di lui, nei quali passava una serie di avvilenti espressioni: dapprima la fissarono interrogativi, poi attraversati da una genuina sorpresa, accigliati e infine furono distolti con malcelato imbarazzo.

"Temo di avervi interrotto" borbottò.

"No" risposero insieme lei e Lord Burnett, con toni assai diversi. Ilare e giulivo quello del giovane lord, inquieto quello di lei. Nonostante ora evitasse di guardarlo, Joanne sentiva su di sé l'attenzione di Thomas, che forse stava studiando le sue reazioni per capire cosa fosse accaduto.

Si sentiva un nodo alla gola, ben diverso da quello che avrebbe dovuto provare dopo aver ricevuto una dichiarazione così appassionata, e da un pari d'Inghilterra, poi!

"Tanto vale dirtelo subito: ho appena chiesto a Miss Gray di rendermi l'uomo più felice d'Inghilterra, ma questa fanciulla crudele ha deciso di giocare col mio cuore e farmi attendere una sua risposta" disse Burnett. "Ora, se volete scusarmi, vado a riferire ad Amelia le novità. Sono certo che aiuterà volentieri la sua amica a prendere una decisione... a mio favore, ovviamente!"

Detto questo, si congedò e li lasciò soli, in un silenzio che si protrasse oltre il dovuto. Thomas si versò una tazza di tè, senza dirle nulla, e lei dal canto suo aveva paura che le tremasse troppo la voce.

Smith, dopo un breve sopralluogo della sala, si eclissò di nuovo.

"Un ottimo risultato, congratulazioni" commentò Sir Russel con un tono che le parve gelido. "Avevo intuito che William provasse un certo interesse per voi, ma non immaginavo tanto. Si è deciso in fretta, non c'è che dire."

Joanne non rispose subito. Si sentiva avvilita e desiderava solo allontanarsi da lui e da quel tono tagliente. Poi drizzò le spalle e gli scoccò un'occhiata combattiva: non aveva motivi di sentirsi in colpa se Lord Burnett le aveva fatto quella proposta, anzi... per quale motivo doveva sentirsi in colpa per qualunque cosa?

"L'arrivo di Mr. Meddows ha avuto un certo impatto" commentò.

Notò che Thomas evitava di guardarla. "Posso chie-

dervi perché non avete ancora accettato? Spero non sia stato per via del mio arrivo."

Joanne si strinse nello scialle che portava drappeggiato sulle spalle, rabbrividendo. Che cosa poteva dirgli che non la facesse apparire stupida o sfacciata?

Era per lui che aveva esitato, ma non perché era giunto nel salone.

"Questa volta ho il vostro benestare?" domandò ironica.

Le lanciò una breve occhiata. "Non credo che possiate chiedere di meglio, vi pare?" rispose. Si spostò accanto al camino con la propria tazza in mano, assorto. "Dovete mettervi al riparo da Mr. Meddows. Forse vi sembrerò invadente a dirvi questo, ma quell'uomo non mi piace. Se fossi io al posto di vostro fratello…" Si interruppe, d'improvviso innervosito. "Perdonatemi, mi sto impicciando di questioni che non mi riguardano."

Joanne deglutì per scacciare il senso di soffocamento che le lacrime trattenute le procuravano. Non si faceva illusioni: di lì a poco Meddows sarebbe arrivato e sarebbe stato meglio per lei avere un ottimo argomento per dissuaderlo da ogni ulteriore proposta; l'imminente fidanzamento con un Lord era una motivazione decisamente efficace.

Poteva, ormai, considerarsi al riparo da quell'uomo. Eppure, quello che provava ora era peggio di tutti i tormenti causati da Jeremy, era la sensazione di tradire se stessa, di andare incontro ad altrettanta infelicità accettando chiunque non fosse colui che aveva davanti in quel momento.

Lo osservava, rigido nella sua elegante postura, con la figura alta e snella che si stagliava davanti alle fiamme del camino. La giacca di velluto grigio sottolineava, grazie alla perfetta fattura, il fisico longilineo ma ben tornito. Guardarlo le portò alla mente quando si erano trovati da soli a casa della zia; le sembrava trascorsa una vita,. Allora si era creata una strana intimità fra loro, una sensazione che l'aveva sempre accompagnata quando si era trovata in presenza di Thomas. Anche in quel momento, faticava a non avvicinarsi a lui, appoggiarsi alla sua schiena e cingergli la vita.

Joanne avvampò, rendendosi conto di quanto fossero assurde e sconvenienti quelle fantasie. Nonostante ciò, si accostò a sua volta al camino.

"Vi sono grata per tutto quello che avete fatto per me. Nessuno è mai stato gentile e premuroso come voi" gli disse, sincera. Anche George, in fin dei conti, non aveva fatto altro che affidarla alle cure di qualcun altro, proseguendo per la propria strada.

Forse era tutto lì: Thomas era stata la prima persona a prendersi, personalmente, cura di lei. Quel pensiero, invece che consolarla, le gettò sul cuore il peso di una profonda tristezza. Si sentiva sola come mai.

"Dovere, Miss Gray" replicò lui formale, mentre deponeva la tazza sul tavolino posto lì accanto. Pochi attimi e si sarebbe congedato da lei con una scusa.

Joanne piegò le labbra in un sorriso forzato. Nel suo cuore si agitava una tempesta che non poteva far trapelare, che non voleva far trapelare. O forse sì? Sarebbe bastato così poco, per liberarsi dal peso che la opprimeva…

"*Non sposerò Lord Burnett, sono innamorata di te*" si immaginò di dire. Che cosa avrebbe fatto lui? Che cosa le avrebbe detto? Come sarebbe stato far uscire quelle parole in un soffio dalle labbra?

"Vi sentite bene?" le domandò a un tratto Thomas.

Si rese conto di essere diventata paonazza, presa da quelle

assurde fantasticherie. Doveva essere rimasta imbambolata a fissare davanti a sé come una pazza. Si volse verso di lui, che la fissava preoccupato. E qualcosa in Joanne scattò.

"No, non mi sento bene!" esclamò esasperata. "Thomas, io non credo che ce la farò. Non posso…" stava per dirlo. Stava per uscirle davvero tutta la verità, ma la voce le morì in gola. Strinse le labbra che le tremavano e gli rivolse uno sguardo supplichevole.

***

Thomas capì benissimo che cosa lei stava per dirgli. Non aveva bisogno di sentirlo dalla sua voce, con altre parole: gli bastava guardarla, gli bastava vedere la luce che infiammava i suoi occhi scuri, il viso arrossato dall'emozione e dall'agitazione, l'espressione mortificata del viso che non era certo quella di una giovane e felice fidanzata.

Sapeva perché. Non c'era bisogno d'altro che avvicinarsi a lei e raccogliere dalla sua bocca quel bacio che Joanne desiderava donargli. Ma se lo avesse fatto, su quelle labbra Thomas avrebbe dovuto deporre tutto se stesso e non era pronto per farlo, non lo sarebbe stato mai.

Aveva già avuto esperienza di un bacio di quella donna e sapeva quanto gli avrebbe acceso i sensi, quanto lo avrebbe strappato da quel poco di pace che si era guadagnato.

Eppure, ogni volta che la guardava, niente gli sembrava più sicuro. Joanne era un pericolo, con la sua inconsapevole sensualità. Come in quel momento, in cui il lieve tremore delle labbra le rendeva un'irresistibile tentazione.

Rimase a fissarle per un lungo istante, avvertendo la propria eccitazione crescere quando lei con un movimento involontario se le umettò.

Non aveva certo dimenticato l'impetuosa passione che si era scatenata fra loro e si accorse di essere sul punto di cedere di nuovo all'impulso di impadronirsi di quella bocca così invitante. Resistere fu la cosa più difficile che avesse mai fatto, ma si impose con tutte le sue forze di non cedere.

Non riuscì, però, a resistere al desiderio inarrestabile almeno di sfiorarla.

Con gentilezza, le posò le mani sulle spalle, dalle quali avrebbe invece voluto far scivolare via lo scialle, per poter scoprire nuda pelle da assaporare e carezzare.

"Sono certo che sarete molto felice. William è una persona degna della massima stima. Non posso davvero pensarvi accanto a una persona migliore."

"A parte… voi."

Quella frase ebbe il potere di riscuoterlo del tutto dalla magia. Madeline si frappose fra loro con la sua ombra ingombrante, ed egli quasi ne fu grato, perché sarebbe bastato molto poco e forse…

Si allontanò bruscamente. "Persino il vostro Mr. Meddows sarebbe migliore di me, credetemi." Tentò di sorriderle rassicurante, ma si accorse che Joanne leggeva in lui come in un libro aperto ed egli non poteva nasconderle la propria pena. "Sarete felice, Joanne. Io… desidero solo che voi siate felice."

Doveva andarsene da lì prima che lei dicesse qualcosa che gli avrebbe fatto cambiare idea, ma provvidenzialmente, proprio quando egli già si stava allontanando, e aveva cominciato a biascicare qualche scusa patetica, arrivò Smith accompagnato dal visitatore che né lui né Joanne avevano sentito arrivare.

Meddows aveva giusto aspettato che l'ora fosse appena accettabile per far visita a Trerice.

Subito, al suo arrivo, Thomas istintivamente si mise sul chi vive. Non gli piaceva come guardava Joanne, essendo un uomo sapeva bene che cosa significavano quegli sguardi e quegli atteggiamenti di cui la faceva bersaglio.

Dato che la tavola era ancora apparecchiata per la colazione fu costretto a offrirgli un piccolo rinfresco, che fu accettato con piacere.

"Fa un tale freddo oggi! E mi avevano detto meraviglie sul clima della Cornovaglia!" disse ridendo Meddows, sorbendo con gusto un sorso di tè bollente. Era loquace, quella mattina, quanto lui e Joanne erano taciturni e non mancò molto che l'uomo se ne accorgesse e ne chiedesse conto alla giovane donna.

Joanne si giustificò senza in effetti dire nulla di preciso.

"Sono lieto che non sia la preoccupazione per vostro padre a rendervi così seria stamane."

"Mio padre?"

Quella frase, buttata lì con studiata noncuranza, attirò l'attenzione anche di Thomas.

Jeremy assunse un'aria afflitta. "Nulla che non si possa risolvere. Abbiamo avuto qualche piccolo incerto negli affari. Ma niente che comprometta in effetti la vostra condizione."

Joanne cercò rifugio negli occhi di Thomas.

"Come sapete Miss Gray non ha più avuto notizie del padre da tempo. Certamente se i problemi che lo affliggono fossero gravi l'avrebbe avvertita."

"Infatti. Mi scuso, mia cara, se vi ho preoccupata" replicò l'uomo. "In effetti, forse sono io a dover chiedere a voi notizie della vostra famiglia. Al villaggio sono stati piuttosto generosi nel porgermi particolari della vita al castello, così lo chiamano, e fra i vari illustri ospiti mi è parso di aver sentito annoverare anche uno studioso. Che mi ha, curiosamente, ricordato…"

"Sì, George è venuto a trovarmi."

Thomas fu lieto di sentir tornare il tono battagliero di Joanne e celò un sorriso sollevato.

"Visto il modo indegno con cui sono stata trattata da mio padre per via della vostra proposta, mio fratello ha avuto la gentilezza di sincerarsi sulle mie condizioni di vita attuali. E si è fermato qui, a Trerice, come ospite del suo amico."

Thomas cominciò ad avvertire qualcosa di più, in quelle parole. Non era più sicurezza, ma esasperazione e questo non era affatto un bene.

Stava cercando di distogliere la conversazione da quei tasti pericolosi, quando arrivò il resto della compagnia al completo: William a braccetto con sua sorella e, un passo indietro, George col colonnello e Declan.

Fu un momento piuttosto confuso, perché Amelia aveva fatto il suo ingresso lamentandosi di qualcosa con i toni acuti di una giovane donna in cerca di attenzione, e si era accorta dell'ospite solo dopo un certo tempo.

Alla vista di Thomas, Joanne e Meddows però si era ammutolita.

I minuti successivi erano stati penosi e imbarazzanti. Fu lasciato un ampio spazio a tutta una serie di frasi di circostanza, presentazioni, saluti, che confusamente partivano da una parte o dall'altra. Le uniche certezze erano l'agitazione di George, la tensione di Thomas, la freddezza di Burnett e Hamilton e il silenzio preoccupante da parte di Joanne. Declan tentò di usare un tono affabile, ma il gelo generale lo convinse a ritirarsi in un neutrale silenzio.

"E dunque questa deliziosa compagnia si è riunita per un fantasma?" rise Jeremy, quando Amelia, nel corso della conversazione stentata che seguì, gli riferì qualche informazione circa la loro presenza.

"Non ci ha dato molta soddisfazione, per ora" ammise la giovane, un poco corrucciata. "Ma da qui a Natale sono certa che avremo maggior fortuna."

Jeremy parve sinceramente meravigliato. "Pensate di restare così a lungo? La stagione è in pieno corso e pensavo che Lord Burnett avesse impegni politici."

"Oh, be', avevamo idea di tornare a Londra dopo Natale. Anche per..." Amelia si interruppe di colpo e sussultò in modo appena percettibile. Chiaramente aveva capito che non era ancora il caso di parlare della proposta di William davanti a quell'uomo, ma se ne era accorta troppo tardi per evitare la frase in sospeso.

Thomas sperò che a Meddows fosse sfuggita la reazione di lei, ma quest'ultimo era un acuto osservatore, tanto da sembrargli costantemente uno sparviero in caccia.

"Per... che cosa, milady?" domandò infatti mellifluo.

Amelia, colta in fallo, fece la cosa più stupida possibile: guardò prima Joanne, poi suo fratello. E lo sguardo di Jeremy seguì, implacabile, il suo.

***

Joanne era rimasta in una sorta di limbo per quasi tutta la conversazione. Li guardava, uno a uno, come attraverso un vetro. Si sentiva lontana da tutto quasi fosse un sogno.

Osservava Meddows, che sembrava dominare la situazione con le sue domande mirate e attente, con le sue allusioni che puntavano a minare la sua sicurezza. Ma non aveva più potere su di lei, Joanne lo sentiva con un distacco che quasi la impressionava.

Scrutava George, spaventato. Forse il giovane temeva che a qualcuno sfuggissero parole sulla sua carriera accademica. O forse paventava di dover prendere le parti di sua sorella nel caso Jeremy cercasse alleati per convincerla a sposarlo. Già, George ancora non poteva sapere della proposta di Lord Burnett...

Poi c'erano Lord Burnett e Hamilton. Entrambi, se ne era accorta, la tenevano d'occhio, in attesa di un suo cenno, di una sua parola. L'avrebbero volentieri difesa da Jeremy, se solo lei avesse mostrato di aver bisogno del loro sostegno. Hamilton e la sua proposta pratica e senza trasporto, William con i suoi affettati sentimenti, forse suggeriti e pilotati da Amelia più che dal suo cuore.

E Thomas? Chi era quell'ombroso figuro che riusciva a malapena a gestire una conversazione coi propri ospiti? Come poteva, lei, amare un tipo del genere, uno che così a fatica si relazionava col prossimo? Eppure Joanne aveva di lui una percezione diversa. Era come se sapesse di poter comunicare con quell'uomo come nessun altro. Di tutti i presenti, era l'unico con cui, in quel momento, sentisse un vero legame. L'unico che le importasse davvero non perdere, ma che, in fondo, non le era mai appartenuto.

Le tornò in mente la dama in grigio. Quella figura drammatica che solo poche ore prima le era comparsa nell'atto di cercare un disperato abbraccio.

Ora Joanne lo sapeva, perché il fantasma di quella donna misteriosa aveva teso le braccia verso di lei: stava cercando di dirle qualcosa. Forse, stava cercando qualcosa, un segno d'affetto che le era stato negato in vita. Era come se Joanne, ripensando a ciò che aveva visto, potesse tornare indietro e percepirne ogni emozione. Poteva sentire non solo le proprie, ma anche quelle della triste figura.

Era stato forse un presagio? Quello spettro carico di

dolore aveva voluto anticiparle quanto le sarebbe toccato affrontare quella mattina?

Non ne era sicura, ma era certa che anche a lei, in mezzo a tutta quella assurda situazione, l'unica cosa che mancava erano le braccia di Thomas. Le sembrava quasi di poter vedere la propria anima tendersi e anelare a lui come aveva fatto, nell'ombra, lo spirito.

Lei e la dama in grigio non erano diverse, erano due aspetti della stessa anima, in tempi e storie differenti; erano, forse anime gemelle che al di là del tempo e dello spazio avevano scoperto di potersi comprendere.

Thomas era il loro punto d'unione e quello di separazione. Era come un ciclo incapace di chiudersi. C'era qualcosa che ancora le sfuggiva, ma era come se dentro di lei si facesse largo, sempre più chiara, quella certezza.

E mentre Joanne prendeva stranamente coscienza di ciò, doveva cimentarsi in una conversazione a ostacoli con tutta quella gente raffazzonata lì per lei.

Una gioiosa compagnia a caccia di fantasmi nel mezzo della solitaria campagna inglese, ma riunita al solo scopo di permettere a lei di sfuggire a un molesto pretendente grazie a una miglior proposta.

E lei, innamorata dell'unico che non avrebbe mai potuto avere.

C'erano ben tre uomini disposti a portarla all'altare in un battibaleno. C'era una Lady che desiderava soltanto potersi dire sua sorella, ma che in fin dei conti voleva soltanto la libertà che il matrimonio fra Joanne e il fratello le avrebbe restituito. C'era un povero giovane irlandese, che a quanto pareva seguiva ovunque la lady, tentando, in modo inutile e patetico, di attirare la sua attenzione.

C'era George, fratello amatissimo, ma forse cresciuto senza il senso della responsabilità perché lei, per troppo affetto, lo aveva viziato. George incapace di prendere una posizione chiara, sempre alla ricerca di qualcosa di inafferrabile, di astratto. Forse la conoscenza, forse la felicità. E che in quel modo rischiava di non divenire mai l'uomo che lei aveva sperato fosse.

Joanne d'un tratto proruppe in una sonora, vivace risata, così estemporanea che ammutolì tutti in un colpo.

E più gli occhi del gruppo si volgevano a lei smarriti e incuriositi, più Joanne si trovava incapace di trattenere le risa.

Arrivò ad avere le lacrime agli occhi.

"Scusate…" esalò appena ebbe un poco di fiato per spiegarsi. Incontrò solo per una frazione d'attimo lo sguardo di Thomas, impietrito e allarmato, ma lo ignorò ostinata.

Joanne si ricompose nel silenzio della sala, e riprese prima che qualcuno intervenisse per stemperare la situazione.

"Scusate" ripeté con voce più ferma. "Credo che sia ora che tutto questo abbia fine, che ne dite?" sorrise con affetto, e scoprì di provarne davvero tanto, per Amelia, la sua prima vera amica. E fu un sorriso d'affetto e di scusa. "Mi chiedo… chissà come racconterebbe questa storia il mirabile giornalista John Gray."

"Quale storia, milady?" domandò gentilmente Declan O'Donnel.

Joanne si versò una nuova tazza di tè. "La mia e vostra, signori. George, sei un caro fratello e ti voglio bene. Hai fatto davvero l'impossibile per aiutarmi, questa volta, ma tu e io non abbiamo pensato alla soluzione più semplice per tutti: che forse dovevo salvarmi da sola."

"Joanne, forse non vi sentite bene" suggerì Thomas, rischiando di farla scoppiare in una nuova risata.

"No, ora sto benissimo, grazie!" gli rispose, e si accorse quanto era difficile controllare la voce affinché non le uscisse stridula. Ancora, evitò di guardare lui.

"Mr. Meddows, come già vi ho ribadito in molti modi, non intendo sposarvi. Non mi piacete nemmeno come persona, perdonate la mia franchezza: tornate a Londra quanto prima, riferite questo a mio padre e se volete, riferitegli anche che dovrà trovare, se già non lo ha fatto, qualcun altro che gestisca Hemsworth Manor, dato che siamo entrambi d'accordo sul fatto che d'ora in avanti quella non sarà più la mia casa."

Il volto di Jeremy divenne una maschera viola di rabbia, ma non perse un grammo della propria sicurezza. "Le vostre sono parole da cui non si torna indietro, lo sapete? Almeno ditemi, come pensate di mantenervi? Cos'è, sperate in qualche proposta migliore, immagino!"

Joanne ignorò la provocazione. Strinse convulsamente i lembi dello scialle fra le mani, per scaricare i nervi. "Non è che ci spero. L'ho ricevuta, in effetti, ma..." sorrise a Lord Burnett e al colonnello Hamilton che ricambiarono, alquanto smarriti, il sorriso, "ma non accetterò. Lord Burnett, sono davvero lusingata e grata per quanto mi avete offerto, ma ciò che sto per dire credo che cambierebbe le cose anche per voi..." Le tremò la voce, ma con un colpetto di tosse cercò di riprendersi. Era dura, durissima, ma ce l'avrebbe fatta. "Mi manterrò col mio lavoro. Non ho bisogno di altro che di me stessa."

"Che cosa dite, cara?" esclamò Amelia angosciata, "non voglio immaginarvi nell'avvilente ruolo di istitutrice!"

"No, infatti, penso che non sarà necessario, visto che già ricopro un disdicevole impiego da giornalista, sotto falsa identità... ed ecco perché vostro fratello non avrebbe davvero alcun vantaggio a sposare me. Provate a immaginare lo scandalo se si sapesse! In ogni caso, ho capito che è peggio diventare la moglie di un uomo che non amo, piuttosto che reietta in una società a cui, in fin dei conti, non appartengo."

Quell'affermazione fu, come si aspettava, seguita da un borbottio e da una serie fitta e indefinita di domande, a cui non si prese la briga di rispondere.

"Come vedete, Mr. Meddows, non sarei proprio stata la moglie ideale. Che figura ci farebbe un uomo come voi con una moglie che di nascosto mantiene un'attività così scandalosa?"

Jeremy non disse nulla. Si alzò, con un borbottio dai toni irosi si congedò dal padrone di casa e dagli altri, senza aggiungere altro.

Joanne sospirò, aveva l'impressione di essere rimasta in apnea e di aver bisogno di aria. Le fece male notare come tutti tenevano ora gli occhi bassi, Thomas compreso.

"Mi dispiace. Mi dispiace per tutto. Vi chiedo perdono…" Sollevò gli occhi alla grande vetrata. Fuori stava cadendo qualche fiocco di neve, la prima nevicata della stagione. "Appena sarò pronta tornerò da mia zia, sarà meglio non imporvi oltre la mia presenza."

"Non è necessario" disse Thomas, ma Joanne strinse le labbra in una sorta di sorriso.

"Miss Gray, non siete obbligata. Penso piuttosto che faremo ritorno a Londra mia sorella e io" si affrettò a dire Lord Burnett, ancora sconcertato.

"Devo andare. È ora che cominci la mia nuova vita, ho già aspettato troppo."

Incapace di reggere oltre lasciò il salone, cercando di non correre via, come le sue gambe le suggerivano di fare.

Era l'ultimo atto e fu fiera di sé: uscì di scena da vera signora.

15

Fu un grande sollievo trovarsi da sola nel corridoio. Non voleva fermarsi a pensare, ma solo chiamare Sally, raccogliere le proprie quattro cose e fuggire a casa della zia.

Ormai non poteva tornare indietro, aveva preso una strada senza altre vie d'uscita e, tutto sommato, questo aveva un che di riposante.

Le dispiaceva solo aver trattato Lord Burnett in quel modo sbrigativo, ma si ripromise di scrivergli il prima possibile una buona lettera di scuse e ringraziamenti: era una scrittrice, se non era capace di metterla a punto lei, non ne sarebbe stato capace nessuno.

Joanne non aveva pronto un vero piano, a parte quello di tornare al cottage di Mary e allontanarsi per sempre da Trerice Manor: aveva solo risposto all'urgenza di chiudere con tutta quella gente, con Jeremy e con il pasticcio in cui, a fin di bene, suo fratello e gli amici londinesi l'avevano cacciata.

In verità, l'unico da cui aveva bisogno di allontanarsi era Thomas, ma la ragazza non voleva pensare a lui, non in quel momento in cui le cose pratiche dovevano avere ogni precedenza.

Il lungo corridoio su cui si affacciava la sua stanza non presentò altri eventi spettrali. La sua camera, rischiarata da una grigia luminosità, non aveva nulla di sovrannaturale.

Forse il fantasma aveva ottenuto quello che desiderava e avrebbe taciuto per sempre, ora che lei se ne sarebbe andata?

Mentre Joanne attendeva l'arrivo di Sally, cominciò a fare i bagagli, chiedendosi chi fosse mai quella donna infelice e da quanto tempo si aggirasse fra quelle mura.

E perché aveva scelto lei?

Joanne per la prima volta nella sua vita si rese conto, con un certo smarrimento, che la realtà non funzionava come la letteratura: non era detto che le sue domande avrebbero trovato risposta. Nei libri tutto trovava perfetto compimento, nell'esistenza umana, invece, le risposte potevano essere considerate un privilegio.

In meno di un'ora fu pronta a lasciare la villa.

Se fosse stato un mondo ideale, Thomas l'avrebbe raggiunta in quella stanza, anzi, non avrebbe avuto indugi: sarebbe uscito insieme a lei dal salone. George, almeno, sarebbe uscito per accompagnarla. Ma non era accaduto.

Thomas le aveva fatto sapere tramite Smith che la carrozza era a sua disposizione. La giovane lasciò che se ne servisse Sally per il trasporto dei bagagli, ma lei preferì andare a piedi, nonostante stesse ancora nevicando.

Fu liberatorio uscire all'aria aperta e lasciarsi avvolgere dal gelo.

Già il prato antistante a Trerice Manor era coperto di un lieve ma uniforme strato bianco e nell'aria volteggiavano leggeri fiocchi, più simili a ghiaccio che a morbida neve.

Joanne li osservò per un po' librarsi e danzare nel vento, grigie farfalle contro il cielo greve e lucente.

Passo dopo passo lasciò l'ingresso della villa e il giardino. Volle voltarsi solo prima di svoltare lungo il muro di cinta che le avrebbe tolto la visuale della casa.

Sperava, anche se non lo ammetteva nemmeno a se stessa, di vedere Thomas correre lungo il vialetto per fermarla. Ma neppure questo accadde.

Una nuova vita.

Girando quell'angolo ebbe la sensazione di entrarvi quasi fisicamente. Vi entrava portando nel cuore la pena profonda di un amore che non avrebbe mai trovato compimento e l'eccitazione di poter davvero prendere in mano le redini del proprio destino, senza dover rendere conto ad alcuno. Decise che avrebbe fatto ogni sforzo per reprimere la prima e per trarre linfa dalla seconda. Avrebbe dimenticato Thomas, quello era il suo primo e prossimo obiettivo.

***

Dopo qualche tempo di assestamento, la vita a casa di zia Mary prese un corso regolare e sereno.

Fu George, il giorno dopo, a portare notizie da Trerice e non vi fu nulla di inatteso: nel giro di pochi giorni Lord Burnett Amelia e Declan sarebbero ritornati a Londra. Amelia aveva mandato all'amica un biglietto carico di parole affettuose, in cui le diceva di aver compreso, grazie anche alle spiegazioni di George, la situazione. Era comunque stata una sorpresa difficile da digerire, quella delle attività giornalistiche di Joanne. Il sommo rammarico era tutto per la sua decisione di non sposare William, il quale, secondo Amelia, con un piccolo aiuto da parte sua, avrebbe anche accettato di passare sopra al giornalismo, se Joanne vi avesse rinunciato e non avesse mai diffuso presso altri l'informazione… c'era speranza che lei cambiasse idea?

Joanne si preparò mentalmente a rispondere con cortesia ciò che doveva rispondere.

"Dunque non sposerai Lord Burnett" commentò George, con un sospiro. "Tanta fatica per nulla."

Joanne, che era ancora abbastanza suscettibile, non accolse quelle parole col garbo che di solito riservava al fratello.

"Sforzi?" esclamò ergendosi in piedi, per sovrastare il giovane accomodato sul divanetto.

Zia Mary e Sally si erano dileguate per lasciarli parlare da soli, ma il tono le era uscito così acuto che Joanne si attese di vederle piombare nel salottino spaventate.

"Sforzi di Sir Russell, forse! Non certo tuoi, che da quando sei arrivato hai scambiato con me a malapena due parole, giusto per farmi sapere che vuoi buttare via il titolo e la famiglia per i tuoi studi! Andiamo, George, almeno sii sincero…"

Il giovane si alzò, punto sul vivo. "Sii sincera tu, Joany!" replicò piccato. "Non mi pare che tu mi abbia mai parlato del tuo lavoro, né delle difficoltà in cui ti trovavi a casa. Thomas ne sapeva più di me. E ci sono cose che non ho potuto dirti per evitarti preoccupazioni inutili."

Joanne emise un sospiro; stretta nel suo scialle, cercò di ritrovare compostezza e si sedette.

"Non c'è nulla che tu non possa dirmi" gli ricordò materna, ma per la prima volta, ravvisò nel viso del fratello un'espressione dura, chiusa, che le fece comprendere di aver sbagliato.

George era un uomo.

Lo era diventato nei lunghi anni trascorsi lontano da lei. Era un uomo che lei non conosceva, e che forse, se lei avesse continuato con quel rancore, non avrebbe conosciuto mai. "Se ritieni di volerti confidare" aggiunse piano.

Il giovane annuì, serio. "Ci sono cose che non mi sono chiare, riguardo nostro padre. Ho preso la decisione di mandare un uomo di fiducia a Londra, per capire qualcosa su ciò che fa, su come gestisce gli averi di famiglia.

Devo capire di più... volevo avere in mano qualcosa di certo prima di affrontarlo."

"Che cosa temi?" chiese Joanne, in ansia. Un dolore sordo le attanagliava l'animo: anche lei aveva capito che qualcosa non quadrava e il sospetto che si era fatto strada in lei, in quei mesi, era lo stesso che vedeva riflesso nel volto del fratello.

"Temo giochi d'azzardo. Quel poco che ha detto Meddows non ha che aumentato i miei sospetti: che rimanga ben poco, oltre a ciò che è vincolato al titolo e alla compagnia navale. Forse non poteva permettersi la tua Stagione, o peggio..."

"O peggio: voleva usare me come garanzia con Meddows" Joanne non riuscì a pronunciare quelle parole guardandolo negli occhi, per la vergogna che provava. Per suo padre, per se stessa. Per il loro nome. Ma non aveva più importanza, ora che, incredibilmente, lei e George erano liberi. Lui coi suoi studi, lei col suo talento per le lettere. Liberi di lasciarsi alle spalle tutto quello squallore che qualcuno avrebbe chiamato *onore*.

Erano liberi, ora, anche di volersi bene alla pari: George non aveva più bisogno di una figura che lo proteggesse e lei poteva, infine, mettersi a cercare un equilibrio nuovo. Per amare se stessa un po' di più.

Tutto sommato stava andando tutto come doveva andare.

Joanne cercò di non volere informazioni su Thomas, ma era impossibile che rimanesse fuori dai loro discorsi per tutto il tempo.

Fu George, quando era quasi in partenza, già con la mano sulle briglie, ad aggiornarla sulla situazione a Trerice.

"Domattina partirò per Oxford. Poi, se non troverò urgenze ad aspettarmi, andrò anch'io a Londra. Ha ragione Thomas, è ora che mi prenda le mie responsabilità. A breve, comunque, so che potrò contare sul suo supporto: sta chiudendo la casa."

"Anche lui va a Londra?" si lasciò sfuggire Joanne.

George montò in sella. "Sì, era venuto qui solo su mia richiesta. Ora sembra avere una certa urgenza di tornare ai suoi affari." Per un attimo si rabbuiò. "Per un poco avevo sperato…" Era combattuto in modo palese, ma alla fine parlò. Doveva ritenere la questione delicata, perché scese di nuovo da cavallo e spinse con delicatezza Joanne, invitandola a camminare con lui. "Ho sperato che la tua necessità di trovare un marito smuovesse Thomas dai suoi tormenti. Sarò uno stupido romantico, ma mi sarebbe piaciuto vedere mia sorella e il mio migliore amico insieme."

Joanne rise, sperando di non suonare troppo beffarda. "Sir Russel non la pensa proprio come te. Si è premurato lui stesso di farmelo sapere molto chiaramente."

George ignorò, o finse di ignorare, il tono pungente di lei.

"Eppure sono convinto di averlo visto cambiato, in questi giorni. Come se finalmente il suo fantasma personale avesse cominciato a sbiadire."

Joanne si mosse di scatto. "Quale fantasma?"

George sorrise. "Niente di plateale come gli spettri di Trerice! Si tratta di una vecchia storia che lui si trascina dietro come delle catene infernali. Alcuni anni fa ha vissuto un vero dramma, per colpa di una donna che lo ha prima illuso e poi abbandonato. Purtroppo in seguito lei si è tolta la vita e Thomas, per una serie di circostanze, se ne ritiene, erroneamente, responsabile. Si sta rovinando la vita, da allora."

Dunque era quello il terribile segreto del suo tormento. Egli aveva chiuso il cuore a causa di quella dolorosa esperienza.

Joanne si sentiva male per lui, pensando a quanto aveva patito, a quanto si era punito per una colpa non commessa.

Saperlo, tuttavia, non cambiava le cose: Thomas se ne sarebbe andato. Forse, sì, anche lui aveva provato qualcosa, forse avrebbe potuto amarla. Ma così non era stato: quel fantasma, ancora più vero di quelli di Trerice, si era posto fra loro e aveva vinto.

Joanne salutò il fratello e portò a casa con sé una nuova consapevolezza, ma ne ebbe suo malgrado il cuore spezzato.

Passarono i giorni e l'inverno prese possesso della campagna.

Joanne aveva deciso di concentrarsi sul lavoro, che ora, per forza di cose, avrebbe ulteriormente intensificato. Aveva bisogno di nuovi progetti e nuovi stimoli, per non pensare a Thomas: con l'arrivo della bella stagione voleva arrischiarsi ad andare a Londra per parlare con l'editore, sperando di poter ampliare il ventaglio delle proprie pubblicazioni. Pensava a un libro, a racconti… dalla sua mente, impegnata in mille attività per evitarne una in particolare, uscivano storie e idee come da un vulcano.

Zia Mary fu, come sempre, meravigliosa. Joanne sapeva bene che la donna aveva compreso più dai suoi silenzi che da quanto era stato raccontato, ma aveva lasciato che la nipote decidesse se condividere o meno le sue pene.

Tutto Joanne confidò, tranne ciò che riguardava una persona di cui non si sentiva mai pronta a parlare.

**

Dopo la prima nevicata ne vennero altre, ma al contrario della tenuta degli Hemsworth a Westbury, le case e il maniero non rimasero mai isolati del tutto, perché il clima più mite non permetteva mai alla neve di accumularsi abbastanza a lungo da rendere impraticabili le strade.

Si avvicinava Natale, quello che Joanne avrebbe dovuto trascorrere con il fidanzato in allegria, alla festa che avrebbe annunciato il loro matrimonio.

Amelia, da quando era partita, le aveva scritto varie volte e nell'ultima lettera le aveva annunciato, con un certo imbarazzo, che William aveva repente ceduto alle grazie di una decisa debuttante, di cui si era innamorato pazzamente. A Natale, dunque, Lord Burnett avrebbe annunciato sì il proprio matrimonio, ma con questa fanciulla da poco conosciuta. La Stagione, spiegava Amelia, era così. Capitava di tutto o non capitava nulla.

Joanne doveva crederle sulla parola.

Ciò che le pareva davvero strano, e che in effetti la preoccupava, era il silenzio protratto da parte di suo padre. L'aveva dunque cancellata dagli affetti senza neppure prendersi la briga di mandarle due righe, se non altro per palesarle la propria indignazione? Un poco di rabbia sarebbe stata meno dolorosa di quel silenzio.

Mancavano due settimane a Natale, quando la prima, vera nevicata della stagione cominciò a scendere sulla campagna. I fiocchi cadevano, per quanto non molto fitti, con costanza fin dalla sera prima e non accennavano a voler smettere.

Joanne, aveva sempre evitato di recarsi a Trerice per consultare la biblioteca, anche se le era stato fatto sapere di potervi accedere a suo piacimento. Proprio in quella giornata da lupi si decise ad andarci. Alla zia, scontenta per quella assurda decisione, disse che si trovava nell'urgenza di consultare dei testi indispensabili, ma in realtà aveva già pazientato parecchio per quei libri: aveva atteso fino ad allora perché voleva essere certa che le strade diventassero impraticabili e le conferissero la certezza assoluta di non incontrare Thomas.

Intabarrata nel mantello, affrontò la breve strada che la separava dalla villa con un senso di aspettazione di cui quasi si vergognò con se stessa. Le era mancato Trerice Manor, ma se ne rendeva conto solo mentre camminava, più svelta che poteva nella neve che già ingombrava la via, lungo il muretto. Quando la villa le si parò davanti, immersa nel biancore abbagliante che la circondava, le parve familiare come un pacioso gattone grigio, addormentato su una soffice coltre bianca.

Persino i due leoni di pietra che facevano capolino da cumuli candidi, le parevano felici di rivederla.

Trerice, lei lo sapeva meglio di chiunque altro, era viva. Ed era felice che lei fosse lì.

Smith, forse, lo fu un po' meno, quando si presentò ad aprire dopo una lunga attesa.

"Non aspettavamo visite, con questo tempaccio" si giustificò recuperando il solito aplomb. "Spero stiate bene, miss."

Joanne, fremendo d'impazienza, si lasciò condurre alla biblioteca, dove il solerte maggiordomo volle condurla, pur cosciente del fatto che ella conosceva ormai quella casa come le proprie tasche.

"Sono tornata" sussurrò a mezza voce appena fu sola. Non sapeva neppure lei con chi stesse parlando, o perché.

Prese a girare per la stanza, questa volta rabbrividendo per il freddo.

La sala era rischiarata dalla luce esterna e non vi era nessun fuoco nel camino. Le poltrone e i tavolini erano ricoperti da ampie stoffe bianche che li proteggevano dalla polvere, mentre il tappeto era stato arrotolato e posato in un canto.

Era la prima volta che vedeva la casa nello stato di abbandono tipico delle dimore chiuse e le parve molto triste.

Quante volte si era seduta accanto al camino a leggere. Carezzando il candido lenzuolo che copriva il divano, si mosse verso lo scaffale, risoluta a non pensare a Thomas, di cui le sembrava di avvertire la presenza persino nell'aria.

Trovò senza fatica i volumi che le servivano e pensò che fosse il caso di chiederli in prestito, anziché fermarsi in quella stanza gelida a consultarli. Non voleva, poi, fermarsi a lungo: rischiava di restare bloccata lì.

Erano parecchi, ma con una borsa capiente sarebbe riuscita a portarli con sé.

"Signorina…" Smith comparve sulla porta in preda a un'inusuale agitazione. "Sono spiacente di disturbarvi, ma c'è un… gentiluomo che chiede urgentemente di voi."

"Di me?" si stupì Joanne. L'espressione del maggiordomo era tesa.

"Sì. È… quell'uomo. Se volete che lo allontani basta dirlo."

"Jeremy Meddows?"

Smith annuì. "Ha detto che si tratta di un'emergenza e che vi ha cercato a casa di vostra zia."

Joanne si sentì vacillare. Dopo tutto ciò che era accaduto, era convinta che non lo avrebbe rivisto mai più. Che cosa poteva averlo condotto lì, e con quel maltempo?

"Vi dispiace farlo entrare? So che non posso chiedervi…"

"Certamente. Lo faccio accomodare subito."

Dovette aspettare poco. Il tempo di entrare e consegnare a Smith il cappotto coperto di neve e Jeremy fu condotto da lei.

Aveva il viso atteggiato a una dignitosa offesa, quando si inchinò rigido.

"Che cosa vi porta di nuovo qui, signore?" gli chiese, sulle spine.

L'uomo strinse le labbra. "Una brutta notizia. Credo che dobbiate sedervi." Disse, accompagnando le parole con una faccia lugubre.

Joanne obbedì, in preda all'ansia. Solo allora, Meddows annuì e parve ammorbidirsi un poco. La giovane si strinse in un abbraccio autoprotettivo, mentre la sua testa elaborava ogni sorta di congettura catastrofica.

"Mi duole annunciarvi la morte di vostro padre, Lord Hemsworth."

Joanne deglutì a vuoto. Suo padre era morto. Cercò di frugare e di sondare il proprio animo, ma si meravigliò di non provare nulla. Sapeva che era solo questione di tempo e il dolore sarebbe arrivato, più per ciò che avrebbe potuto essere che per ciò che era stato. Aveva amato suo padre come ogni figlia, ma aveva sofferto troppo a causa sua per provare un acuto senso di perdita.

"Com'è accaduto?" domandò.

Jeremy domandò al servitore, che era rimasto con loro, di portare a Joanne un cordiale, poi le rispose. "Non è molto chiaro, l'accaduto. Le autorità di Londra stanno indagando. Mi sono sentito in dovere di portarvi di persona la notizia, nonostante… il vostro rifiuto. Forse comprenderete i miei motivi."

"Grazie" rispose lei, prendendo un sorso del liquore che Smith le aveva portato. "Dovrò recarmi a Londra appena possibile, immagino. E George?"

"A quest'ora credo sia già a Londra. Sono partito da là prima di incontrarlo."

Joanne porse il bicchiere a Jeremy, chiedendo lumi sull'accaduto, ma l'uomo non aveva molte informazioni. Una morte non chiara, quasi sicuramente non naturale.

Joanne comprese fra le righe che suo padre non doveva trovarsi in un luogo adeguato al suo rango. C'erano dei debiti. Molti debiti.

Le notizie cadevano su di lei e si depositavano come la neve sul prato.

Jeremy le porse di nuovo il bicchierino da cui lei prese una lunga sorsata.

Le stava dicendo che la situazione della famiglia era disastrosa, e che l'unico bene inalienabile, la tenuta, era un pozzo senza fondo. George avrebbe dovuto far fronte a molti problemi. E lei sapeva che non ce l'avrebbe fatta, non da solo.

Joanne cominciava a sentire l'effetto dell'alcol. Si accorse di non riuscire a pensare, di essere confusa.

"Voglio andare a casa" disse, alzandosi.

Meddows fu solerte nell'aiutarla.

Sotto agli occhi di Smith, la condusse a infilarsi il mantello e assicurò al preoccupato maggiordomo che si sarebbe premurato di condurla dalla zia sana e salva.

Joanne annuiva, sorrideva rassicurante, ma cercare di mantenere il decoro le risultava difficile. Le sembrava impossibile essersi ubriacata con soli due sorsi di quel liquore.

"Il dolore la sta distruggendo..." Le parole di Meddows le arrivarono quasi da lontano. Stava camminando, sorretta da lui, e nemmeno se ne era accorta. Com'era possibile quel torpore, com'era possibile che il suo corpo non rispondesse ai suoi comandi?

Joanne passo dopo passo percepì che c'era qualcosa di assurdo in quanto stava accadendo.

"Forse è meglio che Miss Gray resti alla villa" stava dicendo Smith, quando una ventata d'aria gelida le sferzò il viso. Non si era accorta d'aver chiuso gli occhi. Li riaprì a fatica, ferita dal lucore della neve. Aveva le

guance bagnate, glielo diceva il freddo pungente. Stava piangendo? Ma perché?

Tentò di parlare, ma le uscì solo un suono inarticolato, mentre lo sforzo la fece ricadere sulla spalla di Jeremy.

"Coraggio, mia cara, vi accompagno subito da vostra zia" le disse lui rassicurante.

"Miss, sono veramente…" il resto delle parole le sfuggì.

Joanne non voleva cedere e lottò disperata per non scivolare nel buio che la invocava.

"Ancora un poco, Joanne. Ora vi porto dentro" com'era diversa, ora la voce di Jeremy. Niente sussurri, niente pietà. Era quasi metallica. Poco dopo il freddo diminuì.

Jeremy la stava riportando dentro. Ma…

Confusamente le domande si affastellavano e volavano via nella sua mente ovattata.

Sentì che la sollevava. Non avrebbe mai pensato che quell'uomo mingherlino avesse tanta forza da prenderla in braccio come se fosse un fuscello.

Avvertì il movimento di lui, come se stesse salendo delle scale.

"Una casa così bella, lasciata vuota. Un vero peccato" borbottava sottovoce Meddows, affannato.

Joanne sapeva dov'erano. Si trovavano nella galleria e Jeremy stava proseguendo verso l'ala chiusa del maniero.

"Pensavo che sarebbe stato difficile trovare luogo e occasione" commentò infine, dopo averla deposta su qualcosa che sembrava un divanetto.

Joanne, completamente priva di forze, cercò di capire dov'erano.

La stanza non le era familiare e vi regnava una strana confusione. Era scarsamente illuminata e la polvere imperava dappertutto, sopra ai mobili disposti senza ordine e sui pavimenti. Anche il camino, che le pareva lontanissimo, era coperto di ragnatele.

Doveva essere una delle stanze usate come deposito.

Joanne tentò di sollevarsi, ma ricadde pesante sull'appoggio, che produsse una nuova nuvola di polvere che la fece tossire.

Meddows le scostò la fronte, costringendola a guardare verso di lui.

"Forse non hai capito che cosa sta succedendo" le sussurrò all'orecchio. "Ma non ti ci vorrà molto."

Vide che si stava togliendo i guanti e il cappotto, nonostante facesse freddo. Dalla tasca prima prese una cordicella, con cui le legò i polsi dietro alla schiena. Le parve assurdo, visto che non controllava i muscoli. Ma un poco di lucidità le stava tornando, perché cominciò ad avere paura e tentò di ribellarsi, invano.

Con poca delicatezza la spinse supina sul divanetto, vincendo senza fatica la resistenza di lei che tentava di allontanarlo, ma si spazientì quando Joanne prese a divincolarsi.

Le afferrò il viso fra le dita. "Ascolta bene: sei stata tu a portarmi a questo. Lo capisci, vero? Ora che tuo padre non c'è più qualcuno deve proteggerti. Avrei dovuto pensarci prima, a forzare un po' le cose."

"Mi ucciderete" erano le prime parole che riusciva a dire, un balbettio confuso e impastato.

Jeremy sorrise. "Ma certo che no, sciocca. Intendo solo farti mia. Poi ci sposeremo, come già avremmo dovuto fare tempo fa." Le diede un viscido bacio sulle labbra, penetrandole con la lingua fra i denti. Joanne cercò di scostarsi, ma prima che vi riuscisse l'afferrò per i capelli, trattenendola.

Si fermò solo quando lei cercò di morderlo, ma solo per far scorrere la bocca lungo il suo collo. Il vestito, almeno, era troppo castigato per permettergli esplorazioni ulteriori

ed egli si accontentò di palparle ruvidamente il seno, incerto se forzare l'allacciatura del corpetto per avere di più.

Nonostante la passività di lei, intervallata da immani sforzi per liberarsi, Meddows si faceva sempre più audace e più eccitato.

Joanne sentiva il respiro di lui diventare affrettato e il terrore la colse quando la mano dell'uomo corse impaziente fra le pieghe della sua gonna. Lo sentì risalire dal polpaccio, lungo la calza, e su fino alla coscia.

L'abito di lanetta e la camiciola le furono arrotolati fino alla vita, mentre la mano fredda si soffermava in una impudente e possessiva carezza, per poi scivolare verso il centro della sua femminilità.

Joanne cercò di divincolarsi per coprire la propria nudità, ma aveva le mani legate e Jeremy la schiacciava col proprio peso. Per quanto ella tentasse di difendersi da lui, otteneva solo di accendere di più i sensi dell'uomo, ottenebrato dalla follia.

Per un attimo sentì il peso alleggerirsi e si avvide che Meddows si era staccato da lei, ma si accorse con orrore che non si trattava di un ripensamento, bensì di un precipitare degli eventi: davanti a lei, con gesti convulsi, egli si stava liberando delle brache.

Joanne raccolse tutte le sue forze, solo per l'ennesimo infruttuoso tentativo di rivolta sedato dalla violenza di lui.

"Ti piacerà appena ti sarai abituata. È così per tutte" le disse, premendola di nuovo contro il divanetto.

… No…

Non era uscito dalla sua bocca, ma Joanne aveva sentito il suono di una voce femminile, delicata, sussurrata, opporre al posto suo quel rifiuto.

Anche Jeremy aveva sentito e si scostò bruscamente, per guardarsi intorno.

"Chi c'è?" domandò circospetto. "Tanto meglio, mia adorata, abbiamo una testimone del nostro idillio!" esclamò, a metà fra il divertito e il deluso. "Avanti, madamigella. Fatevi vedere."

Joanne ne approfittò, per tentare di coprirsi, per ricomporsi, speranzosa di essere almeno in salvo dalla violenza, ma ancora i movimenti le risultarono difficili.

"Possibile che sia stato il vento?" fece lui, frugando con gli occhi nella stanza vuota.

... No...

"Mostrati, dannazione!" Jeremy era su tutte le furie, il respiro affannato gli si congelava davanti alla bocca in un fumetto di gelido vapore.

Era scesa ancor di più la temperatura, nella stanza, e Joanne ebbe l'impressione che persino l'oscurità fosse calata. Forse la tempesta di neve stava peggiorando e la luce, che già a fatica entrava dai vetri velati, era ancor più ridotta.

Un fruscio di vesti femminili. Incerto, distante, poi sempre più chiaro, come se provenisse da una grande distanza.

Joanne lo aveva già sentito, e allora ne aveva avuto paura. Ora, lo sapeva, era il suono della sua salvezza.

Ancora non poteva controllare i muscoli, ma l'effetto della droga che Jeremy le aveva dato cominciava a sparire. Aveva gli occhi bene aperti, quando lei apparve.

Meddows non comprese subito. Non stava guardando nell'angolo dove l'ombra si stava addensando. Un corpo femmineo, fatto di oscurità e di nulla stava prendendo forma dietro di lui. Joanne rimase a fissare la dama nascere dal niente, come una nube si forma nel cielo terso, ma lei era qualcosa di diverso. Aveva un volto, degli abiti, lunghi capelli sciolti che terminavano in volute di fumo disperse nell'aria.

Poteva vederne gli occhi fatti di nebbia e di buio, pupille nere cariche di dolore. Poteva indovinare la forma delle labbra socchiuse come se la donna volesse parlare.

I vestiti erano semplici, forse una tunica di foggia antica, senza fronzoli e decori, forse una camiciola soltanto.

Jeremy si accorse della direzione dello sguardo di Joanne e per un attimo rimase incerto. Aveva capito che alle sue spalle c'era qualcuno e si voltò.

Si aspettava una persona e ciò che vide lo fece caracollare e arretrare in malo modo, finché non inciampò in uno dei tanti oggetti sparsi nella stanza, ancora con le brache calate.

Lei avanzò, tendendo le braccia come già aveva fatto.

Poi, acuto, inumano, il suo grido si levò nell'aria, facendola fremere fino a renderla carica di puro terrore.

L'ombra parve volersi avventare su Jeremy, inerme, a terra, a sua volta in preda a un grido che lo squassava.

Un lungo attimo, poi tutto svanì, l'ombra, il gemito spettrale, e nella stanza riecheggiò solo il singhiozzo di Jeremy, raggomitolato a terra, ancora con le brache calate in modo inverecondo e quasi ridicolo.

Fu una frazione di secondo, quella che separò la sparizione del fantasma a quello in cui la porta della stanza fu spalancata con un tonfo e due uomini irruppero.

Joanne credette di sognare, quando sentì una voce a lei così familiare, quella di Thomas. Ebbe il tempo di domandarsi come potesse essere lì, lui che doveva essere a centinaia di miglia di distanza, prima che il torpore contro cui aveva lottato a lungo la vinse.

Era al sicuro. O forse era solo un sogno.

Joanne non ebbe modo di resistere oltre.

16

Thomas non aveva mai saputo scegliere i giorni giusti per partire. Ancora una volta si era trovato in viaggio con condizioni proibitive, ma voleva giungere a Trerice il prima possibile. Era arrivato a sorpresa, ma era stato Smith a sorprendere lui con il rendiconto di quello che era accaduto, pochi minuti prima, in quella casa: l'arrivo di Joanne in cerca di libri, la visita di Meddows con le ferali notizie per lei, l'atteggiamento strano della signorina dopo le cattive notizie.

"Così prostrata dal dolore da non stare in piedi?" aveva chiesto Thomas insospettito.

Smith aveva perso la sua calma olimpica, annuendo vigorosamente. "Sembrava stordita, signore. Ho insistito perché la lasciasse riposare qui, ma ha voluto a tutti i costi riportarla dalla zia."

"E l'ha portata via" aveva concluso Sir Russel, già pronto a uscire di nuovo per andare a sincerarsi delle condizioni di Joanne.

Erano già sulla porta, e Thomas si stava risistemando il mantello fradicio, quando un suono terrificante aveva lacerato l'aria. Per un tempo indefinito erano stati incapaci di capire da dove provenisse, poi un urlo umano aveva preso il posto del grido spettrale, spingendo entrambi a precipitarsi su per le scale. Poi, avevano seguito suoni più soffocati ma altrettanto udibili, fino a una camera dismessa da anni.

Thomas, in preda a un pessimo presentimento, trovando la porta sbarrata la aveva abbattuta per trovarsi davanti una scena che gli aveva gelato il sangue. Prima ancora di vedere Jeremy a terra, davanti a lui si era stagliata l'immagine di Joanne, con i capelli scarmigliati, le vesti fuori posto, le braccia legate, sdraiata su un vecchio divanetto. Un attimo dopo aveva messo a fuoco Jeremy, che piagnucolava a terra mezzo nudo. Non si lasciò il tempo di capire che cosa fosse successo, perché si avventò come una furia sull'uomo, per colpirlo con tutta la sua forza.

Jeremy ricadde inerte addosso a Smith, che, coprendolo di insulti, lo trascinò via in malo modo, mentre Thomas accorreva da Joanne, ribollendo di rabbia e di terrore per la sua sorte.

A vederla così abbandonata, in un primo momento temette il peggio. Poi, accostandosi al suo viso, sentì il suo lieve respiro e a sua volta riprese a respirare.

Le coprì le gambe, angosciato all'idea di quello che ella poteva avere subito. Pregò di essere arrivato in tempo per impedire il peggio. Il peggio, si disse amaro: come se essere ridotta in quello stato non fosse già una cosa grave.

La sollevò con delicatezza, per facilitarle il respiro che gli pareva troppo lieve.

Era così pallida!

Una volta assicuratosi che non fosse ferita o avesse altri danni evidenti, la prese fra le braccia per portarla via da quel luogo.

Nel corridoio, Smith stava legando Meddows, che tuttavia restava stranamente passivo, con gli occhi sgranati dal terrore. Borbottava fra sé parole incomprensibili, come se fosse impazzito del tutto. Thomas si soffermò davanti a lui con Joanne fra le braccia.

"Se l'hai toccata sei un uomo morto" sussurrò con collera a stento trattenuta.

Jeremy parve metterlo a fuoco solo per un breve momento.

"No... lei mi ha fermato" rispose, con un tono incredulo, che poi ridivenne parte del borbottio indistinto.

Sir Russel non aveva tempo e voglia di approfondire, gli bastava poter sperare, dopo quella rassicurazione, che almeno Joanne non avesse subito violenza.

La condusse nella stanza che lei aveva occupato nelle settimane precedenti, dove, dopo aver armeggiato per togliere la copertura che proteggeva il letto, la depose delicatamente.

La stanza era fredda, ma per fortuna nel camino era stata lasciata della legna, che egli riuscì a far ardere abbastanza facilmente.

Joanne, grazie anche al tepore del letto, ora pareva semplicemente addormentata: la pelle e le labbra stavano tornando a un colore più naturale. Le scostò i capelli dal viso e dal collo, scoprendo un livido che si stava allargando sulla pelle candida. Non gli ci volle molta immaginazione per capire come Meddows glielo avesse procurato e sentì montare una furia cieca.

Smith arrivò ringhiando. "Ho legato per bene quel vigliacco e l'ho chiuso in cantina. Non capisco che gli sia successo, ma sta ancora farneticando."

"Ancora non gli è successo nulla" rispose l'altro minaccioso.

"Signore, non sporcatevi le mani con quell'individuo. Piuttosto, devo trovare un medico per la signorina?"

Joanne si mosse. "No, nessun medico, sto bene."

I due uomini corsero al suo capezzale, dove lei tentava cautamente di alzarsi.

"Acqua, per favore" chiese con un filo di voce. Smith si affrettò.

Thomas maledisse l'idea di congedare la servitù dalla villa, lasciando in quei giorni di assenza solo il maggiordomo e del personale a mezzo servizio, che con la nevicata non si era presentato. Sarebbe occorsa una donna a cui affidare le cure di Joanne.

Lei ricadde sui cuscini con un sospiro affaticato.

Thomas era angustiato, non sapeva da che parte prendere la situazione.

"Sir Russel, sto bene." La voce di Joanne era quasi divertita. Scrutò il viso della ragazza, ancora abbastanza stravolto e sofferente. "Credo che l'effetto di... di quello che mi ha dato stia svanendo. Ho un gran mal di testa, ma..." abbassò gli occhi, "Non è riuscito nel suo intento, se è questo che temete."

"Quello che vi ha fatto... pagherà ogni cosa, ve lo prometto."

Pronunciare quelle parole gli destarono di nuovo la sensazione, nota e dolorosa, dei rimorsi. Thomas non riusciva a sopportare l'idea che, se non fosse stato per quel grido, proveniente da qualche misteriosa parte della villa, Joanne sarebbe stata stuprata sotto il suo tetto, forse uccisa, e lui non avrebbe avuto modo di saperlo. Di impedirlo.

Ancora una volta si era dimostrato incapace di proteggere le persone... che amava.

Ancora una volta.

Joanne, tuttavia, era viva. Almeno questa volta era arrivato in tempo per impedire l'irreparabile, ma avrebbe ucciso Meddows con le sue stesse mani per ciò che aveva osato fare.

"Thomas" Joanne lo riscosse da quei pensieri. Si stava cautamente sedendo sul letto, per bere l'acqua che Smith nel frattempo le aveva portato.

Pochi minuti dopo la ragazza rigettò quanto aveva bevuto e il malefico liquore nel quale Jeremy aveva avuto modo di mescolare la droga con cui l'aveva narcotizzata.

Smith, dall'alto di chissà quale esperienza, decretò che era stato un gran bene e ripulì tutto con efficienza, promettendo che sarebbe corso appena possibile da Mary, per avvisarla dell'accaduto e tornare con Sally.

Era fuori discussione che Joanne tornasse a casa. Sarebbe stato arduo anche per Sally arrivare lì, con la neve che intanto si stava depositando sulla via. Smith li lasciò per adempiere all'incarico, ancora troppo agitato per comportarsi secondo le sue abitudini, dimenticandosi persino di salutare il padrone.

Quanto Smith sembrava ringalluzzito dal ruolo che aveva avuto nella triste vicenda, tanto Thomas sentiva pesare su di sé la responsabilità per ciò che sarebbe potuto accadere.

"Non lasciatemi sola, per favore" lo supplicò Joanne, quando egli accennò a volerla lasciar riposare. "Sono troppo agitata per poter dormire, ora che l'effetto di quell'intruglio è passato." Si mise a sedere sul letto, cercando di ravviarsi in qualche modo.

Thomas la osservò passare le dita sottili nei lunghi capelli color dell'ebano, apparentemente concentrata nell'operazione come se da essa dipendesse la sua vita. Vederla così fragile, col volto terreo e gli occhi circondati da aloni scuri, gli diede una sensazione indefinibile, d'impotenza da un lato, e dall'altro un violento senso di possesso, come se toccando lei, facendole del male, Jeremy avesse profanato ciò che gli era più caro al mondo. Ed era così.

C'erano mille pensieri che gli affollavano la mente, ma si accorse che fra questi uno solo emergeva con prepotenza: Joanne era salva. E lui la amava da impazzire.

Joanne, in silenzio, lasciò che due lacrime rotolassero

sul suo viso, senza smettere di pettinarsi con le dita, in un gesto che ormai aveva quasi dell'ossessivo.

Un gentiluomo avrebbe potuto fare molte cose in un momento simile, e Thomas in una frazione di secondo le valutò tutte, le scartò, e scelse, rompendo tutte le barriere che aveva posto attorno al proprio cuore, di fare ciò che non *avrebbe dovuto*.

Si accostò alla giovane seduta sul letto e le prese con gentilezza le mani, che continuavano, infaticabili, a riordinare la chioma, fermando quel movimento angoscioso e ripetitivo. Dapprima Joanne fece resistenza, come se non potesse fermarsi, come se quell'occupazione fosse l'ancora di salvezza che la tratteneva dall'affondare nella paura e nell'orrore. Poi, con sollievo di Thomas, lentamente ella rilassò i muscoli delle braccia, gli occhi fissi e pieni di lacrime silenziose che formavano una barriera fra lei e il resto del mondo. Compreso Thomas.

"Lasciate fare a me" le disse piano, posandole una carezza così lieve sui capelli da credere che ella non l'avesse nemmeno avvertita. Ma Joanne spostò su di lui lo sguardo carico di mute domande.

Thomas, allora, le sfiorò il viso con le dita. "Siete stata molto forte, ma è ora di lasciar andare, Joanne." Non sapeva se quelle parole erano per lei o per se stesso, ma ebbero il benefico potere di rompere gli argini della resistenza di lei, che finalmente si sciolse in singhiozzi, gettandosi fra le sue braccia. Rimase a lungo con lei stretta a sé, scossa dai singulti che non accennavano a diminuire.

Avrebbe voluto accostarsi al suo orecchio e sussurrarle che l'amava, ma non trovava la forza di farlo. Aveva paura che l'accaduto non solo avesse segnato per sempre la vita di Joanne, ma che avesse incrinato definitivamente quel delicato equilibrio che c'era fra loro, allontanandoli definitivamente. Temeva di farle del male, giungendo troppo tardi a lei con quei sentimenti che ora non erano altro che un'ulteriore violenza per il suo animo già troppo scosso.

Avrebbe avuto così tanto da dirle, ma sapeva che le uniche cose di cui Joanne aveva bisogno erano conforto e silenzio. Avrebbe rispettato le sue necessità, restandole accanto senza forzarla. Per le parole, ci sarebbe stato tempo dopo.

Il pianto di Joanne, come a confermare quanto Thomas pensava, si calmò solo quando lei, stremata dalle emozioni, scivolò nel sonno.

Egli rimase a vegliarla finché Smith non fu di ritorno accompagnato da Sally e da Mary, entrambe in preda all'angoscia per le sorti di Joanne.

Thomas lasciò la stanza e la giovane alle amorevoli cure delle donne, provando la confusa sensazione di essere di troppo.

Aveva l'impressione che la sua occasione con Joanne fosse passata, perduta per sempre. Forse era quella la vera punizione per la sua colpa verso Madeline, non la solitudine soltanto: il suo cuore inaridito era tornato a rifiorire, ma era destinato a restare non corrisposto e a disseccarsi di nuovo, questa volta per sempre.

Thomas però non aveva intenzione di abbandonarsi alla melanconia. C'erano molte cose che poteva fare, per rendere meno gravoso quel momento drammatico per Joanne e per i suoi cari: nel giro di poche ore, grazie all'efficienza di cui si era sempre vantato, riuscì a organizzare la casa insieme a Smith, per renderla confortevole per le tre ospiti.

Quando fu sicuro che Joanne avesse ogni conforto, dopo una rapida occhiata alla porta dietro alla quale la ragazza si trovava in compagnia della zia, e senza avere neppure il coraggio di salutarle, si avventurò fuori, nella neve.

***

235

Joanne, quando si svegliò dal tormentato sonno, si sentiva decisamente meglio. Accanto a lei sonnecchiava Mary, ma di Thomas non vi era traccia.

Ai suoi movimenti, la zia aprì gli occhi, e subito le fu accanto, ricoprendola d'affetto. Non domandò nulla, ma fu Joanne a chiedere, subito, di Sir Russel.

"È partito, cara. È passato a Newquay, da dove ha mandato le autorità a prelevare quel mostro… spero che muoia assiderato nella neve!" esclamò agitata la zia, con gli occhi lampeggianti di rabbia e di lacrime.

"E ora?" dovette incalzare Joanne.

"Ora è ripartito per Londra." Mary sospirò, tormentandosi le mani. "Ha preso l'incarico di occuparsi per te della… morte di Lord Hemsworth, visto che ha ritenuto che tu non fossi in grado di sopportare anche questo."

Joanne avrebbe voluto sentirsi in colpa, ma la morte di suo padre le era passata dalla mente. Non poteva che essere di nuovo grata a Sir Russel, per l'ennesima generosa cura che le riservava.

"Ha insistito perché ci fermassimo qui, ma se preferisci tornare a casa…"

Voleva andarsene da Trerice? Da un lato, quel luogo era stato teatro del momento più drammatico della sua vita, ma dall'altro… era possibile che una persona sentisse con un luogo un legame così forte?

Trerice l'aveva salvata. Ma perché?

Joanne sentiva che era giunto il momento di fare i conti con quel segreto custodito dalla villa, di chiudere quel cerchio il cui senso ancora le sfuggiva. Ciò che era accaduto con Jeremy le offriva la possibilità di compiere gli ultimi passi che la separavano dalla verità sulla dama in grigio.

"Credo… di dover restare" replicò, quasi fra sé. Non sapeva come raccontare alla zia quello che era successo, forse non ne sarebbe mai stata capace, ma sapeva, dentro di sé, che prima di lasciare Trerice doveva trovare il modo di ringraziare quella creatura soprannaturale. Doveva sapere di più su di lei.

Aveva un debito e avrebbe fatto il possibile per saldarlo.

Smith si dimostrò più che felice di riaprire la dimora e, a detta sua, per rallegrare la signorina che aveva patito più di quanto una persona potesse sopportare, si adoperò in ogni modo per addobbare la villa per le imminenti feste natalizie, confidando che le tre signore - anche Sally fu annoverata fra gli ospiti - si sarebbero fermate almeno fino a Natale, com'era nei desideri del padrone.

In breve tempo Trerice si trasformò. Tappeti colorati apparvero ovunque, candele e decorazioni di sempreverdi riempirono il salone, l'atrio, la biblioteca, il salotto e ogni stanza abitata.

I marmi furono lucidati, i quadri spolverati, i camini accesi. Nel salone fu allestito un immenso albero di Natale.

Joanne, mentre Smith e la zia si dedicavano a questi preparativi, si rintanò nella biblioteca, sperando di ricevere qualche segno dello spirito, ma tutto taceva.

Cominciò a far passare in rassegna gli scaffali, alla ricerca di tracce del passato della villa e dei suoi abitanti, diventando scostante con chi invece la invitava, per svagarla, a partecipare alle attività allegre e tradizionali che precedevano le feste.

In realtà, nessuno sapeva bene come starle accanto. C'era una sorta di imbarazzo, in sua presenza. Anche Joanne si sentiva meglio quando stava sola: a riportarla con la mente a quel giorno tremendo era più l'eccessiva gentilezza che tutti le dimostravano, che la solitudine dei libri in cui si concentrava, a caccia di informazioni sul fantasma.

***

Da Thomas non giunsero notizie per tutta la settimana, ma al tramonto della vigilia di Natale, senza annunci e senza avvisi, si presentò alla porta, accompagnato da George.

"Festeggiate ottimamente, in mia assenza" fece notare a Smith, mentre si scrollava il fango dagli stivali.

"Così avete ordinato voi, signore" replicò serafico il maggiordomo. "Le sue ospiti sono nel salotto."

Thomas si illuminò, ma per un solo istante. Fece strada a George, contento di vedere la genuina gioia in Joanne e nelle altre due donne al loro ingresso.

Joanne, che indossava come le altre gli abiti da lutto, era tornata la fanciulla di sempre: non portava più tracce della drammatica esperienza, a parte il livido che ancora si intravedeva da sotto il foulard che ella portava al collo.

Quando vide i due uomini sulla porta, il suo viso si aprì in un sorriso, e per una frazione di secondo, quando Thomas la vide accorrere, volle sognare che fosse per raggiungere lui. Ma Joanne si era alzata per precipitarsi dal fratello, nel cui abbraccio si tuffò ridendo e piangendo.

Thomas si sentì di troppo. Quella famiglia, che aveva appena riunito, aveva bisogno di tempo e intimità per riunirsi, ritrovarsi, compattarsi.

Quello che doveva fare l'aveva fatto.

Mentre zia e nipote si alternavano attorno a George, Thomas si allontanò per lasciarli soli.

Non sarebbe poi stato un male trascorrere la vigilia da solo: tutto sommato era stanco per il viaggio e non gli sarebbe mancata la confusione. In realtà non si sentiva di partecipare a quella riunione di famiglia, temendo di creare disturbo. E paventava di trovarsi faccia a faccia con Joanne, che non sapeva come affrontare.

Ordinò a Smith di fargli portare un po' di cibo in bi-

blioteca e di trovare una scusa con gli ospiti per la sua assenza alla cena. Non voleva essere disturbato.

Si rintanò nella stanza, sorridendo alla vista delle copiose decorazioni. Smith era stato alle sue dipendenze per anni e Thomas riflettè su quanto poco lo conoscesse davvero. Non aveva mai sospettato quell'indole artistica cui aveva dato sfoggio per decorare la casa, e, in effetti, neppure ad altri aspetti emersi in circostanze meno gradevoli.

"Vi aspettavamo di là, signore."

Sir Russel aveva già finito di consumare la cena che Smith gli aveva portato. Aveva preferito un pasto più frugale di quello dei suoi ospiti, desideroso di ritirarsi presto. Era concentrato nella lettura di un libro alla fioca luce delle candele e non l'aveva sentita entrare.

"Sembra che le parti si siano invertite" osservò, riferendosi al lor primo incontro.

Joanne, nonostante l'abito nero e castigato, era magnifica. Non portava gioielli, né accessori nell'acconciatura: l'unico ornamento al suo viso erano i ricci che le circondavano l'ovale perfetto, un'eburnea, soffice cornice che metteva in risalto la pelle dall'incarnato delicato. Portava, come sua abitudine, uno scialle drappeggiato alle spalle, nero come il vestito. Piccoli ricami dorati erano l'unico decoro che dava un poco di luce all'insieme, ma solo lungo il bordo della gonna e sullo scialle, in modo discreto.

La giovane avanzò senza che Thomas riuscisse a dire nulla. In effetti, senza volerlo, si era seduto proprio dove l'aveva vista il primo giorno. Accanto a lui però c'era il vassoio coi resti del pasto, al posto della pila di libri con cui l'aveva trovata.

Le sorrise e accennò ad alzarsi. "Dovreste essere con la vostra famiglia" le consigliò.

"E anche voi" rimbeccò lei, con affettuoso rimprovero.

Una lieve fragranza di lillà cominciò a spargersi nell'aria.

Thomas pensò provenisse dalle decorazioni floreali, ma vide Joanne animarsi. Si avvicinò rapida a lui e, in preda a una gioiosa agitazione, gli posò le mani sul braccio.

"Lo sentite, vero?" sussurrò, così vicina a lui che il fiato gli mancò. Più che l'odore di lillà, adesso gli giungeva quello di lei, un aroma floreale e delicato. "Volete uscire da qui?" le chiese cercando di non tradire il turbamento che provava.

Joanne sollevò verso di lui lo sguardo meravigliato. "State scherzando, vero? Sono giorni che cerco tracce... di lei."

Questa volta l'aveva spiazzato. "Lei?"

Joanne gli fece cenno di chinarsi, per parlagli ancora più piano. La assecondò, rendendosi conto che la vicinanza di Joanne stava facendo reagire violentemente tutto il suo corpo. Ma era una tortura così dolce che non volle privarsene. "Sto parlando della dama in grigio" gli mormorò all'orecchio. "È stata lei a salvarmi da Meddows, ed è da allora che spero di trovare un modo per..." La giovane si staccò da lui, arrossendo. "Vi sembro una sciocca."

Il profumo intorno a loro era intenso, avvolgente quanto mai prima di allora.

Thomas fece mente locale. Ricordava perfettamente l'urlo spettrale. Ricordava anche lo stato in cui era ridotto Meddows quando le guardie lo avevano portato via: da quanto gli risultava, quell'uomo rischiava una pena peggiore della prigione, perché se non si fosse ripreso lo avrebbero infilato in un manicomio. Questa volta fu lui a prendere Joanne per le spalle, inorridito dall'idea che a quella terribile aggressione si fosse aggiunto anche il terrore di una visita spettrale.

"Joanne, vi supplico, andate via al più presto da questa casa. Temo per voi, non sopporto il pensiero che possa accadervi ancora qualcosa!"

Ma all'ansia di lui, Joanne rispose con una breve risata. "Mi sono abituata alle stranezze di Trerice, forse più di voi." Il sorriso si spense. "È stata la dama in grigio a terrorizzare Jeremy e a impedirgli di..." Il rossore si diffuse sul suo viso, ma proseguì. "A quanto mi ha riferito Smith, è stata lei col suo grido a richiamare la vostra attenzione. Stavate uscendo e..."

Joanne si bloccò, spalancando gli occhi. "Ho capito. Non è mai stato per me, ma per voi!" disse in un sussurro concitato.

Thomas non comprendeva, ma la vicinanza di lei era un elemento che già di suo lo confondeva, per cui non riuscì a formulare una domanda, ma attese che Joanne si spiegasse, cosa che lei infatti fece poco dopo, trascinandolo al divanetto, dove si sedette a sua volta. Era allegra come una bimba dopo aver ricevuto in dono una bambola, e Thomas la guardava cercando di non farle comprendere quanto poco gli importasse del fantasma, quando aveva lei così viva e reale accanto.

"Tempo fa mi raccontaste che la dama in grigio è lo spettro di una fanciulla sedotta e abbandonata da uno dei primi proprietari della casa. Ho trovato ben poco su questa leggenda, fra i vostri documenti, ma credo sia davvero così."

"E cosa ve lo fa pensare?" domandò, giusto per assecondarla, rapito da ogni gesto, dal suono della sua voce, dalla fragranza di rosa che lo raggiungeva dai suoi abiti ogni volta che Joanne si muoveva.

Era così presa dalle proprie scoperte da non far caso all'atteggiamento di lui, così insolitamente dolce. Ma d'improvviso si fece seria ed esitante.

"George mi ha voluto mettere a parte della vostra storia. Non so molto, ma so che la causa di tante vostre sofferenze è stata una fanciulla... che si è tolta la vita."

Madeline. Di nuovo. Tutta la gioia di Thomas svanì come bruciata dalla fiamma del ricordo. Questa volta

Joanne fu pienamente cosciente di ciò che egli provava, perché gli prese saldamente le mani, con le sue, tiepide e morbide. Fu come se da lontano, da un cielo pietoso, quelle mani fossero scese a prenderlo per salvarlo dal suo personale inferno. Per riportarlo a casa.

"No! Non vi permetterò più di lasciarvi sopraffare dal passato!" gli disse risoluta. "Io… non so perché e forse non lo saprò mai, ma la dama in grigio ha scelto me per liberarvi da questo peso. Ella si è tolta la vita, ricordate? Io… credo che sia tornata per voi, per farvi comprendere che non avete colpe verso quella ragazza, che se ella ha scelto la morte non è stato per un atto d'amore, ma di paura, di egoismo, forse una sorta di vendetta, ma d'amore no."

Thomas, scosso, non riuscì più a stare fermo, ma dovette alzarsi in piedi e muovere qualche passo, incapace di guardare Joanne negli occhi.

"E dunque il vostro fantasma sarebbe apparso a voi per aiutare me" concluse, quasi sprezzante senza averne l'intenzione. Ah, quanto gli sarebbe piaciuto poter credere a quelle parole!

Anche Joanne si alzò e gli andò accanto. Era determinata come mai l'aveva vista. "Sì. Dovete perdonare voi stesso e lei. Forse la dama in grigio non avrà mai pace, ma so che è questo che va cercando: il perdono. Un perdono che nessuno può più darle. Ma voi, invece, potete tornare alla vita. Non so per quale motivo abbia scelto me, per dirvi questo, ma ecco: il mio debito è saldato. La dama mi ha salvata da una sorte inimmaginabile perché io… salvassi voi."

Per un lungo attimo nessuno dei due ebbe il coraggio di dire nulla. Il profumo di lillà si era fatto intensissimo, come a voler sottolineare ciò che Joanne diceva. Poi, d'improvviso com'era giunto, svanì.

Thomas si accorse che anche il suo animo, così all'improvviso, si era sgravato dai pesi che lo opprimevano. Sorrise.

"Io so perché ha scelto voi" le disse, prendendo fra le sue le mani di lei, che ora erano divenute fredde. Le strinse, per scaldarle, per sentirle fra le proprie, per trattenere Joanne vicina a sé. "Perché vi amo. Perché il mio cuore ha scelto voi da quando vi ho vista per la prima volta. Ha continuato a scegliervi e credo che continuerà a farlo per il resto della mia vita. Volete salvarmi? Sposatemi. È l'unico modo."

Joanne si illuminò di gioia, ma subito distolse lo sguardo, attraversato da un'ombra. "Sono al centro di uno scandalo, Thomas. Vi rovinereste la reputazione, sposandomi."

Fece per allontanarsi da lui, ma Thomas rifiutò di assecondare il suo desiderio, anzi, l'avvolse in un abbraccio da cui lei non tentò di fuggire.

"Mi rovinerei la vita se non vi sposassi" le disse. "Almeno, prendete tempo per pensarci: è la cortesia che usate di solito ai vostri pretendenti, prima di rifiutarli…" scherzò.

Joanne aprì la bocca per replicare allo scherzo, ma Thomas decise che il tempo per le parole era finito. C'era un bacio, su quelle labbra, che lo aspettava da troppo tempo. Aveva macinato centinaia di miglia per quel bacio. Si era recato a Londra, prendendosi l'incarico di seguire le prime indagini sulla morte di Lord Hemsworth, aveva affiancato George nelle decisioni riguardo al titolo e alle varie incombenze di quelle tristi circostanze, lo aveva trascinato con sé per altre centinaia di miglia sapendo quanto a Joanne avrebbe fatto bene riavere con sé il fratello. Per quel bacio sarebbe andato in capo al mondo, e anche oltre, ma adesso era lì, per lui, sulla bocca sorridente di Joanne.

Dopo un attimo di sorpresa, lei cedette fra le sue braccia, modellandosi su di lui come se fosse fatta per aderire al suo corpo. Aveva temuto di spaventarla, dopo quello che aveva passato, ma il suo istinto non aveva fallito: Thomas sapeva che fra loro scorreva una passione che attendeva solo di essere liberata.

La baciò a lungo, senza fretta, esplorandola e provocandola, finche non la sentì cedere all'urgenza di un bacio più profondo e sensuale.

Lasciò che i propri sensi si beassero di lei, della vicinanza che entrambi avevano così a lungo desiderato.

Si scostò, con un certo rammarico, solo per sussurrarle sulle labbra, un nuovo invito. "Mi farai attendere a lungo?" le bisbigliò, con la voce resa roca dal desiderio. Aveva inteso riferirsi alla proposta di nozze, ma quando si guardarono negli occhi compresero che per entrambi c'era molto di più, sottinteso in quelle parole.

"No, milord. Sono già vostra, da molto tempo."

Improvvisamente, Thomas fu colto da un senso di vertigine. Subito non riuscì a dargli un nome, poi capì che quella che provava era pura, totale felicità. Baciò di nuovo Joanne, con allegro entusiasmo.

"Ottimo" esultò, "spero d'avere una licenza per portarti all'altare prima dell'anno nuovo." La guardò con un'espressione sorniona. "Non vorrei che il pungente Mr. Gray del Selective cogliesse l'occasione per scrivere articoli su di noi prima delle nozze."

Vide il viso di Joanne atteggiarsi a un estremo sbalordimento. Le sorrise trionfante. Sì, lei aveva parlato del suo lavoro, ma non aveva rivelato quale fosse l'identità sotto cui si celava. Thomas lo aveva indovinato da parecchio, ed era lieto di aver tenuto per sé la scoperta.

Ora sapeva di avere tutta l'attenzione di Joanne come, da tanto tempo, lei aveva ottenuto la sua.

Epilogo

Affondando lo stivale nella neve, il colonnello Hamilton scese da cavallo di fronte all'ingresso di Trerice Manor e sorrise sotto alla folta barba.

"Ogni anno mi chiedo che cosa ci torno a fare qui. Siete dei pazzi."

Nel pronunciare queste parole abbracciò in modo del tutto sconveniente, ma assolutamente affettuoso la padrona di casa.

Joanne scoppiò a ridere. "Siete ghiacciato. Dopo un buon tè bollente vi sentirete meglio."

Trerice era, come ogni Natale, addobbata a festa e c'era un gran fermento. Mentre la donna faceva strada all'ospite e Smith, impeccabile, si apprestava a portare via il mantello, nell'atrio della villa passò, più trotterellando che correndo, un bimbo inseguito da una trafelata Sally.

Hamilton sollevò un sopracciglio. "Disciplina. Ne avete sentito parlare?"

Joanne rise. "Sì: da voi, e molto spesso. Confido che al momento giusto saprete imporvi a mio figlio, da bravo padrino."

Nel salotto, dove Joanne accompagnò il colonnello, era già riunito il resto della compagnia: Lord Burnett con la moglie, Amelia, George, Mary e naturalmente Thomas. Mancava Declan, impegnato in Irlanda per una questione di famiglia.

Hamilton salutò tutti e accettò la tazza di tè bollente che Joanne gli porse.

"Sta quasi diventando una tradizione, passare il Natale in questo luogo sperduto. Potreste festeggiare nella vostra bella e comoda casa di Londra, una volta tanto."

Joanne scambiò un sorridente sguardo di intesa con Thomas. "Sai che casa nostra è sempre aperta per voi, ma non a Natale" replicò quest'ultimo.

Come tutti gli anni, la prima discussione fra Thomas e Alan fu quella sulla necessità di trascorrere le feste a Trerice Manor. Mentre i due battibeccavano giocosamente, Joanne si scusò con gli ospiti e lasciò il salottino: aveva molte cose da fare, preparativi da seguire, ma in realtà aveva solo avuto bisogno di un momento per sé, per recarsi da sola e indisturbata nella biblioteca.

Da prima che nascesse il piccolo George la casa era diventata insolitamente tranquilla. Nessuna apparizione, nessuno strano rumore, nessun profumo fra gli scaffali.

Joanne si era chiesta molte volte il perché di quel mutamento. Si auspicava che la dama in grigio, finalmente, avesse trovato la pace, ma una parte di lei ancora aspettava, desiderava e cercava qualche segno sovrannaturale. Era convinta che Trerice Manor fosse, in un certo modo, una casa viva e che lo sarebbe stata per sempre.

Aspirò a fondo l'aria della biblioteca, sperando in cuor suo di poter riconoscere, in mezzo agli aromi di cannella e agrumi dei decori natalizi, il familiare profumo di lillà. Ma non accadde. Con un lieve sospiro, Joanne lasciò la stanza, sorridendo all'udire la cristallina risata di suo figlio che riecheggiava per la casa.

Solo qualche minuto dopo che Joanne se ne fu andata, la fiamma del camino ebbe un guizzo. La fragranza dei lillà si propagò lungo gli scaffali, poi riempì l'aria.

Nel silenzio della biblioteca risuonò un sussurro, appena percettibile, come un sospiro.

E una voce di donna intonò un canto.

FINE

Nota dell'Autrice

L'ambientazione di questo romanzo è un luogo reale, Trerice Manor, una antica villa in stile Tudor che si trova nei pressi di Newquay, in Cornovaglia.

Trerice Manor fu edificato da John Arundell V, nella prima metà del 1500, su di un preesistente edificio medievale appartenente alla famiglia.

La casa appartenne agli Arundell per circa due secoli, poi passò agli Acland, che tuttavia non la abitarono.

Trerice finì, in poche generazioni, in condizioni di disarmo, e il ventesimo secolo la vide quasi cadere in rovina, fino all'acquisto da parte del National Trust, nel 1953: numerosi restauri sia interni che esterni l'hanno riportata agli antichi fasti.

Oggi Trerice è un'attrazione turistica, grazie anche alla fama degli splendidi giardini e del frutteto storico. Numerose iniziative, durante l'anno, vengono poi organizzate fra le mura dell'antica abitazione, da mostre a laboratori per tutte le età.

Sono stati tanti i motivi che mi hanno portata a scegliere Trerice, fra cui, lo ammetto, la strana coincidenza per cui alcuni dei suoi proprietari avevano nomi legati al mondo austeniano.

A parte questa peculiarità, di notevole interesse sono state per me le storie di fantasmi legate a questi luoghi così ricchi di fascino. La dama in grigio di cui parlo è in effetti lo spettro più famoso di Trerice, e, esattamente come racconta Sir Russel, si ritiene sia il fantasma di una giovane serva sedotta da uno dei primi proprietari: pare che la fanciulla, rimasta incinta e abbandonata a se stessa, si sia tolta la vita fra le mura del palazzo e ancora appaia sotto forma di una evanescente figura.

La *dama grigia* è apparsa a diversi ospiti e la sua presenza è legata a una diminuzione della temperatura e all'improvviso profumo di lillà che dilaga per la casa. In particolare, si dice che sia la biblioteca il luogo dove maggiormente si manifestano fenomeni soprannaturali.

Le storie che riguardano la casa sono tante, tutte estremamente suggestive.

A queste tradizioni ho aggiunto elementi di fantasia, divertendomi a unire verità, leggenda e immaginazione.

I personaggi e le situazioni che ho descritto sono, ovviamente, pura invenzione. Riferimenti a fatti o persone reali sono da considerarsi coincidenze.

Nell'epoca in cui la mia storia si svolge, i primi anni del 1800, Trerice Manor appartenne in realtà a Sir Thomas Acland, decimo baronetto di Killerton, che fu, fra tutti gli Acland, uno dei più attivi nell'apportare migliorie alla casa: forse l'ultimo Acland a occuparsi di Trerice e a eleggerla, almeno per alcuni periodi, come sua dimora. Egli la utilizzava principalmente per ricevere gli ospiti… forse, chissà, anche per la caccia ai fantasmi, che a partire da quei primi anni dell'Ottocento cominciava a trovare cultori nella società inglese.

Per correttezza, però, bisogna ricordare che l'interesse maggiore verso i fenomeni soprannaturali si ebbe dopo la metà del secolo, periodo in cui si diffuse anche la corrente filosofica spiritista, portata avanti da Allan Kardec, e non in epoca regency, alla quale fa riferimento il mio romanzo.

Antonia

Nota aggiuntiva
(con spoiler!)

Una lettrice mi ha fatto notare che nel finale potrebbe apparire un errore storico il fatto che i protagonisti parlino di matrimonio a pochi giorni dalla morte del padre di lei.

Nell'epoca *regency* il lutto per la morte di un genitore veniva portato dai figli per almeno sei mesi e Joanne, effettivamente, si trova nel periodo del "lutto stretto".

Se si fosse trattato di un matrimonio programmato, i preparativi sarebbero andati avanti ugualmente: per Thomas, invece, sarebbe stato molto difficile ottenere la licenza speciale a cui accenna nel dialogo; tuttavia, essendo lui una persona influente ed essendo la situazione delicata, non escludo che ci sarebbe riuscito.

Nella peggiore delle ipotesi, i due avrebbero dovuto dilazionare di sei mesi l'inizio della loro felicità.

Ringraziamenti

Questo romanzo è il mio primo esperimento al di fuori del genere fantastico. Pensavo di scrivere una storia d'amore ed è uscita una storia di fantasmi, ma d'altra parte è sempre così: scrivo fantasy ed escono storie d'amore. Mi chiedo cosa capiterebbe se tentassi con l'horror.

Grazie a te, lettore o lettrice, per aver avuto la pazienza di giungere fino a queste righe. Grazie, perché forse non lo sai, ma è per te e per me che scrivo: per me, perché non posso fare a meno di raccontare e per te, perché narrare richiede sempre un "tu".

Grazie per aver dato un senso a questa storia.

Devo ringraziare come sempre diverse persone che a vario titolo mi hanno sostenuta e accompagnata in questo percorso di scrittura: mio marito, in primis.

Sopportare una moglie scrittrice è dura, più di quanto possiate immaginare. Merita ogni onore e ringraziamento, credetemi.

Ringrazio i miei figli, perché ci sono. Sono loro il dono più prezioso, la mia opera migliore e so di non avere merito alcuno per questo successo. Vi voglio bene.

Un ringraziamento speciale va a Lisa Molaro, fondamentale sostegno in questi ultimi giorni di stesura: non ce l'avrei fatta, senza le nostre chiacchierate, i consigli, la fiducia che mi ha saputo infondere quando non ci credevo più.

Grazie a Enrico Padovan per la precisione e la pazienza con cui si è dedicato a editare il romanzo, scovando tutte le sciocchezze scappate alla mia penna distratta.

Grazie infine agli amici di sempre, perché hanno l'infinita pazienza di raccogliere i cocci quando vado in crisi.

Grazie a tutti voi perché ci siete e rendete la mia vita speciale.

251

Antonia Romagnoli è nata a Piacenza nel 1973.

Ha frequentato il Liceo Classico ed è laureata in Scienze e Tecnologie Alimentari.

Ha collaborato per alcuni anni con il quotidiano "la Cronaca di Piacenza" e ora si dedica alla famiglia e alla scrittura, occupandosi in modo amatoriale di grafica web.

Finalista al Premio Galassia 2006, ha esordito con alcuni racconti fantastici in riviste e antologie.

Nel 2006 ha pubblicato il fantasy umoristico "La Magica Terra di Slupp" presso Lulu Press e il racconto "Pioggia" nella collana Spesso Sottile di Giovane Holden editore.

Nel 2008 ha pubblicato presso le Edizioni l'Età dell'Acquario "Il segreto dell'Alchimista", primo volume della Saga delle Terre, finalista al Premio Italia 2009. Il secondo episodio della saga, "I Signori delle Colline", è uscito nel febbraio 2009.

"Triagrion", il terzo e ultimo episodio della saga, è uscito nel 2010 con Edizioni Domino.

Ha partecipato a numerose antologie con racconti di vario genere.

Per Edizioni Domino ha curato, insieme all'editrice Solange Mela, la collana Pergamene per la Scuola, nella quale ha pubblicato "La Stella Incantata" e "Il mago pasticcione e le lettere dell'alfabeto", fiabe dedicate ai bambini delle prime classi elementari.

Ad agosto 2015 è uscita per Rapsodia Edizioni la nuova edizione di "Il mago pasticcione e le lettere dell'alfabeto". A partire da settembre 2015 sono uscite le seconde edizioni, in formato digitale, de "Il segreto dell'alchimista" e degli altri episodi della saga delle Terre. I libri sono editi da Delos nella collana Odissea Digital Fantasy.

Nello stesso periodo, in esclusiva su Amazon, sono usciti il romanzo fantasy umoristico "La magia terra di Slupp" e la raccolta di racconti umoristici "Le fiabe sfatate".

Indice

Manufactured by Amazon.ca
Bolton, ON

25678620R00150